Poeira em Neve

Editora Appris Ltda.
1.ª Edição - Copyright© 2023 da autora
Direitos de Edição Reservados à Editora Appris Ltda.

Nenhuma parte desta obra poderá ser utilizada indevidamente, sem estar de acordo com a Lei nº 9.610/98. Se incorreções forem encontradas, serão de exclusiva responsabilidade de seus organizadores. Foi realizado o Depósito Legal na Fundação Biblioteca Nacional, de acordo com as Leis n°s 10.994, de 14/12/2004, e 12.192, de 14/01/2010.

Catalogação na Fonte
Elaborado por: Josefina A. S. Guedes
Bibliotecária CRB 9/870

R896p 2023	Rubim, Nay Poeira em neve / Nay Rubim. – 1. ed. – Curitiba : Appris, 2023. 287 p. ; 23 cm. ISBN 978-65-250-4789-8 1. Memória autobiográfica. 2. Amor. 3. Tempo. 4. Vida. I. Título. CDD – 808.06692

Appris
editora

Editora e Livraria Appris Ltda.
Av. Manoel Ribas, 2265 – Mercês
Curitiba/PR – CEP: 80810-002
Tel. (41) 3156 - 4731
www.editoraappris.com.br

Printed in Brazil
Impresso no Brasil

Nay Rubim

Poeira em Neve

Appris
editora

FICHA TÉCNICA

EDITORIAL	Augusto Coelho
	Sara C. de Andrade Coelho
COMITÊ EDITORIAL	Marli Caetano
	Andréa Barbosa Gouveia (UFPR)
	Jacques de Lima Ferreira (UP)
	Marilda Aparecida Behrens (PUCPR)
	Ana El Achkar (UNIVERSO/RJ)
	Conrado Moreira Mendes (PUC-MG)
	Eliete Correia dos Santos (UEPB)
	Fabiano Santos (UERJ/IESP)
	Francinete Fernandes de Sousa (UEPB)
	Francisco Carlos Duarte (PUCPR)
	Francisco de Assis (Fiam-Faam, SP, Brasil)
	Juliana Reichert Assunção Tonelli (UEL)
	Maria Aparecida Barbosa (USP)
	Maria Helena Zamora (PUC-Rio)
	Maria Margarida de Andrade (Umack)
	Roque Ismael da Costa Güllich (UFFS)
	Toni Reis (UFPR)
	Valdomiro de Oliveira (UFPR)
	Valério Brusamolin (IFPR)
SUPERVISOR DA PRODUÇÃO	Renata Cristina Lopes Miccelli
ASSESSORIA EDITORIAL	William Rodrigues
REVISÃO	Andrea Bassoto Gatto
PRODUÇÃO EDITORIAL	William Rodrigues
DIAGRAMAÇÃO	Bruno Ferreira Nascimento
CAPA	Lívia Weyl
	Sara Ribeiro
REVISÃO DE PROVA	William Rodrigues
DESIGNER DE REALIDADE AUMENTADA	Kemelly Ferreira

*Minha querida e amada mãe,
por todas as vezes que conseguistes transformar dias tristes e cinzentos em sol e gargalhadas.
Por sua doce voz, que ainda hoje escuto cantar em meus pensamentos.*

*Meu esposo, meu amor, meu amigo,
seu amor é um solo seguro para o meu coração repousar.
E seu abraço… Você sabe, ele não me envolve apenas o corpo, ele me aquece a alma*

Eu sei que nunca será o suficiente, mas dedico a vocês este livro.

APRESENTAÇÃO

Tudo que é feito pela primeira vez é importante!

É como se nossa memória capturasse cada segundo daquele precioso momento e guardasse com profunda maestria. Seria algo similar a um globo de neve, que captura cada minúscula partícula daquela poeira branca, prendendo-a dentro de si, impedindo que ela se dissipe. Ela está lá, parada, quieta, imperceptível, mas toda vez que chacoalhamos aquele lindo círculo de vidro… a poeira branca faz nevar.

Tratando-se de "primeiras vezes" podemos, talvez, não recordar as datas – dia, mês e ano –, mas, certamente, recordamo-nos de detalhes mais importantes e significativos, detalhes que trazem com eles toda a importância daquele momento, como as sensações que sentimos, os cheiros, as texturas, como estava o clima. Por exemplo, você pode não se lembrar de todos os beijos que já deu em sua vida, mas você lembra-se do primeiro, da primeira vez que você beijou alguém. Talvez não se recorde em que data aconteceu, qual dia da semana era… Mas, com certeza, lembra-se de tudo que mexeu com seus sentimentos e teve um grau de importância nesse dia. Todas as suas percepções estão lá, guardadas. O frio na barriga, o coração disparado, a textura dos lábios, o cheiro que inundou o ar, o sabor da saliva, a sensação de sentir outra boca em sua boca.

E se você chacoalhar um pouco mais esse círculo de vidro, pode ser que você se lembre de tudo que fez antes e depois desse beijo. E nesse balanço, enquanto a poeira faz nevar, você descobre com um sorriso no rosto que está revivendo aquele momento novamente, afinal, como eu disse, tudo que é feito pela primeira vez é importante.

Se tudo que é feito pela primeira vez tem um lugar especial em nossa memória – e coração, o que é feito pela última vez tem mais valor ainda.

Um dia, levantamos, tomamos café da manhã, vestimo-nos, saímos e, sem saber, é o dia em que beijaremos alguém pela última vez, daremos o último abraço, o último toque, o último olhar, o último "até mais tarde" ou "até a semana que vem". Sem saber, será o dia das últimas palavras ditas e ouvidas.

Esses dias costumam vir disfarçados de um dia comum, mas, ao seu fim, mudam-nos por completo e para todo o sempre. E, na maioria das vezes, relembrarmos desses dias, desses últimos momentos, faz-nos sentir como se estivéssemos desnudos em um inverno constante sem possibilidades de chegar ao fim.

Em meus poucos anos cheguei à conclusão de que a vida nada mais é do que um emaranhado de momentos que nos despertam diferentes emoções e vão conquistando seu lugar em nosso globo de neve. Cada momento tem sua própria partícula de poeira e todos os eles nos fazem nevar.

E é sobre isso que quero falar com você – sobre os meus momentos, os primeiros e também os últimos.

PRÓLOGO

São Paulo, BR – Verão de 2000

Quando o pastor Sam entrou no quarto, assustou-se ao ver como Elisa parecia pequena naquela cama. Poucos meses haviam se passado, mas ela já perdera quantos quilos? Cinco? Talvez seis? Quem sabe um pouco mais... Será que a moça não compreendia o quanto era perigoso ficar assim, ainda mais agora que estava à espera de um bebê?

O velho pastor aproximou-se um pouco mais, caminhando a passos curtos e lentos, e quanto mais perto chegava, mais seu coração compadecia-se ao olhar a jovem, que mais parecia um fantasma deitada em sua cama, tão pálida, de olhos fundos. Até seu cabelo, que sempre fora exuberante e cheio de brilho, agora estava sem vida. Algo triste de se ver. Os olhos, de um castanho-claro, não refletiam mais a cor do mel, e sim a dor de um coração partido.

Ele fora até ali a pedido da mãe da moça, pois a filha não proferia uma frase completa há quase uma semana, mal saía da cama, mal se alimentava, recusava-se a se expor à luz do sol, vivia envolta na escuridão do seu quarto, e até nas consultas médicas ia por obrigação, quase carregada por seus pais. Estava tão magra que a barriga mal aparecia. O desespero da mãe era tanto que ela sabia, em seu interior, que só podia recorrer à ajuda divina, à ajuda de um Deus que ela sabia que era bom e que também era Pai.

— *Pastor...* – a jovem grunhiu essa palavra tão baixo que ele quase precisou se esforçar para ouvir. – *Que bom que o senhor veio.*

— *Tenho sentido sua falta nos cultos matinais, minha menina.*

O silêncio foi a única resposta que ele recebeu enquanto ela mantinha seu olhar fixo na parede. Um olhar vago, sempre olhando para o nada.

Então ele sentou-se ao seu lado e esperou.

— *Olha o que virei, pastor...* – ela comentou muitos minutos depois, ainda sem tirar o olhar da parede, e a voz era nada mais do que um pequeno gemido. – *A dor me consumiu, me modificou e me... destruiu.*

Ele parou por um momento.

De alguma forma, entendeu muito bem o sentimento por trás daquelas palavras. Ao longo de toda a sua história, ele acompanhara bem de perto todos os tipos de dores humanas possíveis e inimagináveis, os dramas mais obscuros vividos por muitos dos fiéis, e até por ele mesmo. Perdeu as contas de quantos olhares turvos e aflitos pela ausência de esperança ele acolheu ao longo dos anos, tendo ele mesmo encarado esse olhar em frente ao espelho algumas vezes.

Sim, ele poderia considerar-se íntimo da dor. Na verdade, ele era. E foi com um sorriso doce – embora discreto – e um olhar muito amável que ele falou:

— *A dor nos modifica, mas isso não é de um todo ruim. Na verdade, ela também nos causa algumas metamorfoses realmente especiais...* – Ele acariciou os cabelos opacos da menina como um pai faz com sua filha. – *Uma delas é que a dor nos desacelera, andamos mais devagar, e por conta disso conseguimos prestar atenção em coisas valiosas que antes nos passavam despercebidas... Coisas como o sol brilhando, a maravilha de um dia lindo, de um céu azul... Sabe, você sente o calor tocando sua pele, vê uma flor desabrochando e pássaros cantando, a brisa balançando seus cabelos. Você olha do outro lado da rua e vê crianças brincando e correndo e... Caramba, como é bom estar vivo!* – Ele sorriu. – *Então você se torna mais calmo e mais sábio... Mais sensível!*

Ele sorriu para a jovem, que parecia tão pequena, sentada na cama, perdido em seus próprios pensamentos, em suas próprias lembranças, refletindo sobre tudo que os anos lhe ensinaram e em como ele vira com seus próprios olhos coisas belas, novas e únicas renascerem a partir da dor.

— *E a dor...* – ele prosseguiu com a voz mansa e amável, como um avô muito querido – *Bom, ela também te ensina a filtrar tudo que realmente é preciso. E se você se permitir aprender, então você começará a dar valor a tudo o que realmente importa.*

— *E o que importa?* – Elisa perguntou ainda tímida, mas agora virando o rosto para olhar em seus olhos.

— *Pessoas importam. Relacionamentos importam. O momento importa. O amor importa! A vida importa!* – Ele segurou suas mãos – *E sabe, minha filha, nós realmente podemos orar e agradecer a Deus pela dor.*

Elisa tornou a olhar para a parede, mas por um instante tentou compreender como o pastor Sam achava que era possível ser grato pela dor. Ela simplesmente não compreendia como era possível. E como essa dor sufocante que a aprisionava e tomava-lhe a alegria e a esperança poderia um dia resultar em coisas tão belas como essas que ele disse?

Ela refletiu um pouco mais e percebeu que todas as mudanças que ele mencionara aconteceriam no interior dela, mas afetariam diretamente como ela veria o mundo, e, sobretudo, como ela viveria.

Ela gostou disso.

Em muitos e muitos dias, a sombra de um sorriso apareceu em seu rosto e ela sentiu a mínima esperança, não para aquele dia, mas para, quem sabe, um dia… Porém, assim como um raio rasgando o céu na tempestade, escuridão novamente. Vazio novamente. Solidão dura e profunda novamente. E se ela não suportasse o processo? Se ela não conseguisse sobreviver até que a metamorfose chegasse ao fim?

Seus olhos encharcaram-se de lágrimas silenciosas outra vez.

— *E como saber que antes de esses momentos chegarem, essa dor não vai nos matar e nos devorar vivos, pastor?*

— Ora… Na verdade, é muito simples! Ele é a medida! Cristo é a medida! Deus é a medida exata e perfeita para fazer com que a dor, ao seu tempo, transforme-se em algo belo e bom. Sem Ele a dor te mata, mas com Ele… Vida!

Elisa seguiu olhando para o pastor com algumas incógnitas explícitas em seu rosto. Perguntas silenciosas que ele compreendeu bem.

— *O que eu estou tentando te dizer, minha menina, é que se você decidir encarar a dor sozinha, ela te endurece e, então, te quebra, te destrói e te rouba uma vida que poderia ter sido tão bonita, tão suave e tão incrível… Contudo, se você entregar essa dor nas mãos certas…* – Ele sorriu, um sorriso amável e gentil, sorriso de que tudo ficaria bem. – *Bom, seus olhos contemplarão algo novo e belo surgir! E que mãos melhores do que as que criaram todo o universo?*

Ela pensou um pouco mais. De alguma forma, dentro dela, algo cochichava que fazia sentido. Essas palavras, elas faziam sentido.

— *E… Como eu faço isso, pastor?*

— *Bom, a oração é um ótimo começo…*

I.

Deitada na minha cama, perdendo-me entre os travesseiros felpudos, observei pequenos raios solares infiltrarem-se pelos vãos da janela do quarto. Enrosquei-me um pouco mais no edredom e enquanto me virava, coloquei minha total atenção no teto, especificamente nas molduras de gesso acima de mim.

"Helena, Helena... He-le-na".

Comecei a balbuciar o meu nome mentalmente.

Minha mãe descobriu que estava grávida pouco tempo após ter seu coração partido pelo meu pai. Não é uma história tão diferente de muitas outras que ouvimos por aí: Jovens, apaixonados e... inconsequentes.

Bom, ao menos mamãe havia se apaixonado.

Na primavera de 1999, ele a deixou, mas não sem antes levar com ele a alegria e os sonhos de uma vida a dois que ela tinha. Cerca de três semanas depois, ela descobriu que estava grávida.

Grávida e sozinha.

Mamãe até tentou procurar por ele, mas foi tudo em vão. Afinal, em 1999, o mundo não era tão digital quanto hoje. Não se mandava uma mensagem no WhatsApp e recebia a resposta instantaneamente. Também não se encontrava alguém pelo Facebook ou pelo Instagram.

A verdade é que ele apenas foi embora, sem deixar um telefone ou um endereço. O que para ela era amor, para ele deveria ser um passa tempo. O fato é que ela não teve mais notícias dele. Ficou sozinha, aos 17 anos, com um coração quebrado e uma criança crescendo dia após dia em seu ventre. Quando percebeu que não dava mais para esconder a realidade, resolveu unir toda a coragem que tinha para contar aos seus pais que seria mãe aos 18 anos, e com um detalhe: teria que enfrentar a maternidade sozinha.

Naquele dia, mamãe deparou-se com todo o amor, toda a compreensão e todo o apoio que poderia receber dos meus avós – apesar de ela mesma acreditar que não merecia tanto, não merecia nem aquele amor, nem aquela compreensão, afinal, ela achava-se estúpida por ter se entregado, ter acreditado, ter amado... por ter ficado sozinha – grávida e sozinha. Ela foi muito dura com ela mesma, pois quando um coração se parte, algo se perde dentro de você.

E tudo fica escuro.

Ela só descobriu que se tratava de uma menina após seis meses. E até o momento do parto, ela sequer havia decidido um nome.

Os meses de gestação foram complicados.

A vida de mamãe havia se transformado em uma terrível escuridão, algo como uma noite fria, sem lua, sem estrelas, sem luz, sem som, só a noite densa e profunda, escura e interminável. E seus dias, eles eram apenas tormento, duro, cruel e impenetrável.

No momento em que me contou essa história pela primeira vez, com os olhos marejados de lágrimas, ela tentou explicar que naquele instante de sua vida, embora ainda não me conhecesse, só me sentisse dentro dela, ela já me amava muito, mas vivia uma agonia interna profunda demais para perceber isso.

Até que em meio à terrível dor do parto, ela ouviu a minha voz – meu choro. Então mamãe tomou-me em seus braços, e junto comigo chorou. Chorou de emoção, chorou pela dor, chorou por amor, chorou pela esperança que via nascer. Essa foi a primeira vez que choramos juntas... E naquele momento, de alguma forma, seu coração deu início a um processo de cura. Então me olhando tão pequenina em seus braços, chamou-me de Helena, que significa "a reluzente", pois foi exatamente isso que eu trouxe para ela: a luz que dissipou as suas trevas.

Até os dias de hoje, costumeiramente mamãe abraça-me, olha nos meus olhos e diz que eu sou a luz que ilumina a vida dela, e é impossível me sentir mais amada do que em momentos assim.

A história até poderia ter acabado por aí, mas, graças aos céus, não acabou! Quatro anos após meu nascimento, mamãe conheceu Clayton.

Levou algum tempo até ela entender que ele não iria embora e não destruiria seu coração também. Ela resistiu o máximo que pôde, que conseguiu, mas não importava o quão ruim as coisas pudessem ficar ou o quão problemática alguma situação pudesse ser, ele estaria sempre lá, com ela, por ela, por nós – nós duas –, mamãe e eu.

Simplesmente não me lembro de algum momento em minha vida no qual ele não estivesse presente. Todos os aniversários de que consigo me lembrar, ele estava lá. O meu primeiro dia de aula, ele estava lá... Ele me ensinou a andar de bicicleta e a dirigir. E graças a ele, nunca senti o peso cruel que a ausência de um pai pode proporcionar, pois o amor que ele tem me dedicado ao longo de todos esses anos é mais do que o suficiente para mim.

Escutei o rangido da porta abrindo e uma fração de segundos depois Ariela já estava deitada ao meu lado, aninhando-se entre mim e meus travesseiros:

— *Nena, vamos! Levanta vai!* – ela diz manhosamente enquanto me abraça. – *Você me prometeu que hoje teríamos um dia só nosso! Estou ansiosa para começar logo, Nena...*

Embora eu ainda estivesse de olhos fechados, já visualizava aquele par de olhinhos verdes – iluminados e ansiosos –, parecidos com duas esmeraldas, fitando-me. A forma como eles cresciam e ficavam tão brilhantes e pidões tornava-os idênticos ao olhar do próprio Gato de Botas em pessoa, ou melhor: em gato. Ok, talvez não tão idênticos assim, mas ao menos comigo produziam o mesmo efeito.

— *Você está fazendo seu olhar do gatinho do Shrek de novo, não está, lindinha?* – Enquanto falava, ouvi seu riso abafado contra o travesseiro. – *Vá se arrumar. Vamos tomar café da manhã e em seguida sairemos para nosso dia especial, único e exclusivo só de irmãs, tá bom?*

— *Ebaaa, Nena! Obrigada! Eu te amo, amo.*

Observei Ariela sair saltitando vitoriosa pelo quarto em direção à porta, o pijama cor-de-rosa cheio de pequenas estrelinhas amarelas dançando em seu corpo, após me encher de beijos e sumir da minha vista.

Ainda me lembro como se fosse hoje. Foi no meu aniversário de 9 anos que recebi um dos presentes mais preciosos que alguém poderia receber: Mamãe estava grávida novamente, não de um, mas de dois lindos bebês! Um casal de gêmeos, Gael e Ariela.

Meus irmãos nasceram tão pequenos e frágeis, prematuros, mas desde cedo, tão fortes! Ainda dói lembrar das semanas em que eles passaram internados.

Foram dias tão difíceis, vivíamos de incertezas e o medo era um sentimento comum entre nós. Fazia parte do cotidiano ouvir mamãe chorando baixinho em seu quarto e Clay consolando-a, dizendo que tudo ficaria bem, que era para ela ter fé. E ela teve.

Eu também tive.

Hoje, eu sei que a fé unida ao amor foi a força que nos manteve firmes durante aqueles dias cinzentos, até que eles estavam em casa, conosco. Nossos dois bebês perfeitos e idênticos, branquinhos, de bochechas rosadas e olhinhos tão verdes quanto os de Clay. Em toda minha vida, jamais contemplei algo tão lindo e tão singelo quanto os meus irmãos com poucas semanas de nascidos. Foi no exato instante em que meus olhos castanhos pousaram sobre eles pela primeira vez que meu coração inundou-se de um amor tão profundo e tão grande, tão forte e tão intenso, que de uma maneira inexplicável eu soube que deveria protegê-los com minha vida se preciso fosse. Além de amá-los com toda minha alma, eu também iria cuidar deles, de uma maneira que só a irmã mais velha é capaz de fazer.

Tem sido assim pelos últimos dez anos. E eu sei que sempre será.

Meus olhos ainda vagavam pela porta do quarto quando o cheiro maravilhoso de bolo de chocolate recém saído do forno inundou o ambiente. Exalei o aroma e sorri por dentro.

Bolo da mamãe.

Tateei a mão pelo mesa de cabeceira ao lado da minha cama até encontrar o celular para ver o horário: 8h12. Conferi as mensagens e coloquei-o no mesmo lugar de antes. Fechei os olhos desejando dormir só mais cinco minutinhos, coisa que eu sabia que se fizesse seriam, na verdade, mais duas horas – no mínimo.

Por fim, mesmo morta de preguiça, arrastei-me até o banheiro e liguei o chuveiro. Notei o vapor começar a embaçar o box de vidro enquanto eu colocava uma das minhas *playlist* favoritas para tocar. Uma fração de segundos depois e eu já estava cantando embaixo da água quente… Quente e relaxante.

Agora, sim, meu dia começava.

2.

Perseguindo o cheiro de bolo de chocolate rumo à cozinha, segui meu caminho pela sala de jantar. Olhei rapidamente a mesa retangular à minha frente rodeada por cadeiras estofadas e adornada por um lustre de cristal e um tapete em variados tons de marrom.

Além dela, havia outra mesa, que ficava na cozinha. Uma peça muito mais simples, que carinhosamente costumamos chamar de herança de família, pois ela era bem antiga, um verdadeiro contraste com os armários planejados e eletrodomésticos em inox. Na verdade, ela não tinha valor financeiro algum, mas para mamãe, um inestimável valor emocional.

Quando o vô Benedito faleceu, cinco anos atrás, vó Lourdes vendeu a casa e passou a morar em um pequeno apartamento alugado, pois decidiu que gostaria de gastar o restante de seu dinheiro e o resto de seus anos – como ela sempre diz –, viajando pelo mundo, conhecendo novas pessoas e novas culturas.

"Quero viver algo novo Helena. São poucos os anos que me restam". Ainda ouço sua voz soando no profundo da minha mente: *"Filha, nunca se esqueça, a alegria da vida é para aqueles que se arriscam"*.

Antes de dar início às suas aventuras na terceira idade, vovó deu sua mesa de presente para mamãe. A mesa é de madeira, redonda, pintada de branco. Suas cadeiras – todas azul-celeste –, também pintadas, são simples e antigas... Mas foi nessa mesa que a mamãe fez as melhores refeições de sua infância, aprendeu a ler e a escrever, deu muitas risadas, fazia lição de casa, descobriu o gosto pela arte, jogava dominó com o vovô e desabafava com a vovó.

Foi ao redor dessa mesa que há pouco mais de 19 anos o vô Benedito e a vó Lourdes receberam a notícia de que seriam avós pela primeira vez. E era nessa mesa que mesmo tantos anos depois, era o nosso lugar preferido para fazer as refeições em família. A mesa velha redonda e branca com cadeiras azuis, que fica em nossa cozinha.

Puxei uma das cadeiras e sentei-me. Meus olhos foram direto ao bolo de chocolate repleto de cobertura no centro da mesa. Ao meu lado, mamãe e Ariela, seguidas por Clay e Gael.

Todos os sábados nosso café da manhã era assim, com o cheiro de bolo recém saído do forno fazendo um convite para nos reunirmos em torno da mesa, além de, é claro, aguçar ainda mais a fome.

Fielmente, todos os sábados, mamãe levantava mais cedo para preparar um bolo, servido sempre quentinho. Este, sem sombra de dúvida, era o seu ritual na cozinha. No sábado anterior tinha sido bolo de cenoura com cobertura de chocolate, e no anterior a ele, bolo de fubá cremoso.

Clay sempre se levantava com a mamãe, e enquanto ela preparava o bolo, ele saía para correr e, na volta, trazia pães, frios e algumas guloseimas que encontrava na padaria. Era ele quem fazia o café preto, que, diga-se de passagem, era absolutamente incrível! Nem forte, nem fraco, saborosamente perfeito, no ponto ideal.

Mamãe também servia uma jarra de suco natural fresquinho. Não sei exatamente qual deles arrumava a mesa para o nosso café da manhã. Acho que os dois faziam isso enquanto conversam, pois se tem algo que eles sempre fizeram é isto: conversar. *E é tão bom perceber que mesmo após tantos anos juntos, eles ainda cultivam assuntos em comum, gostam da companhia um do outro.*

De qualquer maneira, ao nos sentarmos à mesa, era sempre uma bela visão: os pães em um cesto, o bolo exposto sobre um boleiro de vidro com a base elevada, os frios cuidadosamente enrolados em bandejas, a baguete cortada em tiras verticais – proporcionando a visão deliciosa do recheio à mostra –, a jarra de suco ao lado da garrafa de café e uma bandeja com frutas.

Mamãe sempre disse que cozinhar é fazer poesia para ser degustada. Ela viu essa frase pintada na parede de um restaurante certa vez e adorou, pois reflete exatamente todo o carinho com que ela prepara nossas refeições. E sempre que me sentava à mesa posta de maneira tão bonita pela mamãe e Clay, sentia que essa era uma das maneiras de eles mostrarem o quanto nos amavam. E eu amava todos os momentos, tanto os jantares de domingo a quinta, já que sexta era dia de comer "besteira", quanto os cafés da manhã aos sábados.

— *Gael, faça nossos agradecimentos hoje, meu filho* – disse mamãe, enquanto todos nós damos as mãos.

— *Logo eu? Ah, não, mãe. A senhora sabe como eu sinto vergonha* – respondeu Gael, embora soubesse que essa batalha já estava perdida.

— *Por isso mesmo. Essa é uma ótima oportunidade de treinarmos sua habilidade de falar em público, filho* – Mamãe deu uma piscadinha para seu menino e em seguida deu a ele um sorriso extremamente cativante e muito encorajador.

Ela sempre sabia o que falar, como falar e quando falar. Tinha para mim que devia ser um dom conquistado após ter três filhos.

Gael não era exatamente o que podemos chamar de tímido. Como todo garoto de 10 anos, ele adora aventuras, super-heróis e brincar com amigos, sem contar que volta e meia aparecia com as pernas e os braços ralados por alguma dessas brincadeiras não ter terminado muito bem, ou bem até demais. O fato é que ele apenas não gostava de estar no centro das atenções. Apesar de ser extremamente inteligente, preferia a comodidade de passar despercebido.

— *Querido Deus* – começou Gael. – *Obrigado pela nossa família e pelo café da manhã que vamos comer. Obrigado por cuidar da mamãe e do papai e Nena.* – Longo suspiro. – *Querido Deus, eu sei que já te pedi isso, mas vou pedir de novo... Por favor, ajude eu e a Ella a suportar a escola na semana de provas. Tirando Português, o resto é muito chato e eu sinto que a gente não aguenta mais! Só que precisamos muito tirar boas notas.*

Nesse momento, todos nós demos risada de forma silenciosa, até que a voz de Ella surgiu, complementando a oração de Gael:

— *Querido Deus, me ajuda mais do que a Gael, pois nem de Português eu gosto. Então meu sofrimento está maior do que o dele. Muito maior.*

Ok, nós rimos um pouco mais alto agora.

— *Não está, Deus! O sofrimento está igual!* – Gael retrucou para sua gêmea. – *Para de atrapalhar minha oração, Ella!*

— *Tá bom. Desculpa! Mas eu só ajudei...* – Ella respondeu virando os olhos. Gael tornou a juntar suas mãos em uma prece e continuou:

— *Ah! E eu tenho mais um pedido. Ajude a Nena em seu novo emprego, e que ela não gaste todo o seu dinheiro com as roupas que tem lá... E que se lembre de ajudar o meu cofrinho, pois a mamãe sempre nos ensinou que precisamos dividir as coisas. Querido Deus, obrigado pelo dia de hoje, que está muito bonito. E obrigado pelo sol. Amém.*

— *Amém!* –todos nós pronunciamos em um coral ensaiado.

— *Hummm, então quer dizer que eu nem comecei a trabalhar e você já tem planos para o meu primeiro salário, Gael?* – perguntei, tentando disfarçar meu divertimento, enquanto enchia minha xícara de café.

— *Nena, se você gastar todo seu dinheiro com roupas, como vai me comprar presentes?*

— *Você é muito sapeca, mocinho! Mas lá não tem roupas... Tem sapatos, muitos sapatos... E brincos e colares e pulseiras e... Pensando bem, eu acho que vou precisar de muito foco para não gastar meu salário todinho lá mesmo.* – E comecei a rir.

— *Cuidado para não se tornar uma pessoa consumista, Nena* – respondeu-me o mocinho de apenas 10 anos sentado à minha frente.

— *Consumista?* – pergunto, em choque com o nível do vocabulário de Gael.

— *Sim.*

— *Você ao menos sabe o que significa essa palavra, pequeno?*

— *Ato, efeito ou prática de consumir em excesso.*

Pisquei meio atordoada e notei que mamãe e Clay estavam tão impressionados quanto eu.

— *Quando foi que você se tornou um Einstein do Português, hein?* – indaguei ao nosso mini gênio.

— *Eu só descobri que gosto muito de palavras, Nena. E dos significados delas.*

— *E diz que ainda precisa de ajuda nas provas. Quem vê até pensa...* – Segui sorrindo, enquanto finalmente cortava a primeira fatia de bolo.

Logo em seguida, Clay entrou na conversa, e quando dei por mim estávamos todos comendo, rindo e jogando conversa fora. Após terminarmos de comer, Ariela olhou para mim e disse:

— *Nena, onde iremos passear hoje?*
— *É uma surpresa, Ella. Mas prometo que você vai amar!*

3.

De óculos escuro e som ligado, pisei na embreagem, engatei a marcha e lá estávamos nós, eu e minha irmã mais nova, minha pequena Ella, caindo na estrada para viver um dia só nosso.

Quase todos os meses reservávamos um sábado, que Ella apelidou de DIA DAS IRMÃS-MENINAS. Esse dia, que nasceu com uma ideia bem elaborada de Ariela, tinha duas regras inquebráveis:

Regra 1: era proibido participar qualquer outra pessoa que não fosse uma irmã Albertellie. *Nossa irmã.*

Regra 2: como o nome já anunciava, era proibido para qualquer um que não fosse menina.

Coincidentemente – ou não –, como éramos as únicas filhas da família Albertellie, esse era um dia reservado apenas para nós duas. E eu amei, de todas as formas, eu amei. Amei a criatividade que ela teve e amei, principalmente, ser a sua pessoa "escolhida". Porém, como as regras desenvolvidas por essa pequena mente pensante eram expressamente objetivas, esse era um dia proibido para Gael. Não que ele se importasse, é claro, até porque, como ele sempre dizia, *"papo de menina é chato"*.

Mas nossos pais, sempre tão sábios, ao invés de cortarem o barato de Ella obrigando-a dividir esse momento com nosso irmão, tiveram uma ideia melhor: nesse mesmo dia, Clay costuma sair com ele e o deixava levar seus dois melhores amigos, Nico e Bento.

No fim, era algo como uma versão masculina do nosso dia das irmãs-meninas.

E também, era nesse dia que mamãe aproveitava para curtir um momento só para ela, o que normalmente envolvia sessão de massagens, fazer as unhas, ver um filme e almoçar com Margo, sua amiga de longa data, ou com a vovó – quando ela não estava viajando. Ou só aproveitar o silêncio e a calmaria de uma casa vazia, o que é quase um luxo quando se tem três filhos.

Enquanto estávamos paradas no farol vermelho, olhei para o lado e encantei-me com a beleza exuberante e pura da pequena Ella cheia de sorrisos. As poucas sardas em seu nariz estavam mais evidentes e suas bochechas levemente rosadas. A luz do dia refletindo em seu cabelo castanho-claro, preso em um grande laço rosa, permitiu um reflexo dourado. E seus olhos verdes estavam escondidos sob a lente rosa de seu óculos de sol.

Tão incrivelmente linda! Assim como o gêmeo dela.

— *Não acredito! Aumenta o som, Nena! Eu amo essa música!* – disse Ariela, bem empolgada, assim que começou a tocar a música do Moby, "The perfect life". Fiz como ela me pediu, aumentei o som e começamos a cantar juntas:

♪ "Ohhhh.

Nós fechamos nossos olhos.

A vida perfeita.

Vida.

É tudo que precisamos." ♪

Enquanto cantávamos no último volume, Ella avistou uma roda gigante e, obviamente, entendeu o que eu tinha preparado para o nosso dia. Seu entusiasmo garantiu-me uma alegria contagiante. Mesmo que minha caçulinha estivesse vivendo uma fase completamente diferente da minha, eu adorava dedicar tempo a ela, adorava mergulhar em suas aventuras e ver o mundo pelos seus olhos.

Estacionei o carro, desliguei o som e saímos caminhando de mãos dadas em direção à entrada do parque.

A primeira coisa que avistamos assim que entramos foi um lindo carrossel com cores em tons pastéis girando e girando, os cavalos subindo e descendo enquanto crianças pequenas gargalhavam sentadas sobre eles. Logo mais à frente caminhava um senhorzinho com um monte de balões de cores vibrantes sob a luz do sol. Não precisou de muito para que eu prometesse comprar um mais tarde para a pequena Ariela.

Depois de dar uma volta por toda extensão do parque, decidimos ir primeiro no Barco Viking, que era uma de suas principais atrações. Ella quis sentar-se em uma das pontas do barco, pois as pontas atingiam o nível mais alto possível e as descidas eram mais emocionantes. De fato eram, pois a cada descida nossos cabelos voavam com o vento ao mesmo tempo em que surgia um imenso frio na barriga. E a melhor forma de extravasar essa sensação era gritando o mais alto que podíamos.

Saímos do Barco Viking e corremos para a pista do Carrinho de Bate-Bate. Em seguida fomos à Montanha-Russa, e assim, de um em um, fomos em todos os brinquedos, só parando para comer um lanche na hora do almoço.

Por volta das 17h40 o sol já estava se pondo, as luzes do parque começavam a ser acesas, então corri até a banca de sorvetes com Ella, compramos uma casquinha de sorvete para cada uma, o meu de flocos e o dela de morango, o meu com calda de chocolate e o dela com calda de caramelo.

Caminhamos até a Roda Gigante e lá de cima, enquanto comíamos nossos sorvetes, ficamos vendo o pôr do sol. Foi um momento perfeito. Mágico. O céu mesclado em azul, rosa e laranja, abaixo de nós as luzes dos brinquedos acesas. Eu e Ella, ali, sentadas, vislumbrando aquela paisagem linda e tomando sorvete. Pensei em fotografar, mas a câmera do meu celular nunca captaria com perfeição a beleza que meus olhos enxergavam.

Eu sempre fui apaixonada pelo pôr do sol. As cores que surgem e a forma como se misturam nesse momento é de uma beleza indescritível; o contorno das nuvens desenhando o céu, os raios que rasgam o horizonte... Nunca existe um pôr do sol idêntico ao outro; parecidos, sim, mas iguais nunca. E isso é uma das coisas que me fascinam, todo dia poder apreciar um espetáculo de beleza única, que ocorre quando o sol se põe para deixar a lua brilhar em seu lugar. É como se Deus pintasse a glória do seu amor diariamente só para admirarmos, assim como mamãe pinta suas emoções em seus quadros.

Mas o pôr do sol é de uma beleza diferente, possui em si algo de eterno; é sutil, requer um nível elevado de atenção, precisa de alguém para olhar com a alma. Tudo começa assim: o sol desce de seu posto elevado – como se fosse para estar à altura horizontal de nossos olhos. Aí os raios surgem e os mesclados de cores aparecem. Primeiro surge o brilho no olhar, depois o toque suave da brisa… E, então, o calor dos raios dançam na superfície da nossa pele e vão entrando por todos os poros do nosso corpo, até alcançarem a alma, e o coração. Existem dias em que, junto ao calor, a paz nos preenche tão, mas tão profundamente, que dá vontade de chorar, afinal, é como eu disse, existe algo de eterno nesse momento.

Na saída do Parque, como prometido, comprei um balão para Ella, em formato de coração. Minutos antes de entrar no carro, minha pequena abraçou-me e disse:

— *Obrigada, Nena. Hoje foi o dia mais perfeito das irmãs! Eu te amo muito!*

— *Eu que te amo muito, pequena! Eu adorei nosso dia! Ainda bem que temos a vida toda para ter muitos dias assim.*

Entramos no carro, e no meio do caminho Ella caiu no sono no banco ao meu lado.

4.

Segunda-feira, 7h, o despertador tocou.

Diferente dos outros dias, dei um pulo da cama, ansiosa pelas horas que viriam. Enquanto escovo meus dentes, paro para olhar meu reflexo no espelho. Era meu primeiro dia na Vyass Boutique, uma das lojas mais incríveis para moda feminina do shopping. De saltos a bolsas, de maquiagens a lingeries, até todo tipo de acessórios e semijoias... Lá tem de tudo, com exceção de roupas.

O conceito da Vyass era realmente inovador, um paraíso para as mulheres! Além de vender itens de encher nossos olhos, a decoração do ambiente era incrível, não se parecia em nada com as lojas convencionais. Eles souberam criar um ambiente cheio de vida e personalidade.

Um espaço amplo, com piso de madeira e móveis provençais. Algumas das paredes eram pintadas em tons pastel e adornadas com espelhos, já outras substituíam a pintura por papel de parede, elegantes e harmônicos. Em cada ambiente existiam minis salas em conceito aberto, compostas por um jogo de sofá colorido, pufes retrô e poltronas, tapete, lustres, um aparador com um arranjo de flores naturais e quadros com fotos de alguns produtos comercializados na loja. Apesar de ser toda compartimentada por setores (calçados e bolsas, acessórios e semijoias, lingeries e maquiagens), a decoração criava a sensação de que cada setor era uma extensão muito bem elaborada do anterior, fazendo com que todos fossem integrados entre si.

Ainda me lembro do dia em que estava passeando no shopping com a Ana, minha melhor amiga, e avistamos a placa "Contrata-se atendente". No dia seguinte voltei lá e deixei um currículo. Pouco tempo depois, fui chamada para uma entrevista e já sai de lá com a notícia maravilhosa de que a vaga era minha.

Como minha família sabe o quanto amava essa loja, não era de se estranhar que meus irmãos achassem que eu fosse gastar todo o meu salário nela, ainda mais com o desconto especial de funcionária, que foi uma das coisas que mais amei.

Eram 7h50. Já havia tomado banho, vestido meu uniforme – uma *baby look* preta com o logotipo da loja e uma calça jeans de cintura alta –, arrumei meu cabelo e fiz uma maquiagem leve. Desci até a cozinha, peguei algumas torradas para comer enquanto tomava café preto. E ali, bem ao lado da garrafa de café, um pequeno bilhete carinhoso escrito à mão:

"Filha, tenha um feliz primeiro dia de trabalho.
Com amor,
Clay".

Sorri por dentro.

Escrevi embaixo do bilhetinho: "*Obrigada. Eu te amo, pai*". Desenhei um coração ao lado e, em seguida, tirei uma foto do bilhete com a minha resposta e enviei para ele.

Como a escola dos gêmeos ficava a caminho do trabalho, Clay levava Gael e Ariela todos os dias e depois ia direto para o escritório. Mamãe também já estava em seu estúdio – um pequeno salão que ela alugara no centro para poder pintar seus quadros.

Mamãe sempre teve alma de artista, mas foi só com a chegada dos gêmeos – e, principalmente, após o período em que eles ficaram internados –, que mamãe passou a refletir com mais seriedade sobre o que realmente era importante para ela e como ela iria fazer uso de seu tempo.

Questões sobre o que fazia sua alma florescer e seus olhos brilharem começaram a surgir com mais frequência e ela realmente decidiu transformar sua paixão em profissão. E, sobretudo, ela queria ter mais tempo de qualidade para nós – para o seu amor e seus três filhos. E também para ela mesma. Assim, após muito planejamento, deixou sua carreira na empresa em que trabalhava para dedicar-se à sua paixão: a arte.

Obviamente, o começo foi difícil, muito investimento e pouco retorno, mas só o fato de fazer o que ela amava era o suficiente para fazê-la prosseguir. E sempre que o desânimo batia, tinha Clay para lhe dizer o quanto era talentosa e dar-lhe todo o incentivo necessário. Com o tempo, clientes começaram a surgir, e com eles muitas encomendas também. Hoje, mamãe já tem quadros expostos em todo o território nacional. Ela sempre diz que os filhos, somados ao apoio constante do seu marido, foram o combustível necessário para dar a ela a coragem de fazer seus sonhos tornarem-se real.

Até a semana anterior, eu ajudava mamãe em seu estúdio, e apesar de estar muito empolgada em começar com meu emprego novo, sabia que sentiria muita falta de passar meus dias com ela.

8h15 e eu já estava entrando no ônibus a caminho do meu novo trabalho. O bom de pegar ônibus após às 8h é que não há mais aquela superlotação em que você mal consegue movimentar-se, afinal, a maioria dos expedientes começa às 8h e, por sorte, o meu iniciava-se às 9h. Embora o ônibus desse muitas voltas até chegar ao shopping, eu não precisava pegar nenhum outro além dele, o que era outro ponto positivo. Sentei-me ao lado da janela, coloquei meu fone de ouvido e comecei a ouvir minha sequência favorita de músicas a fim de tentar me distrair de toda a ansiedade que eu estava sentindo.

— *Seja bem-vinda, Helena. Vou te mostrar toda a loja e passar algumas instruções de como exercer sua função de modo adequado* – disse o Sr. Lopez, com um sorriso simpático no rosto.

Orlando Lopez, meu novo gerente, era um homem de meia-idade e altura mediana, magro, cabelo grisalho, olhos de um azul tão claro que chegavam a ser impressionantes, sobrepostos por um par de óculos bem redondinho de aro preto. Não sei por que, mas olhar para ele lembrava-me do Harry Potter. "*Talvez sejam os óculos*", distraidamente pensei enquanto ele mostrava-me os detalhes da loja, que eu já conhecia tão bem. Passamos pelo setor de calçados e bolsas, seguindo adiante pelo setor de acessórios e semijoias, o de maquiagens, encerrando no de lingeries.

Após conhecer o restante da equipe, fiquei em pé no setor de calçados, aguardando os clientes chegarem. *Sempre com a feição agradável e um sorriso no rosto*", como diz o Sr. Lopez, "*sem a necessidade de ficar seguindo os clientes pela loja, mas mostrando-se acessível caso algum queira vir até você, e falando com gentileza e demonstrando boa vontade em atender*".

O período da manhã passou muito rápido. Quando dei por mim já eram 13h, horário do almoço. Subi até a praça de alimentação e acabei optando por uma porção de arroz, strogonoff de frango e muita, muita batata palha.

— *Oi, princesa. Posso me sentar?*

Tomei um susto com a voz masculina totalmente desconhecida, vindo em minha direção. Olho para cima e, de fato, era comigo. Princesa? Sério? Que clichê. Havia um rapaz em pé, na minha frente, segurando um lanche e uma latinha de Fanta Uva. Não posso negar que embora ele tivesse sido ousado em me chamar de princesa e em pedir para sentar-se ao meu lado mesmo com tantas mesas vazias, ele era lindo. Tão lindo que me peguei pensando se minhas expressões deixavam óbvio o quanto eu o achara lindo.

Moreno claro, alto, porte atlético, olhos negros levemente puxados, cabelo liso – no mesmo tom de seus olhos – e com um sorriso que me derreteu por dentro. Tentei disfarçar minha admiração evitando olhar dentro daqueles olhos, então só fiz que sim com a cabeça e, em seguida, baixei o olhar tentando me concentrar na batata palha, que já estava no fim... E era tudo que eu conseguia ver.

Mas bastou que ele se sentasse ao meu lado para o restante da refeição transformar-se em tortura. Comer ficou difícil, pois o cheiro do perfume que ele usava começou a me roubar a paz. Senti todos os meus instintos acenderem. Meus olhos brigavam comigo querendo olhar para ele, enquanto eu os proibia. Terminantemente proibia! Como poderia permitir? E que droga de perfume! Que droga de cheiro! *Ah! Que cheiro...*

Sentia orgulho, satisfação e constrangimento, tudo na mesma medida em que o sentia me olhar descaradamente, sem ao menos disfarçar. Será que estava me avaliando? E o pior, era como se houvesse um magnetismo no ar constantemente me atraindo para ele. Devia ser culpa desse perfume. Ou dos olhos. *Céus!* Como podiam ser tão negros?

Terminei minha refeição o mais rápido que pude e quando levantei a cabeça pronta para sair, deparei-me com aquele par de olhos fitando-me. Será que ele tinha ficado assim o tempo todo? De fato, não sei. A única coisa que posso dizer é que no instante em que o vi me olhando – outra vez ou *ainda* –, senti calafrio no estômago, e se eu tivesse com um espelho na minha frente, veria que fiquei corada. Muito corada. E se minha mente não estava delirando, eu juraria que um brilho de satisfação percorreu aquele olhar e um meio sorriso, igualmente satisfeito, surgiu naqueles lábios. Paralisei. Mas algo na minha mente, talvez puro instinto – ou defesa –, obrigou-me a reagir.

Levantei, recolhi meu prato e a latinha de Coca, que ainda estava pela metade, pedi licença de maneira gentil e sai dali o mais rápido que pude, tentando não tropeçar nas minhas próprias pernas, mas não pude deixar de notar o sorriso que ele me deu, o que piorou ainda mais o que já estava bem ruim. Senti que o ar ao meu redor foi roubado. Movida por uma força que me fazia reagir e obrigava o meu corpo a se mexer quando tudo em mim estava paralisado, deixei o prato com os talheres sujos no lugar indicado e fugi da praça de alimentação. O mais longe que podia antes de ter que voltar à Vyass.

Olhei o celular, ainda tinha mais 20 minutos. Encontrei o primeiro banco que vi e sentei-me. Esperei, esperei e esperei, até o meu corpo começar a relaxar. Até que aquela estranha adrenalina concentrada em cada poros do meu corpo se dissipasse. Demorou alguns minutos até eu sentir que estava normal novamente, mas aquele ar gelado concentrado no meu estômago ainda se fazia presente. Agora com menos intensidade, é claro, mas ainda assim, presente. E aquele perfume ainda estava no ar ao meu redor, roubando-me a paz e o bom senso. Ou, talvez, aquele perfume estava em mim. E aqueles olhos… *Ah, aqueles olhos…*

Voltei para a loja e continuei o segundo turno de trabalho.

5.

Não demorou muito para que eu percebesse que o setor de calçados era o mais cansativo de se trabalhar. Não que os outros não fossem movimentados, mas o setor de calçados fazia-me ir ao estoque e voltar cheia de caixas várias vezes ao dia.

Era sempre assim: uma cliente chegava, admirava a vitrine, e após passar algum tempo olhando, aproximava-se de mim e pedia para provar alguns modelos. Ela me passava sua numeração, eu subia ao estoque, pegava os modelos que ela solicitara e mais uns dois parecidos, levava todos eles empilhados em caixas até a mini sala onde a cliente me aguardava sentada confortavelmente em um dos belos sofás, sempre com o cuidado de deixar as caixas empilhadas no cantinho para que o ambiente não ficasse bagunçado. Em seguida, de um em um eu entregava todos os calçados para a cliente provar, até que ela escolhia o que mais lhe agradava. Às vezes, a escolha era rápida, outras nem tanto, mas eu sempre esperava pacientemente e com uma expressão agradável no rosto.

A quantidade de calçados escolhidos variava muito de cliente para cliente. Após a escolha feita, eu sempre perguntava se ela não gostaria de comprar alguma bolsa que combinasse com seu novo calçado, ou algum acessório. Caso a cliente aceitasse, encaminhávamo-nos para os outros setores para continuar a maratona de compras. Se a resposta fosse não, eu acompanhava a cliente até o caixa e encerrava o atendimento – sempre com um sorriso no rosto e agradecendo a cliente pela preferência – e, então, voltava ao setor de calçados para recolher as caixas que havia deixado empilhadas para guardá-las no estoque novamente.

O dia realmente voou. Quando dei por mim já eram 17h. O período da tarde passou tão rápido quanto o período da manhã. Antes de seguir ao vestiário para recolher minhas coisas fui até o gerente

— *Boa tarde, Sr. Lopez. Já deu o meu horário, mas antes de ir embora eu gostaria de saber se eu posso ser útil em mais alguma coisa?*

— *Obrigado, Helena. Por hora está tudo nos conformes. Como foi o seu primeiro dia?*

— *Foi muito bom!* – disse, com sinceridade. – *Sr. Lopez, antes de ir gostaria de agradecer por todas as instruções que o Sr. me deu hoje. Aprendi muito espero ter tido um bom desempenho.*

— *Você foi muito bem, senhorita. Tenha um ótimo descanso.*

Despedi-me com um sorriso e fui direto ao vestiário para pegar minha bolsa para, em seguida, voltar para casa.

Feliz e cansada.

Liguei o chuveiro e entrei embaixo da água, que começou a escorrer pelo meu corpo. Dei-me conta de como minhas pernas e braços estavam doloridos, afinal, tinha passado boa parte do meu dia em pé, indo de um lado para outro, carregando caixas e mais caixas. Confortou-me pensar que com o passar dos dias meu corpo adaptar-se-ia a essa nova rotina. Além disso, nada como um banho bem quente e bem demorado para relaxar.

Ainda embaixo da água, fechei os olhos e inclinei a cabeça para trás. Deixei a água escorrer e, então, *aquele* perfume... Em minha mente, o *flash* daqueles olhos exóticos, um par de amêndoas negras. Mas não se tratava só dos olhos. Era o jeito de olhar. O jeito de ele olhar. Aquela voz... Eu gostaria de ouvir meu nome sendo pronunciado por aquela voz. "Helena". Porém o que meus ouvidos ouviram foi "princesa". Tão clichê.

As únicas pessoas que eu gostava que me chamassem assim, e isso dez anos atrás, eram meus pais, Elisa e Clayton. Por mais que eu saiba que não tenho o mesmo sangue que Clay, ele me fez sua filha quando eu tinha apenas 4 anos e naquela idade eu nem tinha consciência do quanto eu precisava de um pai. Mas desde aquele momento ele me amou com seu amor paternal. Ele é o único pai que eu conheci e tem sido o único de que preciso. Desde aquela época, ele me fez sua princesinha. Às vezes penso que talvez, para ele, eu sempre serei.

"Princesa".

A palavra continuava martelando insistentemente na minha cabeça. Princesa. O que ele quis dizer com isso? Será que foi apenas uma cantada barata? Ou será que ele se referia assim a todas as garotas com quem trocava uma palavra ou três? Porque se for isso, parece-me algo tão... sei lá. Alguém que não se dá conta de que no século XXI não se usa mais esses termos? Ou, então, alguém que não quer nada com nada? Mas o que eu posso falar sobre isso? Não querer nada... Logo eu, que terminei os estudos havia quase dois anos e ainda não sabia que faculdade fazer, qual formação queria ter, em que queria me especializar. E, novamente, veio o "sei lá". Contudo, dessa vez, apenas porque eu não tinha certeza sobre isso, sobre o que fazer e... ser. O que fazemos faz parte de quem somos? Bom, se eu perguntasse para a mamãe talvez ela dissesse que sim, visto que mamãe é uma artista e a arte faz parte de quem ela é e de como se expressa.

"Princesa".

O que eu posso dizer? Essa conversa comigo mesma não me levava a nada. Estava tentando me distrair e esquecer... Esquecer que durante o almoço, um deus de olhos escuros havia se materializado bem na minha frente, falado comigo e me chamado de princesa. E se não bastasse ser o homem mais lindo que eu já vi, também estava com um perfume capaz de desnortear todos os meus pensamentos, ativar todos os meus sentidos e roubar a minha paz.

Talvez meus questionamentos internos e toda essa conversação na minha cabeça enquanto tomava banho fosse apenas uma forma de a minha mente levantar seus próprios escudos de proteção e insistir em sabotar minhas emoções. E com total razão, devo dizer. E talvez seja, inclusive, uma forma de encontrar algum defeito diante de tanta perfeição. E, então, a realidade bateu na minha cara e disse que a probabilidade de não nos vermos nunca mais era imensa.

Uma pontada de frustração percorreu meu coração. Só uma pontada. Coloquei um pouco de shampoo nas minhas mãos e comecei a massagear meu cabelo. Soltei um longo suspiro e optei por colocar um ponto final na conversa comigo mesma, com meus próprios pensamentos ocultos, mas me dei conta de que era inútil. Afinal, ele não havia puxado nenhum assunto depois do *"Oi, princesa. Posso me sentar"*. Foi só isso. *"Posso me sentar?"*. E sentou-se, ficou me olhando, e eu dei uma de muda porque ele era tão lindo que me deixou totalmente sem jeito.

Ok, ok. Confesso que não sou exatamente o que se pode considerar como tímida, mas quando foi que eu me senti assim antes? Completamente paralisada diante de alguém que mal falou comigo. E que raios! Porque só de pensar nele minhas pernas tremem? Porque parece que aquele perfume impregnou no ar à minha volta? E porque eu não consigo esquecer aqueles olhos? Talvez porque eles são tão exóticos, lindos, negros e profundos...

"Calma, Helena!", disse a mim mesma. "Calma!".

— *Ah...*– Choramingo. Ainda estava falando sozinha.

Levei minha mente para longe enquanto enxaguava meu cabelo. Fiquei mais alguns minutos embaixo da água até que finalmente desliguei o chuveiro e percebi o tanto de vapor formado. Enrolei-me na toalha, passei em frente ao espelho que fica sobre o lavatório e desenhei um rosto sorridente, pois era exatamente assim que me sentia: estranhamente feliz!

Primeiro dia de trabalho concluído com sucesso!

6.

Passei a hora seguinte deitada no sofá assistindo a um filme qualquer que passava na TV, decidida a não pensar nele. Quando o filme acabou, resolvi dar início ao jantar, pois em breve mamãe, Clay e a duplinha dinâmica chegariam. Como as crianças estudavam em período integral, Clay também os buscava na escola. Mamãe costumava ficar até as 19h em seu ateliê, e por esse motivo todos chegavam por volta do mesmo horário em casa.

Um dos muitos gostos que adquiri por influência dos meus pais foi o musical. Por mais que eu adore as músicas da atualidade, tornei-me amante das canções mais antigas. Então busquei na *playlist* do meu celular a música "Feeling good", da Nina Simone. Aumentei o som, fiz um coque no meu cabelo, enchi meia taça de vinho tinto para ir tomando aos poucos e comecei a cozinhar.

♪ "Pássaros voando alto, você sabe como me sinto.

Sol no céu, você sabe como eu me sinto.

Brisa passando, você sabe como eu me sinto."♪

Liguei o fogão e coloquei a água para ferver. Peguei uma tábua de madeira, coloquei no balcão da pia e comecei a picar a cebola.

♪ "É um novo amanhecer.

É um novo dia.

É uma nova vida.

Pra mim.

E eu estou me sentindo bem."♪

Tomei um gole de vinho, fechei os olhos e me permiti dançar um pouco apenas como forma de me deliciar com as batidas dessa música maravilhosa.

♪ "Peixe no mar, você sabe como eu me sinto.

Rio correndo livre, você sabe como eu me sinto.

O desabrochar em uma árvore, você sabe como eu me sinto."♪

Voltei minha atenção à cebola e permaneci picando-a, tentando não chorar pelo ardor em meus olhos.

♪ "Libélula ao sol, você sabe o que eu quero dizer.

Não sabe?

Borboletas se divertindo, vocês sabem o que eu quero dizer.

Adormecer em paz quando o dia termina

É isso que quero dizer."♪

Despejei a cebola, que estava em minúsculo quadradinhos, em uma panela, e passei a picar o alho, enquanto meu corpo balançava no ritmo do som que escutava.

♪ "Estrelas quando brilham, vocês sabem como eu me sinto.

Aroma do pinheiro, você sabe como eu me sinto.

Oh, a liberdade é minha, e eu sei como me sinto."♪

Despejei o alho junto à cebola e coloquei ambos para dourar no azeite, com algumas fatias de bacon. Embora o bacon não fizesse parte da receita, é um dos meus toques pessoais. Pouco tempo depois começou a tocar Aretha Franklin. Continuei degustando meu vinho e desfrutando do prazer que meus ouvidos sentiam a cada canção tocada. Acrescentei molho de tomate à panela, com sal, azeitonas roxas e mais alguns temperos. Fui dançando descalça até a geladeira e retirei do congelador as almôndegas congeladas. Coloquei todas na panela com molho de tomate e deixei que cozinhassem enquanto colocava o espaguete na panela ao lado, que já estava com a água fervendo.

O jantar estava quase pronto quando escutei ao longe a voz de Gael discutindo com Ella por algum motivo que não entendi muito bem. Comecei a rir, e em pensamento me perguntei quando é que eles iriam parar de brigar por tudo.

— *Gael, não fale assim com a sua irmã. Peça desculpas imediatamente.* – Escutei a voz de Clay. – *Ariela, não provoque seu irmão. Eu vou colocar os dois de castigo, estão me ouvindo?* – Ele prosseguiu, falando impacientemente.

Ignorei o barulho da fala deles e permaneci focada em arrumar a mesa para o jantar. Fiz um esplêndido espaguete com molho ao sugo com almôndegas, o que, em outras palavras, é apenas macarrão com molho de tomate e bolinhas deliciosas à base de carne moída. Um prato rápido, prático e muito, muito gostoso.

Retirei do armário três travessas de porcelana, as duas primeiras grandes e redondas, a terceira, pequenina. Arrumei-as no centro da mesa, rodeando o jarro de flores que ficava ali, repleto de astromélias coloridas. Em uma das travessas grandes coloquei o espaguete já cozido e na outra despejei as almôndegas com molho, e aproveito para salpicar um pouco de coentro bem picadinho sobre as deliciosas bolinhas de carne. Peguei a terceira travessa e comecei a ralar um pouco de queijo dentro dela. Caminhei dançando até o armário e busquei um jogo de cinco *sousplats* em tons de amarelo com estampa florida. Coloquei-os lado a lado na mesa redonda e em cima de cada um ponho um prato de porcelana branco, acompanhados de taças, talheres e guardanapos. Confesso que fiquei encantada com a composição alegre da nossa mesa e a forma como os *sousplats* amarelos formaram um lindo contraste com as cadeiras de madeira azul-claro.

Deixar a mesa posta e ornamentada para as refeições tornou-se um hábito para nossa família, independentemente de ser para receber visitas ou apenas para nós cinco. Já fazia parte da rotina do nosso dia a dia.

Quando eu era pequena, na época em que mamãe e Clay apenas namoravam, lembro-me de que às vezes, quando ele ia à nossa casa para jantar na saída do trabalho, mamãe deixava a mesa bem bonita para recebê-lo, e ele adorava. Ele dizia que se sentia especialmente amado e honrado ao ver como ela caprichava nos detalhes, em como ela preparava o ambiente com velas, flores e aromas, apenas para eles jantarem juntos, passarem um tempo juntos, principalmente em um dia de semana normal, distante de qualquer data comemorativa. Na verdade, era como um carinho após um longo e difícil dia.

Com o tempo, ele também passou a se aventurar na cozinha para fazer o mesmo por ela, pois ele queria que ela se sentisse da mesma forma que ele, especialmente honrada e muito amada por meio de uma simples refeição ao redor da mesa. Eu me lembro de ver como eles comiam e conversavam sobre qualquer assunto que revelasse como tinha sido o dia, e eu me lembro da forma como eles se olhavam e sorriam felizes diante de uma coisa tão comum: um jantar em casa, numa noite qualquer. Ainda tenho alguns *flashs* em minha memória de noites como essas.

Com o tempo entendi que esse gesto tinha um valor emocional muito forte e que essa era uma das muitas coisas que tinha o poder de fazer com que eles se sentissem extremamente importantes e insubstituíveis um para o outro. Acho que foi ali, naquelas noites qualquer, que comecei a entender que nada é irrelevante no amor.

Não se trata apenas da comida em si, mas da forma como se monta o ambiente para o momento da refeição. O cuidado em arrumar os detalhes que compõem a boa aparência da mesa em que em breve todos se sentarão ao redor. Pequenas coisas, como tirar a comida da panela e depositar em travessas, deixar os pratos bem arrumados com talheres ao lado, colocar algum arranjo decorativo, dobrar os guardanapos...

A forma como você sente-se ao fazer uma refeição assim, é totalmente diferente de como você se sentiria apenas colocando a comida no prato e ir sentar-se no sofá para comer enquanto assiste algo na TV. Eu entendi que preparar tudo isso é uma das coisas que faz com que nós nos sintamos importantes, honrados, especiais e queridos. Amados de um jeito especial. E essa é uma sensação maravilhosa! Pois mesmo com todas as nossas diferenças – que são muitas – e até as brigas e divergências, ainda assim, sentimos que fazemos parte de um lugar onde somos aceitos e amados, que possuímos um imensurável valor uns para os outros – e gostamos de demonstrar isso! E embora existam dias que para alguns de nós foi extremamente difícil – coisas como decepções, dia estressante no trabalho, dia difícil na escola, mágoas, corações partidos, perdas e tantas outras coisas como essas –, sentar-se à mesa para comer com as pessoas que amamos tem o poder de nos refazer, pois ali, ao redor daquela mesa, estão as pessoas mais importantes do mundo. Ali ninguém menospreza a dor de ninguém. Ali todos se olham nos olhos e refletem o amor que supre tantas necessidades do coração e da alma! Ali, ao redor da mesa antiga, está o nosso lar, o nosso clã, a nossa alcateia, a nossa *ohana*, a nossa família. Se a nossa casa fosse uma pessoa, essa mesa, com certeza, seria o coração!

Vou até o celular, diminuo o volume da canção que está tocando e deixo quase que em som ambiente. Coloco a cabeça em direção à sala e dou um grito:

— *Gente, a janta já está pronta! Podem vir!*

7.

Meu expediente estava quase no fim quando uma senhora entrou na loja e me pediu para provar quatro modelos de sapatilhas diferentes. Embora fosse de idade avançada, era uma mulher extremamente elegante, tinha um corte de cabelo curto e moderno, e era perceptível o orgulho com que ela exibia a tonalidade grisalha de seus fios. Tinha uma feição extremamente bonita, com traços finos, delicados e amorosos. E pela forma como me chamou, poderia descrevê-la como alguém que possui toda a ternura de uma avó... Mas o estilo... Esse, sem dúvida, era de uma mulher forte, determinada e elegante.

Gentilmente pedi-lhe que me acompanhasse até o jogo de estofados para que ela pudesse me aguardar confortavelmente sentada enquanto pegava as sapatilhas. Fui ao estoque e voltei equilibrando uma pilha de quatro caixas de sapatos. Enquanto ia andando em direção a minha cliente, o improvável aconteceu mais uma vez. Primeiro, veio o cheiro... *Aquele* cheiro. *Aquele* perfume. E, então, aquela voz baixa, quase rouca, pronunciando novamente as mesmas palavras que eu lutei tanto para esquecer.

— *Oi, princesa.*

Não sei se foi o susto ou se foi o fato de ouvir a voz novamente, mas quando dei por mim já havia tropeçado e derrubado as quatro caixas no chão. Além do barulho que estrondou por todo o setor, as caixas abriram-se, o que fez com que as sapatilhas voassem, cada par para um lugar diferente ao meu redor. E pior, quase o acertou. Só não aconteceu, pois esse homem que andou tirando a minha paz demonstrou grande habilidade em se esquivar dos sapatos voadores. Eu sentia meu rosto arder de tanta vergonha, mal consegui olhar para ele quando apenas falei *"Me desculpe"*, antes de unir toda a minha coragem e me agachar para pegar os calçados e guardá-los em suas caixas.

— *Poxa, princesa. Eu que peço desculpas. Sinto muito por ter te assustado.* – ele disse, passando as mãos no cabelo enquanto dividia seu olhar entre mim e as sapatilhas jogadas ao chão. – *Deixe-me te ajudar a arrumar isso* – ele continuou falando, de forma tão calma e natural e em um tom tão dócil que estranhamente me fez me sentir um pouco mais tranquila depois do meu desastre. Ou, talvez, era o *flash* em minha memória de como ele me olhara, ou do seu meio sorriso, obviamente tão constrangido quanto eu, ou de como ele passava a mão no cabelo...

Enquanto permanecia de joelhos recolhendo o que sobrara da minha dignidade, senti seus dedos tocarem de raspão minha mão. Paralisei instantaneamente. Foi como se o seu toque queimasse minha pele. Afastei-me tentando ignorar a estranha sensação que ele me causava. Definitivamente, esse era o pior momento para nos reencontrarmos. Quando levantei o olhar, vi que ele também estava de joelhos, na minha frente, ajudando-me a recolher os calçados.

— *Obrigada* – disse, desconcertada. – *Mas não foi culpa sua. Eu que sou uma desastrada.*

— *Ou eu poderia ter esperado você terminar de atender sua cliente para te chamar* – falou ele.

— *Bom, isso é uma verdade* – respondi, sorrindo, enquanto fechava a última caixa. – *Obrigada mais uma vez por me ajudar a arrumar essa bagunça.*

"Espera. Calma. Ele disse que poderia ter esperado para me chamar? Será que... Não, Helena! Para! Esse é um péssimo momento para começar a conversar com seus próprios pensamentos outra vez", eu disse a mim mesma mentalmente, enquanto levantava o mais rápido que podia e ia em direção à senhora, que me aguardava sentada, sorrindo.

Olhando para ela senti meu rosto queimar – novamente –, só que de vergonha. Não sei ao certo se minha vergonha era por ela ter presenciado os sapatos voando pela loja ou se pela sensação de que ela notara como ele me afetava. Talvez os dois. Mas ao chegar mais perto, pela forma como seu sorriso alternava-se, tive mais duas impressões: a primeira foi a de que ela, de alguma forma que eu ainda não sei explicar, estava plenamente satisfeita com a cena. E a segunda impressão que me ocorreu – e bem mais natural em relação à anterior – é de que ela havia se divertido muito. Uma moça estabanada tropeçando e derrubando todos os sapatos no chão, além de quase acertar um lindo estranho.

Se eu não estivesse tão constrangida pela cena ter acontecido comigo, no meu local de trabalho – no meu segundo dia –, e na frente dele, do homem mais lindo que já tinha visto na vida desde… ontem? Oh, céus! Possivelmente eu teria morrido de rir de mim mesma.

— *Minha querida, vejo que você já conheceu meu neto, Victor.*

Neto?

Demorou alguns segundos até eu entender que ela referia-se ao estranho que estava ocupando meus pensamentos desde o almoço no dia anterior. Victor. Achei o nome tão lindo quanto ele. Forte, imponente, atrativo.

— *Ele foi muito gentil em me ajudar a recolher os calçados* – disse, com um sorriso nos lábios. - *Vamos provar então?* – E abri a primeira caixa, tirando a sapatilha de bico fino preta.

Enquanto ela provava o sapato, Victor aproximou-se silenciosamente e ficou em pé, parado, ao meu lado. Inevitavelmente, senti seu perfume tomar conta de todo o ar ao meu redor. Suspirei profundamente, inalando seu cheiro e tentando controlar meus batimentos cardíacos descompassados, além de permanecer meio confusa procurando entender como ele tinha tanto efeito sobre mim.

Essa era a segunda vez que nos víamos em dois dias e ao todo não tínhamos trocado mais do que meia dúzia de palavras. Não fazia nenhum sentido. Mas me ocorreu, então, que talvez não fosse sobre as poucas palavras faladas, mas sobre a entonação da voz, sobre como seus lábios moviam-se enquanto ele dizia qualquer coisa, *enquanto ele dizia "princesa"*. E pensar assim apenas piorou tudo um pouco mais, pois percebi que de tudo que eu já sentira na vida, todas as atrações anteriores, nada, nunca houve nada que se comparasse a isso. Era novo para mim, esse estalar de ossos, esse tremor de pernas, esse maldito congelar no meu estômago.

— *O solado dessa sapatilha é bem confortável* – falei, direcionando-me a minha cliente, apontando para sapatilha nude que estava sobre a caixa no chão, enquanto inutilmente tentava dispersar meus pensamentos de seu neto. – *Além do mais, a cor combina com qualquer peça que a senhora deseje usar.*

— *De fato, ela é bem confortável, minha jovem, além de ser muito bonita. Vou levar as duas! Ela e a preta. Mas pode me chamar de Victoria, ou de Vic, se preferir.* – E, então, deu uma piscadinha para mim. Paralisei mais uma vez.

— *A Sra. fez uma excelente escolha! Dona Victoria, vou levá-la ao caixa.* – respondi, com um sorriso gentil e, em seguida, caminhei com ela e Victor até a fila do caixa. Após deixá-los lá, despedi-me e fui recolher as caixas que haviam ficado para levá-las de volta ao estoque e depois ir para casa.

Antes de sair pedi desculpas ao Sr. Orlando por toda a bagunça causada. Ele me tranquilizou, dizendo que aquilo era normal e que todas as meninas já haviam passado por algo parecido, algumas até pior, e sorriu com a distante lembrança. Pior? Fiquei pensando se realmente era possível alguém ter passado por algo pior do que aquilo ou se era apenas bondade dele comigo.

No momento em que estava saindo da loja, vi Victor parado do lado de fora. Vendo-o de perfil, ele parecia mais lindo ainda. Calça jeans, uma corrente dourada sobre a camiseta branca e uma jaqueta de couro preta. Ele me olhou e novamente senti um frio instalar-se bem no meio do meu estômago, e isso só se intensificou ainda mais quando o vi caminhando em minha direção, até que parou na minha frente.

— *Oi, novamente, princesa.*

— *Helena* – Ele sorriu assim que falei. Senti-me desmanchar novamente.

— *Helena, me deixa te levar para jantar esta noite?*

Eu fiquei atônita, sem acreditar no que ouvia. Nem sei quanto tempo demorei para responder, mas no meio de toda a confusão dentro de mim, só consegui dizer:

— *Jantar? Eu e você?*

Ainda paralisada, e acho que quase gaguejando, consegui terminar de responder:

— *Mas nem nos conhecemos ainda.*

— *Você já conhece a pessoa mais importante da minha vida, que é a minha vó. Sabe que me chamo Victor e que não paro de pensar em você...* – Chegando um pouco mais perto de mim, ele prosseguiu: – *Existe algo a mais na sua beleza, Helena. No seu olhar desconfiado, em como suas bochechas ficam levemente vermelhas quando você me olha. Existe algo na sua voz e no brilho dos seus olhos. Você é toda, angelical, tão linda, delicada... Estou absolutamente fascinado. Então só me deixa te levar para sair para poder te mostrar quem eu sou e para conhecer quem você é.*

A essa altura, além de sentir que minhas pernas fraquejavam, eu estava sem fôlego pelas palavras que ele havia dito, mas principalmente pela intensidade do seu olhar. Sentia meu rosto queimar. Na verdade, tudo em mim queimava.

— *É... Eu... Eu adoraria* – disse, por fim, após tentar encontrar um bom motivo para recusar e não encontrar nenhum.

— *Posso te pegar às 19h?* – Victor perguntou-me, e eu apenas balancei a cabeça indicando que sim. Após trocarmos nossos números, ele aproximou-se de mim, passou o polegar em meu queixo, beijou meu rosto e, então, falou no meu ouvido:

— *Até mais tarde princesa.* – E foi embora.

8.

 Meu coração batia tão acelerado que parecia que dentro de mim estava acontecendo uma corrida de cavalos. 18h30 e eu já estava arrumada, sentada na minha cama, sorrindo sozinha, pensando em como eu havia aceitado sair com Victor assim, tão rápido. Era uma mistura de ansiedade com medo e mais ansiedade. Uma alegria diferente pairava sobre mim. Precisei lembrar a mim mesma que só havíamos trocado meia dúzia de palavras e que nos conhecíamos desde... o dia anterior, então não fazia sentido sentir-me desse jeito. Mas nada que eu dissesse aos meus pensamentos funcionava.

 Minhas pernas mexiam-se, inquietas, enquanto eu estava sentada em minha cama. Então eu me levantava para dar uma volta pelo meu quarto e, depois, sentava-me na cama novamente. E, assim, sucessivamente. A essa altura as horas pareciam ter congelado e eu entendi exatamente o que a citação de Antoine de Saint-Exupéry, em seu livro "O pequeno príncipe", queria dizer: *"Se tu vens, por exemplo, às quatro da tarde, desde as três eu começarei a ser feliz. Quanto mais a hora for chegando, mais eu me sentirei feliz. Às quatro horas, então, estarei inquieto e agitado: descobrirei o preço da felicidade".*

 Levantei-me pela milésima vez, fui até o espelho e avaliei novamente o meu rosto. Escovei mais uma vez o meu cabelo castanho-escuro, que estava solto e ondulado – seu comprimento chegava ao meio das costas. Avaliei minha maquiagem, que estava bem leve, peguei o *gloss* e passei outra vez em meus lábios carnudos. Encarei meus próprios olhos cor de mel pelo reflexo do espelho, idênticos aos da minha mãe, e passei mais rímel.

Avaliei outra vez minha roupa por todos os ângulos. Um vestido floral azul marinho, de alcinha, com decote levemente acentuado e altura um pouco acima dos joelhos. Calcei uma sandália de salto na cor nude. Fui até minha caixa de semijoias e peguei uma pulseira fina banhada a ouro, um par de brincos, que não passavam de duas pequenas pérolas douradas e, para finalizar, peguei três anéis, que coloquei um no dedo anelar, outro no dedo médio e, por último, no dedo indicador.

Voltei a sentar-me na minha cama e fiquei olhando o celular. Haviam se passado apenas seis minutos. O tempo, de fato, havia parado, e cada segundo transformava-se em uma eternidade. Ainda sentada, reli a mensagem que Victor me mandara mais cedo pedindo permissão para me buscar em casa. Inicialmente, eu pretendia pegar o carro de mamãe emprestado para encontrá-lo já no local em que jantaríamos, mas acabei cedendo e enviei meu endereço a ele. Se nada desse certo, eu poderia inventar alguma desculpa, pedir um Uber e voltar para casa. Muitas possibilidades passavam pela minha cabeça. E enquanto eu brigava com meus próprios pensamentos, mamãe apareceu na porta do meu quarto.

— *Filha, o Victor chegou. Está lá embaixo te esperando.*

Se meu coração batia desesperadamente antes, agora era como se ele tivesse parado. Quase me faltou o ar.

Eu imaginava que ele iria me mandar uma mensagem pedindo para eu descer, que estava me esperando no carro. Mas não, ele tocou a campainha e entrou na minha casa. E eu estava tão absorta em meus pensamentos que nem ouvi. E, pelo visto, ele se apresentara aos meus pais. Enquanto a surpresa nitidamente instalava-se em meu rosto, mamãe olhou-me com um olhar tão doce que eu não pude deixar de perguntar o que ela tinha achado dele.

— *O que eu achei? Que ele é muito gentil. Além de ser um gato!* – disse ela, com aquele sorriso de que ia ficar tudo bem, e como se ela pudesse ler meus pensamentos, completou:

— *Se tudo der errado e nada for como você espera, é só me ligar, tá bom? Irei até você, filha.*

Mamãe deu uma pausa com um longo suspiro e, então, soltou um lindo sorriso. Ela me olhou com um brilho no olhar tão especial, que foi como se naquele instante toda a minha infância passasse pelos seus olhos.

— *Ainda nem acredito que você tem um encontro, filha! Eu espero que sua noite seja incrível... E você está tão linda, Nena!*

— *Sabia que hoje eu quase derrubei uma pilha de sapatos em cima dele?* – eu falei para tentar disfarçar o meu nervosismo, e por alguns segundos funcionou, pois nós duas caímos na risada.

Em seguida, mamãe me abraçou, um abraço muito forte. Eu podia compreender sua emoção, afinal, mães sempre se emocionam quando se dão conta de que suas garotinhas estão crescendo.

Embora eu já tivesse tido alguns encontros clandestinos – poucas vezes –, nunca tinha tido nada sério com ninguém. Além disso, nenhum tivera a ousadia de sequer ter passado perto da minha casa, então ela nunca havia conhecido ninguém, nenhum possível pretendente. Até então.

Desci as escadas e lá estava ele, sentado no sofá, ao lado de Clay. Victor usava uma camisa social branca com as mangas dobradas até o meio do braço, uma calça de sarja clara e um tênis branco. Quando me viu ele levantou-se. Estava segurando uma única rosa vermelha, que me entregou assim que me aproximei.

— *Obrigada, Victor. Eu adorei.* – falei a ele sinceramente, admirada pelo gesto singelo.

Ignorando os olhares encantados e melancólicos dos meus pais, peguei a rosa e coloquei em um jarro de rosas brancas que havia sobre o centro de mesa na sala. A rosa vermelha destacou-se entre todas as outras. Fiquei alguns segundos admirando a nova composição de rosas que se formou no momento em que o vermelho escarlate levou vida à imensidão de branco ao seu redor. De certa maneira, era assim que eu me sentia: cheia de vida.

— *Posso contar que Nena estará em casa até meia-noite, meu rapaz?* – perguntou Clay para Victor.

— *Com certeza, senhor.* – respondeu ele. – *Foi um imenso prazer conhecê-los!*

Após cumprimentar meus pais, Victor virou-se para mim, estendeu uma mão em minha direção esperando que eu a segurasse e me perguntou:

— *Pronta?*

Com um sorriso, entreguei minha mão a ele e disse que sim, pois eu estava mesmo pronta.

9.

    Estávamos no carro há cerca de 40 minutos e eu não fazia ideia para onde estávamos indo, com exceção de uma pista: após passar pelos túneis, tive certeza de que seguíamos em direção ao litoral. Ao litoral, em uma noite de terça. "Será que ele mora por lá? Ou será que pretende me raptar? Não seja boba, Helena!" Já estava eu conversando comigo novamente, um hábito meio estranho que se tornara o que eu mais fazia desde o dia anterior. E suspeitava que o fazia porque desde que vira Victor pela primeira vez – umas 30 horas antes –, parecia-me que todo meu sistema havia entrado em colapso. Meu coração, meus pensamentos e todos os meus sentidos. E isso nunca me acontecera antes! Agora estava eu, ali, presa em um carro com ele há 40 minutos, tentando disfarçar o quanto sua presença me afetava, o quanto seu cheiro me enfeitiçava e como eu mal conseguia olhar em seus olhos porque eles me convidavam a mergulhar e mergulhar...

    — *Você não vai me contar mesmo onde estamos indo?* – perguntei, tentando distrair minha mente de tudo que eu estava sentindo.

    — *Não vou. É uma surpresa* – ele respondeu, virando o rosto para me olhar. – *Mas prometo que já estamos chegando.*

    — *Quando eu quase te enterrei embaixo de uma pilha de sapatos hoje mais cedo, não imaginaria que o dia terminaria assim* – comentei, aos risos. E para minha surpresa, ele também explodiu na risada mais gostosa que meus ouvidos já tinham escutado. Enquanto ele sorria tão espontaneamente, era como se uma explosão de fogos de artifícios estivesse acontecendo ao seu redor. Era simplesmente lindo. Cheio de cor e brilho.

Era um convite que me fazia sorrir com ele mais e mais. E eu só parei de rir quando notei que ele admirava o meu momento de descontração com um sorriso encantado em seu rosto e um brilho estranhamente cativante em seus olhos. Confesso que isso me deixou levemente desconcertada, possivelmente com as bochechas coradas, mas feliz, muito feliz.

— *Eu não sabia se nossa noite iria terminar assim...* – ele comentou, olhando-me, agora com a voz mais calma, mais baixa, mais envolvente, dominando todo o ar outra vez. – *Mas eu, com certeza, queria que ela terminasse exatamente assim.*

"Droga! Ele acabou de me fazer desmanchar por inteira sentada no banco deste carro", pensei, e os fogos de artifício, bom, acho que agora eles estavam explodindo dentro de mim e ao meu redor. E não só explodindo em brilhos e cores, era quase como um show de fim de ano. Era grande e intenso e esplêndido.

Ah, Victor!

— *Eu realmente estou muito feliz de estar aqui... com você.* – falei, com um sorriso verdadeiro e apaixo... Não! Não é possível! Apaixonada não. E porque eu não consigo parar de sorrir? E porque sinto que meus olhos estão refletindo todos esses benditos fogos? Oh, céus! E meu coração...

— *Mas... E você? Me fala sobre você... Quantos anos você tem?* – perguntei, depois de uma infinidade de segundos em que ficamos apenas vidrados um no olhar do outro, sorrindo sem motivo aparente, envoltos em uma mágica no ar. *É o cheiro!* É culpa desse cheiro. É tudo culpa desse perfume...

Victor me contou que tinha 25 anos e que, assim como eu, amava ouvir uma boa música. Ele era formado em Gestão Empresarial e trabalhava na empresa da família dele. Amava tanto séries como filmes, era filho único, adorava comer, mas se considerava um desastre cozinhando.

A conversa fluiu tanto! Entre um sorriso e outro, uma conversa e outra, contei a ele um pouco sobre minha família, minha vida e o que me deixa feliz... A tensão no ar foi se desfazendo, mas não a magia. E logo parecia que nos conhecíamos há toda uma vida.

E então, sem me dar conta, chegamos ao nosso destino.

Saímos do carro e eu não poderia estar mais perplexa: Estávamos diante da areia e do mar, envoltos pela escuridão da noite. Olhei o céu cheio de infinitas estrelas reluzentes, a Lua estava tão imensa que eu poderia jurar que ela estava um pouco mais perto da Terra. Não sei dizer onde o mar se encontrava com o céu, pois no horizonte eles se uniam em um.

Eu estava tão encantada com a paisagem... Todos aqueles diferentes tons de azul rompendo a noite com as luzes mais brilhantes que o céu poderia oferecer, a areia quase branca, tão fina e macia.

Eu queria sentir ao máximo todas as sensações que aquele momento me proporcionava, pois mais uma vez, ao olhar a natureza, ocorreu-me que ali existia algo de eterno... Não em torno dela, mas nela própria, na maneira como foi pintada, desenhada, formada.

Eu queria poder captar com minha mente toda a real beleza que meus olhos viam. Fotografei em minha memória, pois novamente me ocorreu que a câmera de um celular jamais faria jus a tanto encanto. Então fechei os olhos. Senti a brisa tocando suavemente a minha pele e balançando meu cabelo, enquanto meus ouvidos ouviam as ondas quebrando ao fundo. Pude sentir o exato momento em que todo o meu ser inundou-se de uma perfeita paz. E toda a confusão dentro de mim gerada por sentimentos tão novos, únicos e intensos desfez-se. Tudo entrou em harmonia. Perfeita paz e harmonia. Não sei dizer exatamente quanto tempo fiquei ali, parada, admirando a grandiosidade da noite. Mas eu estava ali. E queria sentir. Queria viver plenamente cada partícula de tudo que estava a minha frente e ao meu redor.

De repente, senti os dedos de Victor entrelaçando-se entre os meus, e não sei explicar o motivo, mas enquanto meu estômago congelou e essa mesma sensação percorreu por todo o meu corpo, senti que meu coração ficou mais aquecido. Minhas pernas ainda estavam levemente trêmulas, e por mais que ele não notasse, meu corpo todo sentia. Cada pedaço de mim sentia.

— *É lindo, não é?* – escutei Victor me dizer. – *Mas aos meus olhos, é pouco diante de toda sua beleza.* – Titubeante, virei-me para ele buscando seus olhos. – *Este é o meu lugar no mundo, Helena. É aqui onde eu me encontro. E é por isso que eu trouxe você aqui hoje. Eu realmente quero te mostrar quem eu sou e, mais do que isso, quero muito conhecer a mulher que você é.*

Ele aproximou-se, depositou um casto beijo no centro da minha cabeça, segurou mais forte a minha mão e convidou-me para desfrutarmos a noite apenas com um *"Vamos?"*, acompanhado de um sorriso que, indiscutivelmente, tinha o poder de me paralisar, levar-me às nuvens e devolver-me o ar.

Eu sentia que em meu interior voavam todas as borboletas do mundo e que em meu olhar refletia o brilho de todas as estrelas que iluminavam o céu. Tudo por causa dele, por causa do Victor. Eu realmente sentia que estava em um sonho, mas a realidade é que eu sabia que tudo isso era muito melhor do que o mais belo sonho que eu jamais ousara um dia ter.

Ainda olhando em seus olhos, eu respondi a ele que sim, que eu adoraria mergulhar noite adentro com ele para descobrir tudo o que ele tinha para me mostrar, e para conhecer um pouco mais sobre o homem que dominara todos os meus sentidos – embora eu soubesse que uma noite não seria o suficiente.

Victor sorriu para mim, soltou minha mão e caminhou até o carro. Ele abriu a porta traseira e retirou algo similar a uma cesta de piquenique – que eu não havia notado até esse momento. Quando retornou ao meu lado, Victor estendeu a mão disponível em convite silencioso para caminhar até a praia com ele. Convite que prontamente aceitei no momento em que entrelacei nossos dedos novamente.

Chegando à areia, tiramos nossos sapatos e caminhamos descalços. Concentrei-me na sensação dos grãos de areia brincando com meus pés na noite quente... Estava perfeita e gostosa.

É incrível como um momento tem o poder de dar uma nova vida e ressignificar completamente as coisas. Antes, praia fazia-me pensar em sol, mas agora eu pensaria em lua e estrelas.

Paramos bem no meio da areia, entre a orla e o mar. Ali, Victor soltou a cesta e de dentro dela tirou um tecido branco que estendeu no chão. Em seguida, tirou três copos com velas dentro deles e após acender cada uma, colocou-os no centro do tecido. A visão do lugar por si só já era deslumbrante demais, só que Victor elevou toda essa beleza no instante em que acendeu as velas. E para finalizar, ele tirou uma garrafa de vinho tinto bordô com duas taças e me convidou a sentar-me com ele.

— *E aí, princesa? O que achou?* – Victor perguntou-me, com um sorriso que derreteu meu coração. Será que toda vez que ele me lançar um sorriso seria assim?

— *Você superou qualquer expectativa que eu possa ter criado. Isso tudo...* – E acenei ao nosso redor – *esse céu, esta noite, este lugar, estas velas, é muito mais do que eu poderia sonhar. Obrigada, Victor. Eu amei.*

— *Helena, para mim, um sonho é estar com você aqui* – disse ele, olhando em meus olhos. Em seguida, com um sorriso de canto de boca, ele prosseguiu:

— *Então missão cumprida? Te surpreendi?*

— *Me surpreender era uma missão para você?* – eu perguntei, em tom brincalhão para disfarçar o fato de que eu estava completamente derretida e de que meu coração havia disparado.

— *Desde a hora em que eu te vi pela primeira vez* – ele respondeu, passando seus dedos em minha mão.

— *No shopping?* – questionei.

— *Não, no parque. Eu te vi no parque com a sua irmã, sábado, e eu te achei tão doce, tão linda, tão pura, tão atenciosa... Mas você nem me notou. No fim da tarde, eu estava sentado em um banco, perto da roda gigante, e eu te vi lá em cima, admirando o pôr do sol. Seus cabelos refletiam os últimos brilhos do dia e nossa, naquele momento, bem ali... você me conquistou, Helena! E o engraçado é que eu nem sabia seu nome, nem te conhecia, nem sabia se te veria novamente... Eu não tive coragem de me aproximar, nem de falar com você naquele instante, mas de lá até aqui você tem ocupado os meus pensamentos, cada um deles, e em minhas preces eu pedia a Deus que me permitisse te reencontrar.* – Victor parou de falar com um sorriso discreto estampado em seu rosto, foi como se em sua memória ele revisse lembranças. – *E ontem... Quando eu te vi sentada, almoçando, eu entendi que foi uma resposta de Deus para a minha oração! Eu nem sei porque Ele me ouviu, mas ali estava você...* – Ele segurou minhas mãos e, então, continuou: – *Eu percebo que você fica um pouco desconcertada quando te chamo de princesa, mas eu quero que você entenda, Helena, que aos meus olhos é exatamente isso que você é, uma princesa! E eu só tenho desejado passar os meus dias te tratando exatamente assim... E eu estou te falando isso porque... Por favor, Helena, eu não quero que isso que está acontecendo entre nós acabe aqui. Não quero que termine nessa noite.*

A essa altura, meus olhos lutavam para não deixar escorrer as lágrimas de pura felicidade que brotavam neles. O misto de emoções que eu sentia preenchia-me por completo, do fio de cabelo às pontas dos pés, e o centro disso tudo se passava em meu coração, e a fonte disso tudo estava sentado ao meu lado, acariciando os meus dedos. Victor. Era simplesmente indescritível. De tudo que experimentara ao longo dos meus anos, eu nunca havia conhecido um sentimento assim. Se eu pudesse descrever, diria que era como a primeira vez em que você prova seu prato preferido, o exato momento em que o seu paladar descobre o novo gosto... Tudo em você se acende e algo dentro de você sabe, naquele exato momento, que será insubstituível. Nada te trará tanto prazer quanto provar aquela mistura perfeita de temperos, que em sua boca todos os outros sabores render-se-ão a esse novo sabor, as outras composições render-se-ão a essa nova composição. E que, a partir de então, aquela é a sua preferência! Para você é o melhor, o mais gostoso, o mais apetitoso... incomparável. E, de alguma forma, você sabe que dali em diante sempre será.

Sem nem pensar, eu lancei-me em seus braços e o abracei com toda força que eu tinha. Pude sentir nossos corações baterem no mesmo compasso e senti mais de perto o perfume que tanto me perturbava. Eu entendi que aquele cheiro sempre seria único para mim, pois ninguém mais teria o cheiro dele, o cheiro que emanava dele, da pele dele, e nenhuma composição jamais seria idêntica ao que surgia quando esse perfume se encontrava ao cheiro natural dele. E era essa a composição que me roubava a paz. *Era ele*. Pude sentir a força de seus braços enquanto ele retribuía o meu gesto abraçando-me em retorno, prendendo-me. E, então, eu disse em seu ouvido:

— *Eu também não quero que isso acabe aqui.*

Quando nossos corpos separaram-se, ficamos nos olhando e sorrindo um para o outro. Se alguém olhasse diria que éramos dois bobos, mas a verdade é que nossas almas haviam se conectado, e por mais que estivéssemos nos encontrando somente naquele momento de nossas vidas, era como se já nos conhecêssemos a vida inteira, como se estivéssemos destinados a nos encontrar.

10.

Algum tempo depois, Victor abriu a cesta novamente e de lá tirou duas embalagens. Entregou uma para mim e ficou com outra para ele.

— *Princesa, você já degustou lanche com vinho?*

— *Nunca na minha vida* – respondi sinceramente.

— *Parece ser uma mistura meio doida, né?* – ele disse, risonho. – *Mas um lanche compõe excelentes acompanhamentos para se beber com vinho: pão, carne, queijo... Topa provar?*

— *Super topo!* – respondi sorrindo, enquanto percebia que, de fato, eu estava morrendo de fome.

Ele sorriu orgulhoso e passou o polegar em meu queixo. A intimidade do gesto trouxe leve arrepio à tona e meu coração disparou e, então, aqueceu-se. – *Que bom, princesa. Tenho certeza de que você vai adorar!*

Ele colocou um pouco de vinho em uma taça e me ofereceu. Eu dei um gole e, em seguida, mordi o lanche. Confesso que me surpreendi com o misto de sabores que eu desfrutei. Realmente, era delicioso. Uma combinação totalmente inusitada, mas que, unidas, era incrível ao paladar.

— *Victor, isso está incrível! De fato, é muito delicioso* – falei, antes de voltar a morder o meu lanche.

— *Esse lanche é de uma hamburgueria artesanal que eu adoro. Podemos ir lá qualquer dia desses.*

— *Eu adoraria.*

Depois de comermos, ficamos sentados lado a lado, conversando. Tudo ali era perfeito, excepcional. A paisagem, *ah*… Como eu sou apaixonada por paisagens… O céu iluminado por milhares de estrelas – céu de cidade grande não é tão estrelado assim –, a lua imensa ao alto, a areia fina sob nossos pés, o mar à nossa frente, as velas acesas… Mas, principalmente, Victor. Tudo era perfeito por ter ele ali comigo.

E ele é lindo! A primeira vez que eu o vi durante o meu almoço, um dia antes, eu o achei tão bonito que mal conseguia olhar para ele. Mas conhecendo-o ali pude comprovar que o mais belo nele é o seu interior. Excede tudo isso. Seus olhos negros, seu cabelo esvoaçado, seu sorriso, seus ombros largos, seu charme, seu cheiro. Excede. O interior dele… excede.

— *Sabe, hoje é um dia de primeiras vezes para mim…* – falei. – *Primeira vez que minha família conhece um cara. Eu nunca levei ninguém nem perto de casa.* – Comecei a rir. – *Não acreditei que você apareceu lá na porta de casa e se apresentou aos meus pais.*

— *E porque eu não o faria? Nunca te quis só por uma noite, só por um encontro…*

Ok, fiquei desconcertada novamente, meio que em êxtase. E radiante. Muito radiante.

— *Primeira vez que derrubei uma pilha de sapatos.* – Rimos — *Primeira vez que venho à praia à noite, primeira vez que provei lanche com vinho e…* – Respirei fundo, olhei para baixo, mas Victor novamente acariciou meu queixo, fazendo-me olhar em seus olhos, e mesmo com um pouco de medo pelo sentimento que palpitava em meu peito, eu prossegui: – *E essa é a primeira vez que sinto meu coração corresponder a outra pessoa de maneira tão intensa assim. Eu nem sei explicar. Mas desde o momento em que te vi, você não tem noção de como eu… De tudo que se passa aqui dentro de mim. Na minha mente e no meu coração. E tudo isso é por você, Victor. É você.*

Quando minhas palavras por fim terminaram, eu recebi o olhar mais lindo e reluzente que já havia visto. Aqueles olhos negros estavam iluminados. E quanto mais eles brilhavam, mais meu coração sentia-se embalado e aquecido. Victor sentou-se atrás de mim, entrelaçou seus braços em minha cintura, então repousei minha cabeça em seu peito e assim fiquei até que a proximidade entre nossos corpos foi acalmando o furacão em meu interior e dando lugar a um sentimento familiar, um sentimento de… lar.

Nós ficamos ali, sentados, por nem sei quanto tempo, olhando o horizonte.

— *Princesa...* – Ao ouvir essa palavra novamente dei-me conta de como eu já adorava quando ele me chamava assim, pois, então, tinha um significado diferente, repleto de uma ternura que até aquela noite eu desconhecia. – *As horas já se avançam e em breve teremos que ir embora, mas antes da nossa noite terminar, você dança comigo?*

Eu aceitei.

E nós dançamos. Sem música. Descalços.

Enquanto Victor conduzia-me, eu desfrutava da leveza de seu toque, dos seus batimentos acelerados, que estavam em perfeito compasse com os meus próprios batimentos, e do seu perfume embriagador.

Nosso ritmo era lento, nossos passos iam devagar, sem pressa para terminar. Suas mãos pairavam sobre minhas costas e as minhas mãos pousavam envoltas em seu pescoço, enquanto mergulhávamos fundo um no olhar do outro. Uma noite. Foi o que bastou para que eu me apaixonasse perdidamente. Quando nossos pés pararam, Victor baixou sua cabeça. Encostou sua testa na minha, a ponta de seu nariz tocou o meu. Pude sentir seu hálito quente acariciar minha face enquanto ele deu um longo e profundo suspiro. E, ainda de olhos fechados, ouvi sua voz me dizendo quase em um sussurro: – *Ah Helena... Me diz que isso não vai terminar aqui.*

Só de pensar nessa possibilidade senti um aperto em meu coração. Ainda com nossos rostos tão colados disse a ele:

— *O que eu mais desejo é que não termine.*

Victor sorriu, levantou minha mão até sua boca e deu-me um leve beijo nela.

E, então, era hora de ir embora.

II.

Cheguei em casa por volta das 23h45.

Atravessei a porta da sala sorrindo sozinha, lembrando do que Victor me dissera assim que estacionou o carro na frente de casa: *"Esses 15 minutos antes do horário é para demonstrar que eu respeito às regras e os pedidos dos seus pais"*. Tantos anos até finalmente me apaixonar e foi logo por um cavalheiro. A atitude de respeito dele pelas pessoas que eu mais amo nessa vida refletia um profundo respeito por mim também. *"Seria muito bom se eu ganhasse uns pontinhos com eles por isso também, né?"*

Assim que ouvi isso caí na risada. *"É impossível não ceder aos seus encantos, Victor"*, eu respondi, ainda sorrindo. *"E, muito obrigado por ter me proporcionado uma noite incrível. Foi muito melhor do que eu podia desejar"*, disse a ele e, em resposta, recebi seu toque fazendo um carinho gentil em meu rosto, junto a um sorriso avassalador que quase arrancou meu coração para fora do meu peito.

Depois disso, Victor abriu a porta do carro para mim e levou-me até a porta de casa, beijou meu rosto e partiu. Céus! Quando foi que um beijo no rosto passou a ser uma tortura desse jeito? E... Quando é que passou a queimar tanto assim?

Eu ainda não conseguia acreditar em tudo o que havia acontecido, mas bastou que eu pusesse o primeiro pé dentro de casa após fechar a porta para descobrir que Victor tinha ganhado os pontinhos extras que tanto queria com meus pais.

— *Quinze minutos antes do horário que eu estipulei, te buscou na porta de casa e te deixou aqui também, e se apresentou para nós. Gostei dele.* – disse Clay para mim.

— *E trouxe uma rosa* – completou mamãe toda romântica.

— *Gente, eu não acredito que vocês estavam sentados aqui no sofá até agora me esperando voltar.*

— *Acostume-se, filha!* – falou Clay.

— *Eu não tenho mais 13 anos, sabiam?* – falei, brincando.

— *Mas você sempre será nossa garotinha! E...*– continuou mamãe, lançando-me aquele olhar ansioso de quem não vê a hora de receber um *spoiler* do meu encontro.

— *E hoje foi a noite mais perfeita da minha vida!* – falei e dei um pulo em direção a eles, enquanto eu os abraçava, os dois ao mesmo tempo. Algo como um abraço meio desengonçado de família. Eles me embalaram com muita ternura nesse abraço, e quando eu os soltei notei a forma como eles se entreolhavam, emocionados.

— *Filha, me conte tudo, em detalhes* – mamãe me disse.

— *É claro que eu conto, mamãe. Mas a senhora vai precisar esperar até amanhã.* – respondi, sorrindo, enquanto ia para a escada que leva ao andar de cima para ir para o meu quarto.

— *Eu fiquei esperando até agora para isso?* – ela me perguntou, tentando parecer indignada.

— *A senhora ficou esperando até agora porque é uma mãe incrível! E eu te amo muito por isso.*

— *E eu?* – disse Clay, fazendo sua versão masculina da cara dramática de mamãe.

— *E o senhor é o melhor pai do mundo todo!*

Então voltei até eles, dei um beijo no rosto dele, outro no de mamãe e me despedi:

— *Boa noite, gente. Amo vocês!*

Mamãe não tirava aquela expressão emocionada do rosto. Não sei quem estava mais comovida, eu ou ela. Não sei se algum dia entenderei exatamente o que ela estava sentindo...

Fui para o meu quarto, deitei na minha cama, fechei meus olhos e reprisei tudo que havia acontecido em minha mente: o luar, as estrelas, o barulho do mar, o perfume de Victor, o nosso piquenique na areia, seu toque, a nossa dança, os olhares que trocamos... Recordei as palavras que ele me disse: *"Aos meus olhos você é uma princesa, Helena. E, por favor, eu não quero que isso acabe aqui"*. Lembrar-me disso fez com que eu me sentisse aquecida por dentro, como se meu coração tivesse sido abraçado. Sorri ao notar que essa sensação já me era muito familiar desde algumas horas antes e, com certeza, muito bem-vinda.

Levantei-me da cama e fui relutantemente ao banheiro para tomar um banho. Não queria perder o cheiro do perfume de Victor que estava em mim, mas meus pés tinham resquícios de areia. Após banho tomado, coloquei meu pijama, apaguei a luz do quarto, e como não conseguia parar de pensar nele, peguei meu celular e digitei uma mensagem.

> *Oi... Só estou "passando" para desejar boa noite e agradecer novamente pela melhor noite que já tive. Foi como em filmes, só que muito melhor, pois foi real.*
> *Beijos,*
> *Helena.*
>
> *P.S: missão cumprida. Você ganhou os pontinhos com meus pais.*

Coloquei de volta o celular na mesa de cabeceira. Sorri. E, então, fechei os olhos sem me preocupar com o que eu sonharia... Pois essa noite eu tinha vivido o mais belo dentre o melhor de todos os sonhos.

12.

Meu celular despertou às 7h.

A primeira coisa que eu fiz quando abri os olhos foi checar se tinha alguma mensagem de Victor. E quando vi o nome dele lá foi o suficiente para me sentir feliz – antes mesmo de ler.

> *Helena...*
> *Estava pensando em você quando recebi essa mensagem, mas como você sabe, pensar em você é o que eu mais tenho feito esses dias.*
> *Obrigado por ter aceitado sair comigo hoje. Só o fato de estar ao seu lado torna qualquer lugar ou momento marcante. Foi perfeito, assim como você.*
> *Sonharei contigo,*
> *Victor.*
>
> *P.S[1]: hahahaha. Que bom! Então isso significa que sacrificar os 15 minutos que eu poderia ficar te paquerando valeu a pena.*
> *P.S[2]: Essa noite também foi de "primeiras vezes" para mim.*

Reli sua mensagem umas cinco vezes e quase pulei de alegria quando Victor disse que também tinha sido uma noite de primeiras vezes para ele. Saber disso trouxe-me uma felicidade diferente. Foi como se deixasse o que era bom ainda melhor, pois estávamos partilhando algo inédito, juntos. E por isso, sempre que ele se recordasse, eu estaria presente em sua memória.

Sentia que todas as borboletas do universo voavam em minha barriga.

Eu já tinha amanhecido feliz e, então, fiquei radiante.

Digitei uma resposta divertida e enviei.

Victor...

Ouvi dizer por aí que cultivar bons pensamentos é uma arte!

Então... Continue pensando em mim. Kkkkkk.

Também não paro de pensar em você.

Tenha um lindo dia,

Helena.

P.S: então quer dizer que você quer ficar me paquerando? E me fala assim? Que descarado!

A resposta chegou quase que instantaneamente.

Princesa...

É claro que eu quero te paquerar, DESCARADAMENTE mesmo. Hahahaha. Eu seria um otário se não quisesse. Mas... Vou logo avisando que não quero só isso.

Tenha um ótimo dia no trabalho.

Victor,

P.S: pense em mim.

"*Não quero só isso*". Ai, Meu Deus! Nesse momento acho que as borboletas pararam de voar no meu estômago e começaram a fazer uma roda de capoeira.

> *Victor...*
> *É muito bom saber disso, afinal, preciso confessar que estou adorando ser paquerada por você.*
> *"Não quer só isso?". Acho que você acabou de me dar muito no que pensar...*
> *Tenha um lindo dia.*
> *Helena.*
>
> *P.S: nem precisa pedir. Suspeito que meus pensamentos já te pertencem.*

Levantei-me cantarolando feliz. Sentia-me uma boba. Uma boba feliz e apaixo... Apaixonada.

Paquerando?

Quando foi que esse termo deixou de existir? Tenho quase certeza de que "paquerar" foi a palavra que substituiu o "cortejar".

Comecei a rir sozinha, com meus devaneios e conversas totalmente sem sentido com meus próprios pensamentos. Mas o fato é que eu me sentia como uma adolescente outra vez. Na verdade, acho que nem no começo da minha adolescência, no auge dos meus 13 anos – logo após dar o meu primeiro beijo –, eu me sentia assim. Céus! O que Victor fez comigo?

Abri a janela do meu quarto e fiquei olhando o céu azul. Respirei profundamente esse novo dia que nascia. Observei as nuvens em formas de animais e o sol brilhando... Uau, que dia lindo! Fechei os meus olhos e deixei que os seus raios tocassem a minha pele, aquecendo o meu rosto. Eu me sentia muito leve e, ao mesmo tempo, muito carregada de emoções, sentimentos e sensações que são novos para mim.

Eu posso dizer que conheço o amor. Minha família é o reflexo disso. Mas Victor – e como eu me sinto em relação a ele – é diferente de tudo que eu conheço! É único. Não existe nada com que eu possa comparar. Quando ele me olha é como se eu estivesse nua, como se ele penetrasse a minha alma. E quando ele fala, o som da sua voz produz o mesmo efeito em mim que o canto da sereia produz no pescador. É como se eu estivesse me afogando, só que quanto mais fundo eu estou, mais fundo quero ir. E o seu toque… Ele queima a minha pele. É como se o meu coração fosse parar a qualquer momento. E o seu perfume… Ah… É delirante!

Pensar nele me deixa tão feliz, mas tão feliz, que chega a ser triste.

Ele é tão lindo que chega a doer!

Mas ele não é só lindo, e é aí que está o maior problema! Porque mesmo lindo, se fosse um completo babaca, não teria nenhum efeito sobre mim, isso quebraria o encanto facilmente! Mas para minha salvação – ou perdição –, esse não é o caso. Ele é romântico, mais romântico do que nos livros, porém sem ser aquele tipo irritante e insosso. Ele é romântico de um jeito que me surpreende, faz com que eu me sinta realmente especial, única, e definitivamente faz com que eu queira mais, sempre mais… Ele é divertido, inteligente, cativante e sedutor, um homem cheio de iniciativa, determinado, intenso… Eu poderia ficar horas e horas citando as qualidades que ele possui, mas prefiro apenas dizer que ele é "à moda antiga". Algo como um perfeito cavalheiro.

E eu… Eu… Eu não encontro nada em mim que justifique ele me querer assim. Ele é formado, eu nem entrei na faculdade ainda. Ele tem 25 anos e eu só 19. Ele é forte e decidido, muito determinado. E eu sou como uma folha sendo levada pelo vento.

Não é surpreendente que eu tenha me apaixonado em uma noite, mas como eu me permiti isso? Eu nunca havia me apaixonado até então. E se, em algum momento, ele perceber como tudo é rápido demais, intenso demais, e só me deixar? Será que meu coração suportaria?

E se ele perceber que eu não sou tudo isso? Que embora eu seja feliz, eu não sou uma mulher interessante, não tenho uma vida interessante. Eu não passo de alguém comum, com uma vida comum.

Mas e se isso for o começo de um grande amor? Se isso for algo como o que mamãe tem com Clay? E se a alma dele realmente se ligou à minha? Em meio a tantos "e se", eu lembrei-me dele e de como nossa noite tinha perfeita, e decidi que correria o risco, pagaria para ver! O homem que me encantara durante a noite valia a pena.

A voz da minha insegurança começou a desaparecer quando os olhos dele tomaram minha mente. Aquele olhar… Aqueles olhos negros e profundos, eles não estavam mentindo.

Não aquele olhar… Brilhante e reluzente.

E aquele olhar, ele tinha sido para mim! Para mim.

Ansiosa e cheia de expectativas, eu continuei olhando para o céu e comecei a sorrir – com os lábios e com o coração. Voltei a concentrar-me na sensação do vento tocando meu rosto, do calor acariciando minha pele. Respiro fundo mais uma vez e deixo meus medos irem embora junto com o ar que aos poucos saía do meu pulmão, e então comecei a sorrir novamente. Outra vez, e outra...

Victor... Ah, Victor!

13.

Desci até a cozinha e, para minha surpresa, mamãe estava lá terminando de preparar o café da manhã para nós duas. É claro que ela não suportaria esperar até a noite para saber sobre meu encontro e, no fim das contas, eu também não via a hora de conversar com ela sobre tudo. Não apenas sobre como tudo tinha sido maravilhoso, mas também como eu me sentia.

— *Bom dia, mamãe!* – disse enquanto deixava a minha bolsa no balcão e me direcionava à mesa.

— *Bom dia, filha… Vou entrar um pouco mais tarde no ateliê hoje. Pensei em te levar até o trabalho, assim passamos um tempinho juntas. O que você acha?*

Comecei a rir em pensamentos, embora por fora eu estivesse tentando manter o rosto absolutamente pleno. Sempre me admira essa habilidade de mamãe em ser sutil sem ser inconveniente.

— *Eu adoraria! E já que a senhora vai me levar, eu posso sair daqui um pouquinho mais tarde do que ontem, né?* – respondi, enquanto eu colocava um pouco de café na xícara.

— *Isso mesmo, Nena. E podemos usar esse tempo para você me contar como foi a sua noite. O que acha?* – disse mamãe, tentando parecer distraída.

— *A senhora não aguentava mais de curiosidade, não é mesmo, dona Elisa?* – respondi aos risos. – *A senhora ao menos conseguiu dormir essa noite?*

Mamãe caiu na gargalhada.

E logo contei tudo a ela, com toda a riqueza de detalhes que minha mente com tanto carinho guardava.

— *E vocês não se beijaram?* – perguntou ela quando terminei de falar.

— *Não, mãe!* – respondi – *E a senhora acredita que isso me deixou mais apaixonada ainda, quer dizer, encantada.* – Corrigi minha fala enquanto meu rosto ruborizava. – *É que... Para mim, isso só mostra o quanto ele é diferente. Ele é um cavalheiro, mamãe.* – Finalizei sorrindo e baixei meu olhar.

— *E qual é o problema, filha?* – ela perguntou, notando a aflição escondida por trás dos meus olhos.

Suspirei fundo e, então, disse:

— *Eu... Eu só tenho medo de não ser o suficiente, mamãe.* – Confessei o temor do meu coração – *Eu nunca senti nada nem perto do que eu sinto por ele. Tudo aconteceu tão rápido e tão intenso, e eu não vejo em mim nada que justifique ele me querer. E se a cada dia esse sentimento só aumentar para mim e diminuir para ele? E se...* – Respirei fundo mais uma vez. – *E se ele me deixar como o meu pai te deixou?* – As lágrimas já se faziam pesadas em meu olhar e eu não consegui contê-las, então comecei a chorar. Eu não tinha percebido até aquele momento que estava bem aí a raiz da minha dor, de todo o meu medo... De eu nunca ter me apaixonado antes. – *Será que meu coração se recuperaria?*

— *Oh, filha...*

Então mamãe abraçou-me forte. Eu não sei quanto tempo ficamos ali, paradas, com minhas lágrimas caindo e ela me abraçando. Mas nesse momento, mamãe e eu sabíamos que ela já não podia mais me proteger do mundo. Nem a mim, nem ao meu coração.

— *Filha...*

Mamãe começou a enxugar as minhas lágrimas e olhou bem dentro dos meus olhos. Nossos olhos cor de mel, quase idênticos, refletiam o brilho um do outro. Ela respirou fundo, como se unisse toda a sua coragem e começou a falar:

— *Se você quer conhecer o amor, você precisa assumir o risco. E você também precisa estar disposta a conhecer a dor. Não existe outra forma.* – Ela deu uma pausa, com os olhos lacrimejando, e continuou: – *Mas saiba que o amor, Nena, ele também nos cura, e traz uma beleza indescritível para nossas vidas. O amor nos preenche e ele nos transborda. Ele nos dá um novo sentido, colore nossa vida com as mais belas cores. Ele extrai o nosso melhor e é responsável pelas sensações mais incríveis que você vai sentir em toda sua vida.* – E com um sorriso doce e uma lágrima escorrendo pelo canto de seus olhos, ela ainda me disse: – *Mas é algo que eu não posso te explicar, filha. Você precisa encontrar coragem em você para viver, para descobrir, para sentir... Imagine só, uma pessoa, na porta de um avião a 1,2 mil pés de altura, com um paraquedas nas costas, pensando se pula ou não. Alguns olham para a altura e ficam com tanto medo, completamente aterrorizados, e então desistem, voltam para dentro do avião, para a segurança de sentir o chão sob os seus pés... Já outros encontram dentro de si a coragem necessária para pular e, quando pulam, descobrem que, por alguns minutos, eles são capazes de voar... E é isso que o amor faz, filha. Ele nos dá asas.*

Mamãe voltou a me abraçar, um abraço terno, repleto de compreensão e encorajamento. E enquanto ainda me abraçava, ela aproximou seus lábios do meu ouvido e disse:

— *Filha, o seu pai não foi o amor da minha vida. E eu só entendi isso depois de conhecer o Clayton. E eu não sei se o Victor é o amor da sua, mas eu sei que agora você está na porta do avião olhando para baixo e você só vai descobrir se você pular!*

Nesse momento, eu apertei ainda mais o meu abraço em mamãe, o mais forte que eu pude, e mais uma vez disse a ela o quanto eu a amava. Depois que nos separamos, começamos a sorrir uma para outra, e em meu coração eu não conseguia parar de agradecer a Deus por ter me dado uma mãe tão incrível assim.

Eu sabia que ela não podia mais me proteger de tudo. Eu já estava crescida e talvez meu coração se quebrasse no meio do caminho, mas eu também sabia que ela passaria por tudo ao meu lado, comigo, segurando a minha mão, como naquele momento. Eu sabia que eu jamais estaria sozinha, que eu sempre teria nossa casa, sempre teria nossas refeições na mesa branca de cadeira azul, sempre teria nosso lar. E isso já era o suficiente para me dar coragem. Para viver. Para pular. Para voar.

14.

Enfim, chegou a doce sexta-feira.

A semana passou rápido. Todas as noites antes de dormir, de terça até sexta, foram dedicadas a conversas com Victor. Horas de mensagens e horas de ligações. E as primeiras palavras trocada todas as manhãs também tinham sido com ele.

O dia na loja passou muito rápido. Na verdade, a minha primeira semana de trabalho passou muito rápido. Benefício de uma rotina intensa.

Já às 17h, com o expediente findado, peguei minha bolsa e me direcionei à saída da Vyass Boutique. Aproveitei e liguei para Aninha na intenção de confirmar se minha melhor amiga passaria em casa à noite. Durante nossa breve conversa, percebi um fundo de angústia em seu tom de voz, o que me deixou bem preocupada, mas decidi não tocar no assunto e esperar o momento em que ela se sentisse mais confortável para abrir seu coração comigo e me contar o que estava acontecendo.

Somos amigas há muitos anos, desde o jardim de infância, e se existia algo que esses anos nos ensinaram foi respeitar os momentos uma da outra, não forçar a barra na ansiedade de saber o que se passava, esperando o tempo do coração sentir-se confiante o suficiente para falar sobre o assunto, para se mostrar.

Desliguei o celular após lembrá-la de que era nosso dia de comer gordices e que eu providenciaria muita dose extra de brigadeiro para nós duas. E com morangos.

Enquanto ia ao ponto de ônibus, recordei-me de como poucas noites antes o meu coração havia sido completamente arrebatado. O que eu podia fazer se aquele momento foi em que mais havia pensado ao longo da semana e todas as minhas memórias causavam-me as mesmas reações? Sorrisos, calafrios e a sensação de estar flutuando.

Ele. Sempre ele.

Porém, tratando-se de dias da semana, confesso que foi muito interessante... E lá vamos nós, no caso eu, conversar com os pensamentos novamente. Mas o fato é que terça não costuma ser um dia especial nem o dia mais esperado. É um dia típico para ser extremamente comum, abarrotado de rotina. Terça não é um forte candidato para se viver momentos inesquecíveis, afinal, não é na terça que nós saímos para o *happy hour* com os amigos após o trabalho, não é na terça que saímos para ter um jantar romântico, não é na terça que nos aventuramos a viver coisas diferentes, a provar o novo. Não, normalmente não é na terça! Coisas assim as pessoas guardam para as sextas à noite, ou sábados e domingos. Mas foi na terça que eu tive o meu encontro com o Victor. E isso mudou tudo. Em mim. E eu entendi de verdade que não precisamos esperar o final de semana chegar para se viver momentos absolutamente incríveis nem precisa existir um dia ideal para viver algo que ficará gravado para sempre em nossa memória. Qualquer dia pode ser o melhor dia de nossas vidas, bastam apenas pessoas dispostas a fazer acontecer e outras dispostas a deixar acontecer. A partir de então, terça sempre seria um dia grandioso!

Ah... Que bom que eu encontrei alguém assim!

Meu Victor é assim!

Meu? *Por favor*, que seja meu!

De terça até sexta nos falamos diariamente, não economizamos palavras e assuntos. Falamos sobre tudo. E naquele dia já tínhamos conversado ao menos duas vezes, fora as trocas de mensagens. Mas mesmo assim, eu já estava com saudades. Morrendo de saudades para ser mais específica. Saudades daquele cheiro, saudades daqueles olhos, saudades daquele toque. Saudades dele. Saudades do Victor.

O ônibus chegou interrompendo meus pensamentos.

Encontrei um lugar para me sentar ao lado da janela e fiquei olhando as casas passarem tão rápido que mais pareciam um borrão à medida que o veículo seguia sua rota em direção à minha casa.

Tentei – em vão – afastar meus pensamentos dele. Talvez isso seja um mal de gente apaixonada! Mas, no fundo, era como se ele fosse o sol que iluminava por completo o meu próprio universo, e eu apenas uma estrela pairando em torno de sua órbita. E, caramba, nós nem tínhamos nos beijado! E todos os toques que recebera dele… Tão gentis, contidos e educados. Suaves.

Por fim, após não conseguir evitar toda a falta que ele me fazia, digitei uma curta mensagem: "*Estou com saudades*", e enviei. E tratando-se dele, eu sinto muito, sinto grande, sinto forte, sinto intenso, sinto pesado. Porém quando olhei para ele não consegui falar na intensidade que sentia. Sentia muito, mas falava pouco. Falava pouco sobre o tanto que sentia. Então percebi que precisava falar mais. Não queria economizar, nem palavras, nem sensações, nem sentimentos.

Um pouco mais tarde, já em casa, tomei meu banho e optei por colocar algo confortável. Vesti um short jeans com uma blusinha de alça fina preta. Fiz um coque bagunçado mesmo em meu cabelo e deitei-me no sofá para continuar assistindo minha série. Mal comecei, tocou a campainha. Assim que abri a porta, Aninha pulou em cima de mim com sua animação tão única, tão dela, enquanto gritava meu nome para me abraçar. Mas a força do seu impulso acabou me desequilibrando e nós duas caímos no chão.

— *Ai minha cabeça* – disse Aninha, passando a mão em seu cabelo ainda jogada ao meu lado, toda torta.

— *Ai meu corpo* – eu respondi.

Nós nos olhamos e caímos na risada.

Ficamos deitadas no chão, olhando para o teto, com a porta aberta. As nossas risadas foram aos poucos se dissipando e quando o silêncio era tudo que nossos ouvidos podiam escutar – além dos carros passando na rua –, Ana começou a falar:

— *O Rafa sumiu de novo amiga. Já fazem quatro dias que ele está por aí, sabe? Eu não sei por que isso ainda me abala tanto assim.* – Ela olhava para o teto, e quando eu virei meu rosto para ela, vi uma lágrima silenciosa escorrendo pelo canto de seu olho.

— *Ele não é mais nenhum garotinho e essa não é a primeira vez que ele apronta isso. Não é nem a vigésima vez para falar a verdade... Ele já sumiu tanto que eu perdi as contas. Mas ele é meu irmão, Nena! E todas as vezes que ele some é o mesmo medo, o mesmo drama, o mesmo pavor... Se ele vai voltar vivo ou não.* – A essa altura, as lágrimas já caíam tão rápido de seus olhos que pareciam apostar uma corrida entre si. E eu não ousei enxugá-las em nenhum momento, pois eu sabia que minha amiga precisava chorar. – *Eu fico me lembrando o tempo todo de quando eu era pequenininha e de como o Rafa era o meu herói, de como ele ajudava a mãe a cuidar de mim.* – Uma pausa para reviver as memórias e, então, ela prosseguiu. – *Ele me deixava comer chocolate escondido antes do almoço.* – Ana deu um sorriso triste, mas como estávamos deitadas no chão, eu segurei forte a mão dela. – *A mãe ficava tão brava, mas o Rafa sabia que eu gostava muito, então ele me dava um pedacinho e dizia que era nosso segredo...* – Enxugando uma lágrima com seu dedo, Aninha continuou: – *Eu não sei, Nena, porque ele se permitiu ficar assim. E o pior é que constantemente eu me pego procurando um culpado, sabe? Um motivo, um erro, uma falta, algo que justifique tudo isso... Hoje ele é só um caco de vidro quebrado. Ele não é mais nem ao menos a sombra do homem incrível que ele já foi.* – Um nó se instalou em nossa garganta. Eu sabia. Eu percebia que quase doía fisicamente em Aninha continuar a falar, mas ela precisava. – *Eu sei que de lá até aqui ele já fez coisas terríveis, já nos machucou muito, mais vezes do que eu conseguiria falar, mas todas as vezes que eu olho para ele, eu vejo o meu irmão, eu vejo o herói de quando eu ainda era só uma menininha.* – E Ana continuava chorando. Um choro silencioso, que rasgava a minha alma por dentro.

"O que eu posso dizer para consolar minha amiga?", perguntei a mim mesma. Eu fiquei olhando para ela deitada, seu cabelo loiro espalhado pelo chão, misturando-se com o meu. Os olhos vermelhos de tanto chorar. A voz sumindo pelo choro embargado. E meu coração apertado dentro de mim, sangrando, porque eu sentia a dor dela como se fosse minha. Era minha amiga!

Eu conheço Aninha desde o jardim de infância, somos amigas desde sempre. E eu acompanho bem de perto sua luta com o irmão mais velho. Rafa estava na adolescência quando se viciou em drogas... Tudo começou com uma curtição entre amigos na escola até que, com o tempo, evoluiu para algo mais feio, mais dramático, mais dolorido e muito mais sério. E Rafa começou a desaparecer por dias. Ao que parecia, ele ficava nas ruas de São Paulo, perambulando, drogando-se, pedindo esmola, dormindo no sereno, tomando sol e chuva, exposto a todo e a qualquer tipo de violência possível. Tudo em decorrência do vício. A beleza dele aos poucos foi se decompondo, embora seu rosto ainda mantivesse os belos traços de sua família.

A primeira vez que ele desapareceu passamos dias procurando por ele, espalhando fotos pelas redes sociais, colando cartazes pelas ruas, até que, no alto do desespero, a tia Julia – a mãe de Aninha – foi em todos os hospitais e IMLs, inclusive das cidades vizinhas, achando que encontraria seu filho acidentado ou morto. Oito dias depois ele apareceu em casa todo sujo, fedendo, descalço, com os pés cortados. Foi após esse episódio que aconteceu a primeira internação de Rafa em uma clínica de reabilitação – a primeira de muitas outras que viriam pela frente.

Porém a história sempre se repetia: ele era internado, ficava limpo por um tempo, depois saía, aparentava estar bem por um breve período de tempo e, então, voltava para as drogas e sumia outra vez.

Às vezes, no auge de sua necessidade, ele chegava a ser agressivo. Uma vez, levantou-se para bater na tia Julia, mas Ana entrou na frente aos prantos e de joelhos implorou para que ele não fizesse nada com ela, que parasse. Dói lembrar, dói viver. Mas assim é o ciclo vicioso. É triste, é trágico, rouba todas as esperanças e ofusca a alegria. E a cada vez que esse ciclo se repete, machuca ainda mais a minha Aninha.

Eu já nem sei mais quantas vezes eu segurei com minhas próprias mãos os cacos do coração quebrado da minha amiga, tudo por causa de seu irmão... Mas eu sempre pegarei. Eu sempre estarei aqui com ela, por ela.

Nesses momentos, lembro-me das palavras de mamãe me ensinando como amar também é sofrer... E que o amor também é cura.

Não existe nenhuma beleza em ser viciado.

Eu olho para o lado mais uma vez, sento-me, pego a cabeça da minha amiga e coloco-a sobre meu colo. E então eu digo a única coisa que posso dizer diante de toda dor à minha frente:

— *Vai ficar tudo bem, Aninha. Eu tô junto com você, amiga. Sempre.*

Sinto as lágrimas dela escorrerem em minhas pernas e as minhas escorrem pelo meu rosto, mas prossigo ali com ela, em silêncio, dando o tempo que ela precisa, fazendo cafuné em sua cabeça. Quando não existe nada mais que podemos fazer ou falar, podemos dar a nossa presença, podemos estar junto. Eu não posso livrar o Rafa do vício nem posso arrancar a dor do coração da Aninha, mas eu posso ficar aqui com ela, posso estar do lado dela. Posso oferecer meu amor e meu mais verdadeiro apoio. Posso oferecer meus ouvidos e abrir meu coração para receber seus desabafos. Posso mostrar para ela que não importa o quão ruim as coisas possam ficar ao longo desta vida, ela sempre contará comigo e a nossa amizade será sempre um refúgio seguro para seu coração pousar.

Nós ficamos ali, no chão, e como a porta ainda permanecia aberta, eu fiquei observando como o mundo continuava seguindo seu fluxo do lado de fora. Os carros ainda passavam, as pessoas ainda caminhavam, as mães voltavam com seus filhos da escola, jovens saíam para correr com seus cachorros. E mesmo que estivéssemos ali, no chão, arrasadas, com o coração sangrando, a vida continuava seguindo seu ritmo.

Eu olhei para o céu e ocorreu-me que ali, de alguma maneira, tão perto de nós, Deus não era indiferente ao nosso sofrimento. Então eu só fechei os olhos e fiz uma oração silenciosa, muito simples, mas tão honesta: "*Querido Deus, estamos aqui mais uma vez, nessa situação que já é tão recorrente, mostrando essa dor que já é tão conhecida. Eu não sei se sou capaz de entender tudo isso nem de responder todos os porquês, mas eu confio no Seu amor. E por isso, mais uma vez, eu Lhe peço que renove as forças da minha amiga, cuida do coração dela de uma maneira que eu sei que jamais irei conseguir cuidar. Eu te peço também, vai até a tia Julia e envolva o coração dela com o Seu amor. Não sabemos onde o Rafa está agora, mas o Senhor sabe. E eu Lhe peço que também não o abandone, pois, de alguma forma, eu sei que quando o Senhor olha para ele, vê além de quem ele se tornou, o Senhor também consegue ver o menino incrível que um dia, tantos anos atrás, era o herói da Aninha. E eu sei que não existe nenhuma dor que o Senhor não possa curar, principalmente as do coração e da alma*".

Continuei ali de olhos fechados, chorando a dor da minha amiga, dividindo o peso que ela carregava nas costas. E pude sentir especialmente quando uma brisa suave entrou pela porta, como se nos abraçasse, como se respondendo à minha oração com apenas uma frase: "*Eu estou aqui*". Meu coração aqueceu-se, mas de uma maneira diferente, de uma maneira tão completa e abundante, com um quê de eternidade, como o que sinto com o pôr do sol e tão suave como essa doce brisa.

15.

Quando percebi que minha amiga tinha parado de chorar pela sua dor, que já lhe era tão íntima, tão conhecida e tão antiga que já fazia parte dela, eu comecei a fazer-lhe cosquinhas na barriga.

— Ana... – falei demoradamente enquanto um novo ataque de cosquinhas surgia e ela abafava suas risadas. – *Aninha... Aninha...* – E continuei a atacar-lhe com meus dedos ágeis, até ver suas risadas transformarem-se em gargalhadas.

Eu sei que cosquinhas não vão fazer desaparecer como mágica os problemas da minha amiga nem vão curar a ferida crescente que existe em seu interior por todos os longos anos em que ela vem lutando bravamente contra essa situação tão difícil com o irmão dela, mas sorrir pode trazer um breve alívio para o coração tão cansado e machucado dela.

— *Aninha... Aninha... Acho que hoje vamos nos acabar em pizza e muito, muito, muito brigadeiro.* – E a ataquei com meus dedos ágeis outra vez, e eu e ela já estávamos caindo na risada novamente.

Quando nos levantamos, Ana me olhou e disse:

— *Eu te amo, Nena. Amo muito! Obrigada por ser essa amiga tão incrível!*

— *É... O que eu posso fazer? Deus me fez assim, maravilhosa mesmo* – eu respondi, brincando com Aninha.

— *Como você é convencida! A sorte da sua vida é ter entrado na mesma creche que eu, porque o que seria de você sem mim, hein?* – falou ela.

Rimos juntas e, então, eu a abracei e disse:

— *Eu te amo muito, amiga.*

Fechei a porta e caminhamos em direção à sala com a pretensão de dançar muito ao som de nossas músicas preferidas. A verdade é que somos duas desafinadas, mas formamos uma dupla imbatível com nossos microfones de colher de pau e nossos passinhos mal ensaiados. E, principalmente, nós nos divertimos. E como nos divertimos! E no final, é isso que importa, não é mesmo?

"Thunder, thunder, feel the thunder!". Estamos nós duas cantando bem alto, quando vejo surgir Gael e Ariela na sala. O som estava tão alto que nem os ouvi chegarem. Quando eles nos veem, os dois jogam suas mochilas no chão e se unem a nós para continuarmos dançando e cantando "Thunder", de Imagine Dragons.

Em seguida, papai surgiu na sala e pegou as mochilas das crianças.

— *Vocês dois são muito bagunceiros! Já disse para colocar a mochila no lugar quando chegarem em casa duplinha dinâmica* – disse Clay para o casal de gêmeos. – *Mas... Como hoje é sexta e como vocês estão muito lindos dando entonação para a cantoria desafinada da Nena e da Ana, vou fazer o favor de guardar para vocês* – completou Clay já sorrindo muito com a provocação engraçadinha que ele fez para nós.

— *Então você nos chama de desafinadas assim? Na cara dura, pai?* – eu disse em resposta a ele, contendo o riso. – *Agora, vai ter que cantar junto e fazer mais bonito!* – E entreguei meu microfone de colher de pau para ele.

— *Eu não queria ter que humilhar meus filhos assim, mas já que você insiste!* – Papai soltou as mochilas no chão, pegou o "microfone" e começou: *"Thunder, thunder, feel the thunder"*. E todos começamos a gritar e a pular porque, para nossa surpresa, ele mandava bem mesmo!

Assim que mamãe chegou, pedimos pizza e nos acomodamos na sala para assistir a um filme. Gael e Ella logo jogaram um colchão no tapete e deitaram-se sobre ele. Clay e mamãe acomodaram-se em um dos sofás e eu e Ana nos acomodamos no outro.

Eu gosto de admirar mamãe e Clay. Sempre pensei que existia algo de muito especial na forma como se olhavam e em como um cuidava do outro. No sofá, mamãe repousava a cabeça em seu peito e ele a abraçava delicadamente. Entre eles nada era forçado, era tudo natural. As coisas apenas fluíam... Assim como a correnteza flui naturalmente no rio.

O desenho continuava rolando e, entre um riso e outro, a campainha tocou, e deduzimos ser a pizza. Levantei-me em direção à porta e quando a abri, paralisei na medida em que meu coração disparou.

Lá estava ele! Tão lindo!

Camiseta preta, calça jeans e tênis. A corrente exposta no pescoço escondendo-se dentro da camiseta. E, então, seu perfume acertou-me em cheio. Ele me perturbava, roubava para si a minha paz, por ser tão incrivelmente bom. E como em um despertar de transe, dei-me conta de como estava horrível. Descalça, com um coque bagunçado, sem perfume e sem uma grama de maquiagem no meu rosto. Victor olhou-me dos pés à cabeça e eu ruborizei.

— *Oi...* – ele disse com um sorriso de canto de boca ao passo em que me olhava nos olhos.

— *Oi...* – respondi timidamente.

Ele simplesmente pegou minhas mãos e me puxou para um abraço.

Senti-me desmanchar.

Fiquei nas pontas dos dedos enquanto envolvia meus braços em seu pescoço, e conforme me aconchegava nele, senti suas mãos entrelaçarem-se em minha cintura.

— *Espero que não se importe de eu ter vindo aqui sem avisar, mas é que eu estava com muita saudade, princesa.* – ele me disse, apertando-me ainda mais em seu corpo, e próximo ao meu ouvido ele completou: – *Ah! E você está perfeita assim. Gosto de você natural. Fica mais linda ainda.*

Meu coração quase parou novamente com essas palavras.

É! Definitivamente, acho que posso me acostumar a viver assim: tendo mini infartos de felicidade.

16.

— *Você gosta de pizza e de desenho?* – perguntei ao Victor – *Porque essa é a pedida da noite.*

— *Se tiver muito queijo, tô dentro!* – ele respondeu.

— *Ah! E com direito a brigadeiro de sobremesa feito por minha pessoa!* – falei, gabando-me.

— *Então temos uma Master Chef de brigadeiros por aqui, hein!*

— *Não é me achando não, mas só queria te falar que é brigadeiro com morangos. Mo-ran-gos* – eu disse silabicamente para ele, com um sorriso no olhar que não me abandonava sempre que estávamos juntos. E o brilho? Como eles brilhavam... Victor beliscou a ponta do meu nariz sorrindo e disse:

— *Você é encantadora sabia, Helena?*

Eu sorri em resposta às suas doces palavras e, em seguida, fechei a porta. Victor segurou minhas mãos, e meu coração disparou novamente. E agora? Iríamos até a sala de mãos dadas como um casal?

Novamente senti o meu rosto arder de vergonha, uma vergonha diferente, diria até que gostosa de sentir... Aquela vergonha meio inocente, sabe? Tão boba, mas que por algum motivo transborda emoção e apreensão. Uma vergonha como algo similar ao dia em que damos nosso primeiro beijo na vida, aquela que surge no momento seguinte ao beijo, na exata hora em que pisamos as pontas dos pés na rua e parece que todo mundo que nos olha sabe que beijamos pela primeira vez. A verdade é que as pessoas não sabem, mas a sensação é essa. Sentimos que nosso sorriso nos entrega.

Não é errado e não existe o que temer, mas é novo, é inédito e nos transmite aquela felicidade com um quê de vergonha no meio, apenas por ser a primeira vez. Era assim que eu me sentia quando pensava que meus pais iam nos olhar entrando na sala de mãos dadas e sentando juntos no sofá em que, momentos antes, eu estava deitada com Ana.

Qual expectativa isso causaria neles? *Qual expectativa isso causava em mim?*

Minha mente viajava em tantas questões tão bobas, eu sei, mas que eu não conseguia evitar. Foi quando eu parei o olhar em nossas mãos dadas e foquei em nossos dedos entrelaçados. Estávamos juntos. Era isso.

Subi o olhar para Victor, que também estava me olhando. Será que ele tinha lido meus pensamentos? Não sei dizer, mas sei que amei nossas mãos assim. Eu olhei para ele e dei um sorriso. É isso! Vamos lá!

A hora que entramos, notei primeiro o olhar de Ana. Aquele brilho no olhar de alegria e êxtase misturado com surpresa e indignação por eu não ter lhe contado nada e que teríamos muito para conversar mais tarde. Foi só um olhar... Mas eu entendi tudo isso. Coisa de melhores amigas!

Meus irmãos, para meu alívio, não tiraram os olhos do filme, e eu não pude deixar de agradecer a Deus em pensamentos por isso, pois já estava me preparando para passar vergonha com algum comentário impensado deles se, em um caso mais crítico, não começassem a cantar a famosa musiquinha: "Tá namorando! Tá namorando".

Clay logo se levantou para cumprimentar Victor e mamãe fez o mesmo.

— *Sr. Clayton, Sra. Elisa, é um prazer revê-los"* – disse Victor para meus pais com seu sorriso charmoso.

— *O prazer é nosso, meu filho. Procure um lugar para se acomodar com Nena e sinta-se em casa* – disse Clay, voltando a se acomodar com mamãe no sofá. Meu pai é mesmo sensacional! Senti-me grata pela naturalidade com que eles o receberam.

Assim que nos sentamos, Victor cumprimentou Ana. Nesse momento, a campainha tocou novamente e dessa vez era mesmo a pizza.

Mamãe e Clay foram atender a porta e após pegarem o pedido, foram para a sala de jantar e colocaram as três pizzas na mesa, junto aos copos, bebidas e guardanapos.

— *Gente, vocês já podem vir aqui se servir!* – disse mamãe.

Após todos se servirem, peguei um pedaço de pizza de muçarela com palmito, bacon e azeitona, diga-se de passagem, a minha predileta. Ofereci uma fatia a Victor, que prontamente aceitou. Pegamos as bebidas e voltamos ao sofá para terminar de ver o desenho com todos.

O desenho já tinha terminado e Ella e Gael haviam convencido todos a jogar uma partida de Uno com eles, o que nos rendeu muitas risadas. Victor sentou-se ao meu lado e foi extremamente impiedoso comigo, jogando a carta do mau e da discórdia. A carta negra do compre +4. Ele me fez comprar tantas cartas e tantas vezes, que eu juro que por alguns segundos o encanto que eu sentia quase se quebrou. Mas foi só por alguns segundos mesmo, pois era só olhar aquele sorriso que pronto, já estava eu me desmanchando novamente.

Após algumas partidas sendo humilhada intermitentemente, levantei-me dizendo que ia fazer a sobremesa. Victor ofereceu-se para me ajudar, então caminhamos juntos até a cozinha.

— *Uau! Adorei essa mesa, Helena, e a forma como ela é tão distinta de todos os outros móveis na cozinha. Só me faz pensar que ela é bem especial, né?* – disse Victor, apreciando nossa mesa branca com cadeiras azul-claro.

— *Ela, de fato, é bem especial. É uma herança de família* – eu respondi a ele. – *Pertencia aos meus avós e veio para nós. Temos bons momentos aqui, sabe... Ao redor dessa mesa. Ela é especial para nós. Para minha família.* – Terminei de dizer olhando para a mesa e passando meus dedos sobre uma de suas cadeiras. Um sorriso pairando sobre o meu rosto.

São tantas memórias que essa simples mesa carrega... Algumas tristes, muitas outras felizes. Mas, para mim, essa mesa representa a união que trabalhamos diariamente para construir em nossa família e, acima de tudo, o amor que nutrimos uns pelos outros.

Victor também ficou olhando para a mesa. Não me impressionaria perceber que ele entendeu exatamente todo peso que essa mesa carrega em sua essência e significado para nós, para mim. Porém, estranhamente, também tive a sensação de ver o brilho em seus olhos desaparecerem gradativamente. Foi por apenas uma fração de segundos, mas juro que o vi sumir para algum calabouço escuro e solitário que Victor mantém dentro dele, deixando apenas angústia refletindo sob a superfície de seu olhar. Pensei em perguntar se estava tudo bem, mas optei por mudar de assunto, dizendo a mim mesma que no momento certo, quando o coração dele estivesse pronto, ele conversaria comigo.

— *Será que você toparia ser ajudante de uma certa Master Chefe fazedora de brigadeiros? E concordaria em cortar os morangos?* – eu perguntei divertidamente ao Victor.

— *Lóóóógiiiiccoooooooo que eu topo! Mas... com uma condição.*

— *Contanto que não seja revelar meus segredos culinários...* – eu falei, aos risos, dando de ombros.

— *Um novo encontro. Amanhã. De noite.*

Meu coração disparou novamente. Minhas pernas, teimosas, tremeram. E eu pude sentir todo o amalgamado de emoções e sensações tomando conta de mim outra vez.

Veja só... Tudo começou primeiro com os meus olhos. Eles reluziam tanto que quase competiam com as estrelas na praia. Em seguida, minha boca decidiu criar vida própria e insistia em sorrir espontaneamente, sem conseguir parar. Então o frio em minha barriga borbulhou. Até os dedos em meus pés formigavam. Era como se todo o meu corpo correspondesse a ele, como se minha alma gritasse dentro de mim ou dançasse ao seu encontro. E enquanto eu o olhava, meu coração ficava aquecido e agitado, aquecido e agitado, e disparado, como em uma corrida de cavalos. E minha mente... Essa, então, mal raciocinava. E algo dentro de mim dizia que ele também sentia o mesmo.

— *Eu aceito.* – Por fim respondi. E como não aceitaria? Tudo que mais queria era passar meu tempo com ele.

— *Então, passe-me os morangos, Sra. Master Chefe.*

Victor lavou os morangos e, em seguida, começou a cortar um a um. Enquanto isso eu mexia o brigadeiro na panela. Ficamos ali conversando sobre assuntos aleatórios e eu me dei conta de como era maravilhoso cozinhar junto a ele. Na verdade, apenas estar ao lado dele. Sentia-me nas nuvens.

Existem tantas preciosidades escondidas em coisas comuns, feitas em dias comuns.

Após o brigadeiro estar pronto, peguei sete taças de vidro no armário e comecei a intercalar camadas de brigadeiro com morangos e mais brigadeiro. Victor sentou-se e ficou observando a minha arte. Quando terminei de completar todas as taças, coloquei uma colher em cada uma, coloquei-as em uma bandeja, e levei-a até a sala para servir o pessoal.

— *Isso está divino, Nena!* – disse Aninha após provar a primeira colherada e me lançar um olhar de "sinta-se perdoada". Começamos a rir uma para outra sem ninguém entender nada, mas estava tudo bem, porque nós duas dominávamos a arte de conversar pelo olhar.

Ficamos ali, comendo e conversando. Que noite perfeita!

Era como se Victor fizesse parte da nossa família. Ele se dava tão bem com eles... E eu ficava ainda mais encantada, ou, talvez, apaixonada.

Quando o relógio marcou 22h20, ele levantou-se e despediu-se de todos, e eu o acompanhei até a porta.

— *Ei, princesa* – Victor me disse, passando o polegar no meu queixo. – *Você vai sonhar comigo esta noite?*

Coração disparado novamente. Pernas bambas.

— *Não só esta, mas em todas as outras também.* – falei tão honestamente, minha voz quase como um sussurro ou um ronronar, pois além de estar me desmanchando por dentro, tudo que tinha feito era sonhar com ele, inclusive, até mesmo acordada.

— *Já estou com saudades de você, sabia?* – ele disse.

— *Eu também já estou com saudades. Muita, na verdade.*

— *Obrigado por me proporcionar uma noite maravilhosa junto à sua família, Helena. Eu realmente gostei muito! Espero que tenhamos mais momentos assim.*

Victor, então, entrelaçou seus dedos nos meus e beijou meu rosto. E essa aproximação fez meu coração bater tão acelerado que todo o meu corpo sentiu.

— *Até amanhã.*

— *Até.*

Enquanto ele caminhava em direção ao seu carro, eu não consegui me conter. Quando dei por mim, estava atrás dele, chamando pelo seu nome. Ele olhou para trás.

— *Será que você pode me dar mais um abraço?* – eu perguntei com um sorriso extremamente tímido nos lábios. Ele sorriu e me abraçou apertado, por um longo tempo. Então eu retribui o beijo em seu rosto ficando nas pontas dos pés e disse em seu ouvido:

— *Até amanhã.*

17.

Entrei em casa, fechei a porta e fiquei um tempinho encostada nela, parada, suspirando, pensando, lembrando, sorrindo sozinha… Feliz.

"Uau!", pensei, enquanto dava um longo suspiro.

A primeira vez que nós dois nos encontramos foi incrível, melhor do que eu jamais poderia sonhar. Foi só nosso. Foi romântico. Foi além do perfeito. E só de lembrar… meu coração transbordava.

A segunda vez que nos encontramos, hoje, foi totalmente diferente, em família, divertido, fizemos sobremesa juntos, e eu adorei a forma como ele se deu tão bem com as pessoas que mais amo nesta vida.

O que eu poderia esperar para o dia seguinte? Para a terceira vez que nos encontraríamos? Eu não fazia ideia. Mas a verdade é que mesmo que ficássemos sentados em uma calçada tomando sorvete, seria igualmente especial, porque não se tratava do que íamos fazer, mas, sim, de estarmos juntos.

Depois de um tempo ali, encostada na porta pensando, fui para a sala. Meus irmãos estavam dormindo ali mesmo, sobre o colchão que tinham estendido no chão. Mamãe e Ana estavam conversando e pelo que pude notar, Clay já havia ido ao quarto.

— *Helena, me diz se eu te mato agora ou depois?* – disse Ana, olhando para mim com seu olhar ameaçador. – *Como amiga? C O M O???? Como você não me falou nada sobre esse deus grego?*

Mamãe caiu na gargalhada – e eu também – diante da revolta fingida de Ana.

— *Pare de rir!* – ela esbravejou. – *Como aconteceu? Quando? Porque eu não sei nada sobre ele? Faz quanto tempo que vocês se falam? Como se conheceram?* – Enquanto Ana disparava perguntas para todo lado, eu só conseguia rir. – *Eu juro que não acredito que você não me contou nada, sua cretina! Que espécie de amiga é você?*

— *Eu sou da espécie de amiga que gosta de contar tudo pessoalmente. Se eu te falar que não tem nem uma semana ainda você acredita?* – respondi em minha defesa.

— *Uma semana?* – perguntou Ana surpresa – *Bom, se for assim, eu te perdoo. Mas você precisa me contar tudo agora!*

Sentei ao lado de mamãe e comecei a narrar tudo que havia acontecido nos últimos dias para ela e Ana. O encontro já era familiar a mamãe, mas como uma romântica incurável que era, ou apenas uma mãe toda boba com o primeiro romance da filha, demonstrava a mesma empolgação em saber de tudo como da primeira vez que conversamos. Quanto mais eu falava sobre ele, sobre nós, mais apaixonada eu me sentia. Nem adiantava mais tentar esconder o brilho no olhar que surgia sempre que eu me referia a Victor ou a maneira como a minha voz mudava sempre que eu mencionava o seu nome. Tudo deixava tão claro como a água os sentimentos em meu coração. Até eu sabia que estava estampado na minha cara. Mas, mesmo assim, eu continuava falando e falando, porque eu sabia que estava diante das minhas duas melhores amigas. As mulheres com que eu poderia conversar sobre tudo e qualquer coisa, pois naquele momento não era a mamãe que estava diante de mim e de Ana... Era Elisa. A mulher viva embaixo da pele de mãe. A mulher cheia de vida e sonhos e desejos. A amiga companheira, verdadeira e leal. E embora ela também fosse a minha mãe, o olhar dela enquanto eu falava e as palavras dela, acompanhadas de uma animação tão evidente, deixava claro que, naquele momento, naquela noite, éramos apenas amigas. E eu me sentia grata por isso.

Não é difícil de imaginar que naquele instante, com aquele bate-papo, nossa noite passou a ganhar um novo rumo... Uma noite de três amigas. Com direito a fazer as unhas, máscara na pele e muitas, muitas risadas. No fim, era exatamente o que nós precisávamos. Cada uma por um motivo diferente, mas todas com a mesma necessidade: de sorrir, extravasar, sonhar.

18.

O relógio marcava 18h e Victor havia combinado de me pegar por volta das 19h. Enquanto escovava meu cabelo, voltei meus pensamentos para o café da manhã daquele dia. Mamãe havia feito bolo de chocolate com cobertura de mousse de limão. Uma das minhas combinações preferidas. Confesso que me peguei bem surpresa por ela ter conseguido levantar-se bem cedo para assar o bolo em virtude do horário que fomos dormir na noite anterior – quase 3h da madrugada. Mas, pensando bem, não deveria ser surpresa nenhuma, pois para nossa família, os bolos da mamãe eram quase tão sagrados quanto o próprio café da manhã de sábado.

Como Ana havia dormido em casa, ela também participou do café. O que também não foi nenhuma surpresa, pois ela é tão parte da minha família como eu sou da dela. Na adolescência, estávamos todos os dias uma na casa da outra. Saíamos da escola sempre com destino certo. Depois, Ana começou a trabalhar como secretária em uma clínica odontológica e eu comecei a ajudar mamãe no ateliê. A partir daí as coisas mudaram um pouco, já não nos víamos mais todos os dias como antes, mas sempre que possível damos nossas escapadinhas para estarmos juntas.

Enquanto comíamos, tia Julia ligou para Ana e avisou que Rafa tinha aparecido, o que a deixou bem aliviada, e a mim também. Na realidade, eu nem consigo imaginar viver assim, com a sombra do medo da morte pairando constantemente em minha mente. Ela nunca vai embora. A sombra sempre está lá. Escondida. Só esperando o próximo deslize, o próximo momento de fraqueza de alguém muito amado para revelar-se outra vez e devorar todas as esperanças.

Era assim que a Ana vivia, domesticando esse pavor, esse medo, esse pânico. E bastava o Rafa sumir para tudo isso vir à tona com mais força ainda, para todos os pânicos atacarem brutal e ferozmente... E o que fazer? Chega a ser desumano esperar que uma mãe desista do seu filho, que uma irmã desista do seu irmão, seu herói – ou o que restou dele.

Aprendi que, no fim, cada um tem seu próprio jeito de reagir a isso, a situações assim. Alguns se fecham, outros se afastam. Existem aqueles que se isolam. Alguns até tentam tratar com certa naturalidade, não por ser natural, por ser normal, mas por tantas vezes que já passaram por determinada coisa, pela familiaridade quase palpável que existe na dor. Porém todos sentem, todos sangram. E todos se abalam, ao seu modo. Cada um ao seu modo. E todos sofrem e todos se importam. Todos levantam seus próprios muros para resguardar sua dor, uns mais evidentes, outros menos, mas todos feridos... Quem sofre mais? Quem se importa mais? Não sei dizer. A dor não é visível, mas é real. E, no fim, quando se vive assim, nós sabemos que não adianta, não tem como se acostumar, não tem como fingir descaso quando tudo dentro de nós está em alerta máximo, quando todas as paredes estão levantando-se ou todos os muros estão ruindo, só esperando a pior notícia chegar, esperando o pior acontecer...

Mas não nesse! Não era esse dia!

Estava tudo bem, a escuridão voltaria a se esconder... Porque o Rafa havia voltado para casa. E se tinha algo que havia aprendido convivendo com um viciado é que precisamos viver um dia de cada vez.

Olhei para o vestido nude estendido sobre a minha cama... Ombro a ombro, estilo ciganinha, manga longa, bem acinturado, um palmo acima do joelho, rendado com transparência. Simplesmente lindíssimo, um sonho. Comprei-o durante a hora do meu almoço, especialmente para o encontro dessa noite. É claro que ele havia me custado uma pequena fortuna em vista do que eu ganho, mas foi amor à primeira vista quando o olhei na vitrine. E quando o provei então... Enchi Ana de fotos dentro do provador para ela ver todos os ângulos e ela amou tanto quanto eu. *"Até parece que esse vestido foi feito para você roubar um certo coração amiga. Hahaha. Está PERFEITA"* Foi uma das mensagens que ela me enviou após olhar as fotos e eu comecei a sorrir e a pensar comigo mesma: *"Tomara, amiga. Tomara"*.

Para combinar, peguei emprestado um *scarpin* da mamãe. Por sorte, nós duas calçamos número 36.

Assim que terminei de escovar meu cabelo fiz uma maquiagem leve, porém caprichei no delineado e no rímel. Nos meus lábios passei um *gloss*.

Abri minha caixinha de semijoias, busquei meu par de brincos dourados com uma pequena pedrinha de esmeralda. Optei por deixar o pescoço livre.

Assim que terminei de colocar o vestido e calçar os saltos, ouvi a campainha tocar. Senti o tão familiar frio tomar conta do meu estômago no mesmo ritmo em que sentia meu coração acelerar, pois eu sabia, era ele, era o Victor.

Respirei fundo.

Minhas pernas paralisaram ao mesmo tempo em que me imploravam para correr ao encontro dele com uma vontade crescente e desesperada que surgia em mim. Por fim, comecei a descer as escadas, mas muito antes que meus olhos pudessem pousar sobre ele, a brisa da noite me trouxe seu cheiro, seu perfume. A sensação era sempre igual, quase me fazia perder os sentidos toda vez que o sentia.

Então assim é a paixão? Arrebatadora e intensa e fugaz?

Enquanto descia as escadas, avistei-o na sala. Parado, olhando-me.

Quase que imediatamente senti meu rosto corar. Quando olhei para ele senti-me viva, iluminada de tal maneira que acho que eu seria capaz de clarear um vale escuro. Mas o melhor veio em seguida: os olhos dele também brilharam para mim e ele me deu um sorriso doce, discreto, silencioso, aquele sorriso de canto de boca, que me desmanchava por dentro. E o jeito que ele me olhou era melhor do que o que eu queria.

Como ele era lindo! Adorava seu corte de cabelo e não me cansava de admirar seus olhos negros levemente puxados, tão exóticos e profundos e perfeitos.

Ele vestia uma camisa jeans com as mangas dobradas até metade de seu antebraço e uma calça de sarja preta. Deslumbro a fina corrente de prata enfeitando sua pele entre o pescoço e a gola da camisa. Notei que em seu dedo anelar havia um anel preto, exatamente na mão direita. "*Ali poderia ser uma aliança. A nossa aliança*", pensei.

Preto. Eu amei a cor, combinava perfeitamente com seus olhos e com a pulseira amarrada em seu braço.

— *Você está radiante, Helena. Eu não consigo encontrar palavras para descrever o quão linda você está esta noite* – disse Victor para mim, e por um momento esqueci que não estávamos sozinhos.

Ao fundo foi possível ver mamãe admirando-nos com os olhos brilhando enquanto sorria. Ela estava com o mesmo olhar que eu conhecia há menos de uma semana. Na terça.

Peguei-me pensando em como sempre existe algo de novo a ser descoberto em quem amamos – mesmo que já o conheçamos por longos anos ou até mesmo a vida toda. O amor sempre se renova para aqueles que o notam. É preciso estar atento, pois a qualquer momento pode surgir uma nova forma de sorrir, um jeito diferente de mexer os cabelos ou um novo olhar. São pequenos detalhes, peculiares até eu diria, discretos. Mas são eles que revelam que sempre existe uma nova face esperando o momento certo para revelar-se. Essa é uma das belezas da intimidade, nós mergulhamos fundo em conhecer o interior de alguém e, quanto mais mergulhamos, mais belezas secretas nos são reveladas, e quando imaginamos já saber tudo, elas simplesmente se renovam!

— *Obrigada!* – eu respondi para Victor querendo, na verdade, dizer muito mais, porém ele me paralisa.

— *Vamos?* – ele me disse, colocando sua mão na minha cintura.

Caminhamos até a porta enquanto Clay surgia da cozinha. Despedimo-nos dele e de mamãe e, então, saímos. Victor entrelaçou seus dedos nos meus e fomos em direção ao carro. Pude sentir a troca de eletricidade viva quando nossos dedos tocaram-se. Chegando lá, ele deu a volta e abriu a porta para que eu entrasse. *Um perfeito cavalheiro.*

Fomos o caminho todo conversando e sorrindo, como de costume. O assunto sempre fluía naturalmente entre nós. Vez ou outra, ele tirava uma das mãos do volante e pousava sobre a minha mão, fazendo-me um carinho com seu polegar. Meu coração palpitava e as borboletas voavam um pouco mais forte em minha barriga toda vez que um novo gesto de carinho surgia despretensiosamente.

Aos sábados à noite o trânsito de São Paulo não costuma ser tão tumultuado como durante a semana, mas, mesmo assim, deduzo termos passado em torno de uma hora até chegarmos ao nosso destino. Uma hora que eu nem vi passar.

Victor estacionou o carro em uma rua residencial, bem em frente a um casarão, o que não me deu nenhuma pista de onde jantaríamos, pois não havia nenhum comércio na rua, apenas casas imensas, igualmente bonitas à que estávamos parados na frente. Por um momento perguntei-me se seria a casa de Victor e a resposta veio em seguida, quando ele me falou enquanto observávamos a frente do casarão, com seus imensos muros cinza, rodeado por algumas árvores:

— *Esta é a casa de um grande amigo meu, princesa. Ele não está em São Paulo no momento, mas me emprestou o espaço. Além de um grande amigo, ele é um arquiteto apaixonado por paisagismo.* – Victor me olhou ansioso e por uma fração de segundos eu não sei se me perdia em seus olhos negros ou em seu lindo sorriso. Ele aproximou-se de mim, deu um leve beijo em minha testa, que aqueceu meu coração, e finalizou: – *Espero que você goste do que preparei para nós.*

O mesmo frio na barriga, o mesmo formigamento nas pontas dos pés, não me deixaram dúvidas de que eu iria amar...

19.

De mãos dadas percorremos todo o caminho pela lateral da casa, seguindo pelo quintal, e notei ser o objetivo chegar aos fundos do casarão. Enquanto caminhávamos pela longa extensão, o polegar de Victor acariciava a minha mão. Sentia-me profundamente relaxada a cada passo dado, a presença dele me trazia o mais doce sentimento de paz. De lar. Ele estava se tornando o meu lar. *Ele.*

Quando, por fim chegamos ao destino, não pude acreditar. Outra vez paralisei com toda beleza a minha frente. Na verdade, abismada da forma mais incrível que existe é o mais perto que consigo descrever de como fiquei com tudo que meus olhos contemplavam. Victor ficou parado enquanto eu dei dois passos para frente para olhar tudo ao redor, perplexa, profundamente admirada e emocionada.

Como ele sabia do meu amor por paisagens? Como ele sabia a maneira única em como a natureza me tocava? Será que foi no dia em que me viu admirar o pôr do sol? Será que ele sentiu aquele momento como eu? Definitivamente, não sei! Mas lá estávamos, e em menos de uma semana, pela segunda vez, tinha algo incrível para admirar, um momento tão único para viver.

Meus olhos encheram-se de lágrimas, da mais pura alegria que existe, e eu não pude deixar de virar meu rosto para trás e olhar para Victor em forma de agradecimento. Ele estava encostado na parede, admirando-me, e, então, sorriu para mim. O jeito que me olhava e aquele sorriso... Eu só consegui balbuciar as palavras "*Muito obrigada*" sem ao menos emitir qualquer som. Mas ele compreendeu.

Lá havia um lindo jardim. Com árvores altas rodeadas por um paisagismo incrível. A grama bem verde. Caminhos de pedras. Flores, das mais belas e exóticas, com muitas cores. Outras árvores, de diferentes tamanhos e formatos. Em um dos pontos cuidadosamente posicionado havia um jogo de sofás branco, com almofadas delicadas e uma manta dobrada sobre ele. Mais ao canto existia uma moderna fonte, que imitava a miniatura de um lago com águas cristalinas, rodeado por grossas pedras e pequenos coqueiros. Belos peixes nadavam na fonte, na qual havia uma pequena cascata. A iluminação do lugar era sem igual, com jogos de luzes com foco em alguns pontos específicos, que além de trazer mais beleza, deixava tudo com ar sofisticado.

O lugar parecia uma pequena floresta encantada, era como se existisse magia ali, tamanha a beleza que havia. Bem no centro do jardim tinha uma mesa com duas cadeiras e, sobre a mesa, três velas grossas de diferente altura, dois pratos de porcelana e duas taças. Ao seu redor, pétalas de rosas vermelhas enfeitavam o chão e acima dela pendiam varais com luzes penduradas, completando o encanto do lugar.

Ao lado da mesa havia um garçom vestido elegantemente, e mais ao fundo um rapaz sentado em um banco tocando seu violão enquanto cantava uma música ao vivo. Sua voz, quase angelical.

Enquanto permanecia parada contemplando a beleza de tudo que estava a nossa volta, com meu coração borbulhando dentro de mim, senti as mãos de Victor tocarem meu corpo. Ele aproximou-se por trás de mim e abraçou-me em silêncio. Olhei o céu e lá estavam as estrelas brilhantes e a lua reluzente olhando para nós.

Victor girou-me para ele, pegou a minha mão e levou-a ao seu pescoço, colocando as deles em minha cintura.

— *Eu tenho algo para te dizer, Helena...*

Ouvi ao fundo o som do violão tocar as cordas de uma música que eu conheço tão bem, "Falling like the stars", de James Arthur. O músico começou a cantar e enquanto dançávamos, Victor cantou junto com ele, com a voz bem baixinha, sem tirar seus lindos olhos dos meus.

♪ "Eu juro por Deus que quando eu voltar para casa

Eu te abraçarei muito forte.

Eu juro por Deus que quando eu voltar para casa

Eu nunca te deixarei escapar."♪

Continuamos a dançar e cada nova palavra cantada fazia meu coração acelerar e desmanchar. Ele estava cantando para mim, e cada uma das palavras representavam o que ele queria me dizer.

♪ "Como um rio, eu fluo

Para um oceano que eu conheço.

Você me puxa para perto, guiando-me para casa."♪

Enquanto nós dois dançávamos, passou um filme pela minha cabeça desde o primeiro momento em que o vi. Eu sei que poucos dias tinham se passado, mas a verdade é que no fim do nosso primeiro encontro meu coração já pertencia a ele.

♪ "E eu preciso que você saiba que nós estamos caindo muito rápido.

Nós estamos caindo como as estrelas.

Nos apaixonando.

E eu não estou com medo de dizer aquelas palavras.

Com você, eu estou seguro.

Nós estamos caindo como as estrelas,

'Estamos nos apaixonando',"♪

Ouvi-lo pronunciar cada palavra encheu-me de um profundo amor. Meu coração estava tão disparado que naquele momento eu juraria que ele tinha a potência de cento e vinte cavalos.

Ainda dançando e com a música sendo cantada ao fundo, Victor olhou-me e disse:

— *Helena, hoje tem exatamente uma semana desde o momento em que eu te vi pela primeira vez. Tem uma semana que eu estou profundamente apaixonado. Eu penso em você todos os dias e todas as noites.* – Ele olhou-me nos olhos, suspirou e completou: – *Por favor, seja minha namorada... Seja minha.*

Eu fiquei tão emocionada que apenas consegui balançar minha cabeça dizendo que sim, enquanto uma lágrima caía dos meus olhos, pois essa foi a forma que meu coração encontrou de externalizar todo o amor que ele transbordava naquele momento.

— *Isso é um sim?* – Victor perguntou, com um sorriso aflito.

— *É um sim.* – eu respondi, sorrindo, enquanto admirava a beleza daquele rosto. E, então, os nossos olhos cruzaram-se e a intensidade contida em seu olhar ganhou uma vida diferente. Victor passou sua mão em meu rosto e eu inclinei minha cabeça para sentir ainda mais seu carinho. Seu polegar passou pelos meus lábios e um calafrio surgiu no mais profundo da minha alma. Ele seguiu com sua mão até a minha nuca e passou as pontas de seus dedos levemente no meu cabelo. Seu rosto aproximou-me do meu e eu mal conseguia respirar. Ele deixou sua testa encostada na minha por alguns poucos segundos – tão próximo, próximo demais... Ele respirou pesadamente e, então, fechou seus olhos, o que me levou a fechar os meus também. A música continuava tocando ao fundo.

Eu senti sua respiração.

E, em seguida, senti seus lábios.

Eles tocaram os meus, primeiro com total delicadeza e, depois, com a desesperada necessidade de um beijo, que selou nosso compromisso. Tão intenso.

♪ "Eu juro por Deus que todos os dias, Ele não te levará para longe,

Porque sem você, querida, eu perco o meu caminho.

Eu estou apaixonado.

Eu estou apaixonado.

Eu estou apaixonado." ♪

Enquanto ele me beijava, eu sentia seus lábios úmidos e sua língua envolver-me e despertar-me, juro que o tempo parou, e nesse congelar de minutos o nosso primeiro beijo foi eternizado. Quando Victor afastou seus lábios dos meus deixou-me completamente sem forças, com os pensamentos confusos, e meus pés, eles quase não tocavam o chão.

— *Você não tem noção de como desejei esse momento* – ele me disse em voz baixa. E, então, tirou um anel preto do bolso de sua calça, idêntico ao que ele estava usando. Nesse momento eu percebi que não se tratava de um anel, mas de uma aliança de compromisso. *Nossa* aliança. Fiquei sem ar. – *É para mostrar que eu sou seu e você é minha.* – Ele colocou a aliança em meu dedo anelar, na minha mão direita, e em seguida deu um beijo nela, deixando-me muito encantada. Quando dei por mim, já estava abraçando-o fortemente.

♪ "E eu preciso que você saiba que nós estamos caindo muito rápido.
Nós estamos caindo como as estrelas,
Nos apaixonando.
E eu não estou com medo de dizer aquelas palavras.
Com você, eu estou seguro.
Nós estamos caindo como as estrelas,
Estamos nos apaixonando." ♪

20.

Estávamos sentados na mesa que havia sido cuidadosamente preparada para nós dois. Enquanto conversávamos, o garçom trouxe a entrada. Uma bandeja retangular de porcelana azul-petróleo, com alguns pãezinhos em formato de torrada com belos recheios em cima deles. Era uma visão extremamente apetitosa.

— *Temos bruschetta de muçarela de búfala com tomate* – disse o garçom, indicando os pãezinhos que tinham sobre eles uma camada de queijo derretido, sobreposto por quadradinhos de tomate e uma folha de manjericão. – *Bruschetta com tapenade de azeitona* – continuou o garçom, dessa vez mostrando os pãezinhos que tinham sobre eles algo similar a um patê escuro com uma fatia de azeitona preta ao lado. – *E para finalizar, bruschetta de cogumelos com ricota.* – E indicou os pãezinhos que tinham um creme branco coberto por fatias de cogumelo, folhas de tomilho e algo que aparentava ser shoyu.

Os três sabores de *bruschetta* eram deliciosos, mas gostei especialmente do de *tapenade* de azeitona. O sabor daquele creme era incrível.

— *Como você preparou tudo isso hoje?* – perguntei a Victor, ainda admirada com tudo ao nosso redor.

— *A maior parte foi ideia minha* – Victor disse sorrindo. – *Mas confesso que também tive uma ajuda muito importante da vovó. O chef que está cuidando do nosso jantar é um amigo dela de muitos anos. O cardápio desta noite foi elaborado por eles dois.*

Quando ele me contou que a vó dele havia ajudado a preparar a nossa noite, senti aquela alegria de criança quando ganha um pedaço de bolo com muito chocolate. Bobo, eu sei. Mas a vó dele era a pessoa mais importante para ele... O que mais isso poderia dizer? Ah! Benditas borboletas que não paravam de voar dentro de mim!

O garçom retirou a travessa que estava as *bruschettas* da mesa e na sequência trouxe dois pratos de porcelana com uma pequena porção de salada *caesar* em cada. Pouco tempo após terminarmos a salada, ele retornou com o prato principal.

— *Para o prato principal temos salmão com crosta crocante e risoto* – falou o garçom ao mesmo tempo em que colocava na mesa dois pratos muito bem decorados com uma bela fatia de salmão com uma casca crocante sobre ele, ao lado de uma porção apetitosa de risoto.

Todo o cardápio estava extremamente delicioso. O misto de texturas de cada prato servido somado ao delicioso tempero e o frescor dos alimentos trouxe uma explosão de sabores única ao meu paladar. Essa, certamente, seria mais umas das noites memoráveis ao lado do meu Victor. *Meu.*

Após finalizarmos o maravilhoso salmão, decidimos dar uma volta no incrível jardim e sentando-nos em um dos sofás brancos próximos à fonte.

— *Me fala sobre você, sobre a sua família, a sua infância...* – eu disse a Victor, apoiando minha cabeça em seu ombro e sentindo seu braço em volta de mim.

— *Há, não existe muito o que dizer... Meus pais se divorciaram eu tinha por volta de uns 8 ou 9 anos de idade. Após isso fui morar com a vó Victória e ela tem sido minha família desde então* – ele falou, alisando seus dedos em meu braço. – *Vovó é uma mulher incrível. Foi ela quem me ensinou sobre o amor, como ele é simples e raro. Não se toma à força. Conquista-se com persistência, paciência e atitudes honestas.* – Ele parou, suspirou um pouco e prosseguiu: *O amor dela ajudou a consertar o meu coração quando o senti trincado e me mostrou o caminho quando eu achei que não existia um para mim... Naquela época eu era só um menininho perdido, com medo, e conforme fui crescendo as coisas ficaram um pouco mais difíceis... Mas quando tudo era instável, ela era permanente, e continua sendo desde então. Dizem que o amor nos salva, e é verdade. O amor da minha vó me salvou.*

Passei um tempo refletindo sobre essa confissão de Victor.

Eu não sei o que é ter pais separados e não faço ideia de como é para uma criança encarar esse processo. Minha mãe sempre teve um ótimo casamento com Clay e embora não tenhamos o mesmo sangue, ele vinha sendo o meu pai por toda a vida.

Mas também me lembro de quando eu tinha por volta de 13 anos e toda dor e confusão por nunca ter conhecido o meu pai, Heitor, veio à tona. Eu sentia raiva e tristeza, sentia-me perdida e definitivamente eu não sabia o que fazer com tantos sentimentos. Eu sempre tive uma mãe, mas aos 13 anos eu sentia falta do meu pai. Sentia falta de saber de onde vinham os outros traços do meu rosto, aqueles que não eram herdados da minha mãe. E, além de tudo, eu também me sentia culpada por fazer Clay pensar que não era o suficiente para mim. Mas ele, mesmo assim, amou-me, foi paciente. Eu também sentia que tudo era instável e o Clay também era permanente. Às vezes, quando eu desabava em lágrimas, angustiada, enraivecida, ele não brigava comigo, não dizia que eu era ingrata. Ele vinha e me abraçava forte. Às vezes eu até tentava me soltar, e para isso eu tentava empurrá-lo, e ele me abraçava mais forte ainda, até que eu me rendia ao amor de um pai que não tinha me feito, mas que havia me escolhido e me amado no instante em que me viu.

Victor estava certo, o amor cura.

Recordar esses momentos fez uma lágrima rolar em meus olhos. Não de dor, mas de gratidão. Um dia, eu vi uma matéria na TV que dizia que, no Brasil, 5,5 milhões de crianças não têm o nome do pai no registro. E entre tantos milhões, sem ao menos fazer nada para merecer, eu encontrei alguém que escolheu ser um pai para mim.

— *Hei, está tudo bem, princesa?* – Victor perguntou-me enquanto enxugava uma lágrima que escorria solitária em meu rosto.

— *Está. Eu só estou feliz* – eu disse verdadeiramente, olhando em seus olhos. – *Falando essas coisas, eu me lembrei também de mim. Sabe, é que eu não conheço o meu pai biológico. Ele deixou a minha mãe sem ao menos saber que ela estava grávida. Eu nunca o conheci. Ele nem sabe da minha existência. Só sei o nome dele, Heitor Ferreira. Mas quando eu tinha 4 anos, mamãe conheceu o Clay, e ele tem sido um pai incrível para mim. E eu o amo muito...* – Embora eu tenha dito isso sorrindo, as lágrimas escorriam pelo meu rosto e minha voz ficou embargada. Eu dei uma pausa, sorri e continuei: – *É exatamente como você disse, o amor nos cura.*

— *E apesar de toda dor em seu passado, você se manteve tão doce e tão cativante...* – Victor comentou, com a voz baixa e com os olhos intensos.

— *Mas não consegui sozinha, sabe... Eu tive ajuda. Tive a mamãe e o meu pai, o Clay...* – Eu sorri. — *O amor deles junto ao cuidado, à compreensão e à estabilidade emocional que me proporcionavam, e até hoje proporcionam, salvaram-me de tantas formas! Assim como você também teve a sua vó.* – Passei o dedo rapidamente na ponta de nariz dele, um carinho fofo e despretensioso. – *Nós não fomos deixados sozinhos. Nós tivemos quem lutasse pelos nossos corações naquele presente e pela esperança em nosso futuro, até que pudéssemos fazer isso nós mesmos. Até que... Até que nos encontrássemos!*

Ele sorriu. E seu sorriso me disse o quanto ele verdadeiramente compreendeu.

— *Eu acho que estou mais apaixonado ainda por você* – Victor disse, com seus olhos brilhando tanto quanto as luzes que pendiam acima de nós, ou como as estrelas que brilhavam no céu. Meu coração voltou a disparar. E, então, novamente ele aproximou o seu rosto do meu e ali, sentados naquele sofá, perto da fonte de água, ele beijou-me. A cada movimento trocado, a cada encontro dos lábios, a cada toque das línguas, meu coração era tomado em fogo e chamas. Ardentes chamas.

Seu beijo desmanchou-me.

Um pouco mais tarde comemos a sobremesa, *petit gateau* com sorvete de creme acompanhados de algumas fatias de morango, amoras e framboesas. E muita calda de chocolate.

Nós dançamos. Dançamos até nossos pés doerem e eu tivesse que abandonar meus saltos. E, então, dançamos comigo descalça. Conversamos por longas horas, até as palavras esgotarem-se. Trocamos muitas carícias. Caminhamos por todos os centímetros no jardim, e vez ou outra ele prendia-me em uma árvore e roubava-me o fôlego com longos beijos. De beijos castos e doces, leves e carinhosos, a beijos explosivos e necessitados, ardentes e apaixonados.

Nós rimos. Rimos todas as risadas. Gargalhamos. Gargalhamos alto. Brincamos.

Quando a noite rompeu na madrugada e as horas já eram muito avançadas, Victor levou-me para casa. Mas meu desejo era ficar com ele até o raiar do dia.

21.

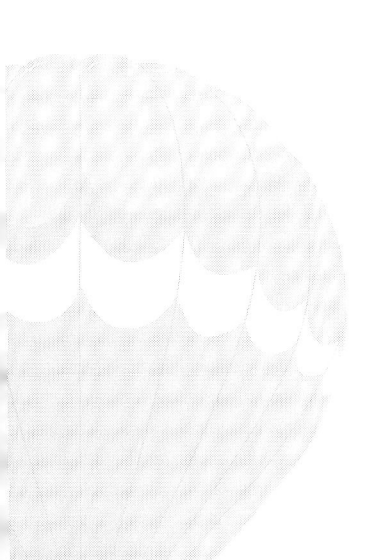

O relógio já marcava 10h, mas eu ainda estava deitada. Aninhada e afundada em meus travesseiros e cobertas, apesar de o sol brilhar lá fora.

Não conseguia parar de olhar para minha mão, meu dedo anelar, o arco negro que o cercava, tão escuro e profundo quanto aqueles olhos... Minha aliança. Nossa aliança.

Inevitável e incansavelmente surgiu-me aquele sorriso bobo.

Namorando. Com ele.

Victor.

Ouvi o toque do meu celular avisando que havia recebido uma mensagem.

Bom dia, princesa.
Passando para agradecer pela noite incrível de ontem.
Pensando em você... Sempre pensando em você.
Tenha um ótimo dia.
Oficialmente seu,
Victor.

P.S.: quer jantar aqui em casa esta noite? Prometo que te devolvo mais cedo. Rs.

Victor,

Ainda estou viajando sobre ontem.

Você é tão incrível... Foi perfeito. Quando estou com você é sempre perfeito.

Não se trata do lugar... Embora você saiba me tirar o fôlego com isso e, claro, deixar tudo mais especial... Mas é tudo sobre o momento, nosso momento. É sobre você. Sobre Nós. Juntos.

Muitos beijos.

Sua, Helena.

P.S.: adoraria.

Princesa,

Você merece o melhor, e é exatamente isso que eu quero te dar, o mundo, o meu mundo! Gostaria de capturar todas as noites estreladas e todos os pores do sol e entregá-los embrulhados de presente para você. Só para admirar a sua reação... Só para ver seus olhos brilhando.

Porque, para mim, também se trata de você! É tudo sobre você. E sobre o meu amor por você.

Cobrarei todos esses "muitos beijos" esta noite.

E pensarei em você a cada minuto até lá.

Seu, Victor.

P.S.: Te pego às 18h.

Amor,

Ao seu lado eu seria feliz até sem pôr do sol e sem noites estreladas. E você não percebeu? Quem faz os meus olhos brilharem é você.

Pode cobrar, afinal, eu não sou de dever nada a ninguém. Kkkkk.

E se você não cobrasse, eu ofereceria. ;)

Sua, Helena

P.S.: Estarei pronta.

Ainda estava olhando o celular sorrindo feito uma boba e pensando em quando foi que havia me tornado tão ousada quando mamãe entrou no quarto. Tão linda.

— *Nena, estamos querendo almoçar no shopping hoje. Você vai com a gente? As crianças querem muito ir no cinema e eu tô precisando comprar algumas coisinhas para o ateliê...*

— *Vou sim, mãe.*

— *Ok então, dorminhoca. Às 11h30 partimos, tá bom! Ou você precisa dormir mais?* – disse ela com uma voz tão manhosa quanto cativante enquanto caminhava até minha cama, no que eu já suspeitava ser uma tentativa de sondar um pouco mais sobre a noite passada.

— *Acho que já dormi o suficiente.* – Cheguei um pouco mais para o lado e levantei a coberta, fazendo um convite para ela deitar-se comigo.

Mamãe mal havia deitado quando Clay também surgiu. Deu três batidinhas na porta, que estava entre aberta, e pediu para entrar.

Comecei a rir quando vi que ele entrou arrastando a cadeira de balanço que ficava em seu próprio quarto. Ele simplesmente a colocou ao lado da cama e sentou-se.

— *Vejo que você foi mais rápida do que eu, querida* – ele falou, olhando para mamãe, que agora estava deitada ao meu lado. Ela só respondeu com sua risada marota, cobrindo parte de seu rosto com minha coberta.

— *Então isso é uma disputa para saber da noite passada?* – perguntei, aos risos. – *Como vocês podem ver...* – Levantei minha mão mostrando a aliança – *Estamos oficialmente namorando.*

— *E por algum acaso você não se perguntou como ele acertou o seu número de aliança?* – indagou mamãe ao meu lado.

— *É mesmo, né? Sabe que eu só estou pensando nisso agora que a senhora comentou... Ah não ser que... Não, espera...* – O pensamento atravessou minha mente feito um raio. – *Mãe, como ele acertou o meu número de aliança?*

— *Não é obvio, filha? Sua mãe que falou* – respondeu Clay, enquanto mamãe sorria orgulhosa.

— *Como assim, hein, dona Elisa?* – questionei, dando-lhe um beliscão em sua barriga.

— *Bom... Diríamos que antes de você receber o pedido ele veio aqui e conversou comigo e com o Clay primeiro.*

— *Sim, filha. Ele nos pediu permissão para te namorar, o que, obviamente, concedemos* – completou Clay.

— *Antes de você saber, nós já sabíamos* – disse mamãe, com leve ar de superioridade divertida. Sua empolgação era tanta que cheguei à conclusão de que me apaixonar pela primeira vez despertou nela esses mesmos sentimentos. Era como se ela estivesse lendo um romance, mergulhada na história, mas a protagonista era sua própria filha. – *E antes de você aceitar nós já tínhamos aceitado.*

— *Sabe que hoje em dia eu achava que os jovens não tinham mais esse costume. Mas confesso que fiquei satisfeito… Foi respeitoso com sua mãe e comigo, e uma pessoa assim, com certeza, merece meu respeito e minha confiança* – falou Clay.

— *A grande maioria não tem mesmo… Mas o Victor é diferente* – eu respondi, notando que até a minha voz ilumina-se a qualquer menção do nome dele. – *Obrigada por isso, pai. Significa muito para mim. Mais do que o senhor imagina.*

— *Nena…* – Clay respirou fundo, como se buscando coragem. Diferente de mamãe, ele é sempre direto. Então olhou em meus olhos e prosseguiu: – *Eu sei que você está apaixonada e honestamente não me lembro de já ter te visto tão radiante assim. Como pai sinto meu coração dividido. Parte de mim quer te proteger e afastar para bem longe qualquer marmanjo que se aproximar da minha menininha. Mas a outra parte de mim quer que você viva algo tão lindo como eu e sua mãe vivemos, quer que você descubra com intensidade como é maravilhoso amar alguém e ser amado.* – Clay passou a palma da mão na lateral do rosto da mamãe, fez-lhe alguns carinhos e lhe ofereceu um olhar tão brilhante quanto aqueles com que Victor e eu nos olhamos. Então, depois de alguns segundos ele encostou-se na cadeira e continuou: – *Filha, eu só quero que você saiba que eu e sua mãe estamos aqui para você no que você precisar. E perdoa se este pai aqui for meio chato ou bobão às vezes…* – Clay passou a mão na cabeça e me ofereceu o olhar mais amoroso do mundo, com essas suas palavras acompanhadas do seu sorriso torto. – *É só que você é minha filha… Minha primeira filha. Você se tornou uma bela mulher, da qual eu me orgulho muito, mas quando eu olho em seus olhos cor de mel, iguais aos da sua mãe, sempre vou ver aquela menininha de apenas 4 anos de idade que roubou meu coração. Bastou eu te ver, Nena, para você fazer de mim um pai. Seu pai.* – Os olhos dele lacrimejaram, assim como os meus. — *E, além do mais, você sabe, sou meio novo nisso de namorado… Então pega leve com o coração do seu velho!*

Dei um riso tentando controlar a emoção, tentando não chorar, afinal, é tudo que eu mais tenho feito esses dias. Chorar de emoção. Chorar de alegria.

Eu olhei para Clay, meu pai, e embora minha voz estivesse realmente embargada e meus olhos avermelhados, eu disse-lhe com um sorriso:

— *Você não tem nada de velho.* – E enquanto ainda enxugava uma lágrima em meus olhos, admirei ele sorrir junto à mamãe. Em seguida e tão rápido quanto a pausa de um suspiro, eu tornei a olhar no profundo de seus olhos e conclui o que realmente queria lhe dizer:

— *Eu te amo.*

Enquanto mamãe e eu fomos fazer compras para o ateliê no shopping, Clay e as crianças aproveitaram e foram no cinema. Andando juntas, parecíamos duas amigas ou duas irmãs. Mamãe sempre jovem e linda, de rosto e corpo também. Olhando para ela ninguém acreditaria que ela havia gerado três filhos. Na verdade, ela e Clay são exatamente o que podemos chamar de um "casalzão".

— *Então quer dizer que tinha até um garçom para servir vocês?* – perguntou mamãe.

— *Tinha. E um chef na cozinha que preparou tudo. Luigi o nome dele*

— *Caramba, filha! O Victor sabe como impressionar, hein!*

— *Ele sabe mesmo.* – Dei risada e continuei a contar os detalhes da noite anterior. – *Mas ele podia ter me pedido em namoro sentado na calçada no meio da rua, sem jantar nem nada, que eu teria aceitado.*

Mamãe olhou-me de forma muito comovente e compreensiva e disse

— *Você está mesmo apaixonada por ele, não está filha?*

— *Estou, mãe. Com todo o meu coração e toda a minha mente. De um jeito que eu jamais pensei ser possível.*

Ela sorriu para mim, novamente com aquele olhar recém-descoberto, cheio de ternura, com toda minha vida refletindo nele... Eu quase poderia ver meus primeiros passos, minha primeira palavra, meu primeiro dia de aula, minha primeira queda de bicicleta, a primeira vez que um dente meu caiu, a primeira vez que senti cólica menstrual, minha primeira depilação nas pernas, tudo... Aqueles olhos diziam-me tudo de um jeito tão diferente e único. E pensar que eu só conheci esse olhar quase agora...

Mas, instantaneamente, algo mudou.

Seu olhar petrificou, as pupilas dilataram, a vida que ali refletia desapareceu. Sua pele perdeu a cor. A bolsa que estava em sua mão caiu. Por um momento pensei que ela desmaiaria.

— *Mãe? Mãe? Está tudo bem? Mãe...*

Na ausência de resposta, virei meu rosto em direção ao que ela olhava e busquei rapidamente o lugar onde seu olhar havia se perdido. E então, foi aí que eu vi... Maçã do rosto levemente marcada, como a minha. Nariz fino, um pouco arrebitado, como o meu. Boca desenhada, como a minha. Lábios carnudos, como os meus. Um semblante cheio de traços que estranhamente lembravam os meus próprios traços. Não era idêntico, mas familiar, muito familiar. Só os olhos eram-me estranhos, pois meus olhos cor de mel eram herança da minha mãe. Quase iguais aos dela.

Ali, na frente da loja, um homem parado, olhando diretamente para ela. Para minha mãe. Alto, bonito, por volta de 40 e tantos anos. Meu coração começou a disparar e minhas pernas vacilaram. Minhas mãos suavam e tremiam. Todos os sentimentos me abandonaram e um crescente vazio apoderou-se de mim por inteira.

Um rosto.

Tantos anos e eu nunca tivera um rosto.

Um rosto para pensar, para saber, para questionar, para amar e também odiar, para sentir falta, para querer só por pura raiva e vaidade, a distância... Ou só para olhar. Um rosto só para olhar e descobrir de onde vinham minhas outras linhas, aquelas que eu não encontrava na minha mãe nem na minha vó.

A minha dor mais escondida nunca havia tido um rosto para chorar, para se desolar. Sempre fora abstrato. Sem foto. Sem aparência. Só com um nome: Heitor. Heitor Ferreira.

Mas, então, um rosto.

Um rosto que me golpeou fundo e abriu cruelmente todas as cicatrizes que eu protegia. Destruiu todos os meus muros e todas as minhas proteções. E, então, novamente, um vazio. Nesses poucos segundos tornei-me algo oco e vazio. E foi assim, no meio do nada, que dentro de mim uma voz surgiu e respondeu o que eu tanto temia: *meu pai.*

22.

Ainda meio zonza, vi como ele veio caminhando casualmente em nossa direção. Passos firmes, olhar surpreso, sorriso nos lábios. Virei para o lado e minha mãe permanecia imóvel. Bastou que nossos olhos de mel se cruzassem e a petrificação em seu olhar encontrasse o vazio desolado do meu para que ela soubesse que eu já havia matado a charada. E que isso havia me roubado todo o ar, o chão, tudo.

Mas nenhuma de nós conseguiu se mover. Continuamos ambas ali, paradas, imóveis. Até que ele se aproximou.

— *Elisa, quanto tempo* – disse, com seu sorriso sedutor para a minha mãe e um sotaque meio repuxado, meio estrangeiro. – *Vinte anos e você não envelheceu um dia sequer... Continua tão bela quanto antes.*

— *Heitor...* – ela respondeu com um aceno na cabeça. – *Não imaginei que voltaríamos a nos encontrar.*

— *Estou voltando para o Brasil. Vinte anos é muito tempo para se ficar longe de casa.*

Silêncio. Silêncio.

E, então, ele olhou para mim. Deu um sorriso, mas não encontrou reação na minha face. Tornou a olhar. Olhou um pouco mais perto e notou algo.

— *Que engraçado...* – ele disse. – *Você tem os lábios da minha avó... Jamais achei que veria boca tão parecida com a dela novamente, a não ser quando me olho no espelho e vejo...* – Seu rosto mudou um pouco. Choque. Foi o que estampou sua face.

— *Os seus...* – conclui a frase dele, quase sem voz.

Ele virou os olhos para minha mãe. Choque, medo e confusão misturavam-se. Então ele perguntou:

— *Elisa, quantos anos essa menina tem?*

— *Dezenove.*

— *É sua filha?*

— *Sim.*

— *Elisa, não diz para mim que ela também é...* – Heitor disse tão petrificado quanto minha própria mãe estava.

— *Ela é.*

Silêncio. Choque. Silêncio.

— *Mas como?* – ele perguntou.

— *Descobri quando você já tinha ido embora. E, então, eu nunca mais soube de você.*

Eu não conseguia mais ouvir. Aquele era o meu limite. Além dele. Havia sido demais. Havia se tornado simplesmente insuportável para mim, assim eu só pensei em fugir para o mais distante que conseguisse.

Quando dei o primeiro passo para longe, minha mãe chamou meu nome e segurou meu braço em uma tentativa de me parar. E eu parei. Mas olhei para ela e disse a única coisa que eu consegui:

— *Não. Agora não.*

Ela leu meus olhos e a dor estampou sua face. Ela soltou meus braços e não tentou mais impedir-me quando fui embora.

Eu corri. Corri. E quando minhas pernas cansaram, eu corri ainda mais. E depois andei e andei, só parei quando havia chegado em casa.

A única coisa que me parecia certo naquele momento era isso, a minha casa.

Fui para o meu quarto, fechei a porta, deitei-me na minha cama e fiquei ali, calada.

Vazia.

Eu não conseguia chorar, não conseguia falar, só queria o silêncio e a escuridão do meu quarto.

As horas passaram e eu continuei ali, imóvel.

Ouvi quando minha mãe chegou. Ouvi quando ela parou na porta do meu quarto querendo entrar e Clay não deixou.

— *Agora não, Elisa. Vamos respeitar o momento dela.*

Eu ouvi meus irmãos perguntarem por que ninguém explicava o que estava acontecendo. E eu continuava ali, imóvel. Olhando o teto. Tentando procurar algum fio de qualquer coisa que fosse dentro de mim. Mas tudo havia sumido. Tudo tinha ido embora.

Eu queria sentir raiva, queria sentir alegria, queria sentir dor, queria sentir tristeza, qualquer coisa que fosse. Mas nada. Só vazio. Oco.

Eu virei para o lado e tentei dormir.

Fechei meus olhos e esperei o sono encontrar-me. E ele me encontrou.

— *Pai… Papai… Olha aqui! Eu sei dançar!*

Clay aproximava-se, e enquanto ele andava, seu cabelo castanho-claro refletia o brilho dourado da luz do sol. Ele pegou aquela menininha de 4 anos no colo, alisou seu cabelo escuro e disse que seus pequenos olhos tinham a cor do mel e que eram tão brilhantes como as estrelas. Ela deu um sorriso e disse que os olhos dele eram mais bonitos, pois eram verdes como o mar, como a grama e como as folhas das árvores.

— *É impossível existir olhos mais lindos do que os seus, Nena, pois eles são iguaizinhos aos da sua mamãe.*

— *Eu amo a mamãe* – *falou a menininha, dando um abraço em seu pescoço. Mas quando ela afastou-se, os olhos verdes tornaram-se escuros, o cabelo dourado tornou-se negro, Clay transformou-se em Heitor. Assustada, a menininha perguntou:*

— *Cadê o meu papai?*

E o homem respondeu

— *Eu sou o seu pai.*

Dei um grito.

Acordei assustada, o coração batendo disparado.

Percebi que estava suando e minhas mãos tremendo. Meus olhos encheram-se de lágrimas, mas elas não pingaram, não escorreram, não caíram, não rolaram.

Virei para o lado, na esperança de que meu coração se acalmasse. Respirei e inspirei, respirei e inspirei, e fiz isso outra e outra vez, concentrando-me em meus próprios batimentos cardíacos, sentindo-os desacelerarem.

E, então, senti cheiro. *Aquele cheiro*. O perfume. *Aquele perfume.*

Passos firmes e leves caminharam devagar até a minha porta. Ela entreabriu-se um pouquinho. Ele entrou e tornou a fechá-la. Não acendeu a luz, não me tirou da escuridão. Caminhou pelo quarto, até que eu o senti deitando-se ao meu lado, em completo silêncio. E me abraçou. Só me abraçou.

Eu virei-me para ele e para o abraço também.

— *Oi, princesa...* – Victor disse baixinho, com seu queixo apoiado em minha cabeça.

— *Oi...* – eu respondi mais baixo ainda, com o rosto encostado em seu peito.

— *Como você está?*

— *Eu não sei.*

Ele me abraçou um pouco mais forte e escutei seu coração. O ritmo daquele som me trouxe algum tipo conforto.

Ele começou a alisar a curva das minhas costas, meu corpo começou a relaxar, até que, outra vez, peguei no sono.

— *Mamãe, cadê o meu papai?*

A menininha de 4 anos saiu correndo pelo parque, procurando, procurando e procurando. Seu vestido vermelho de bolinhas brancas estava um pouco sujo de areia. Depois de não o encontrar, ela voltou para sua mãe e pergunta outra vez:

— *Cadê o meu papai?*

Sua mãe começou a chorar. Vô Benedito apareceu, com seu cabelo grisalho.

— *Eu posso ser o seu papai, Nena.*

— *Mas você não é o meu papai. Você é o meu vovô. Eu quero meu papai de olhos da cor do mar e da grama.*

Acordei assustada outra vez. Coração disparado. Respiração descompassada. Mas senti as mãos de Victor acariciarem-me. Uma suavemente na curva das minhas costas, de baixo para cima, de cima para baixo. A outra alisando meu cabelo, minha nuca.

— *Shiii… Está tudo bem, eu tô aqui, eu tô aqui* – ele me disse baixinho. – *Está tudo bem. Tudo bem.*
— *Que horas são?*
— *22h15.*
— *Faz tempo que você chegou?* – perguntei.
— *Estou aqui desde às18h.*
— *Você precisa ir embora?*
— *Você precisa que eu fique?* – Ele me retornou a pergunta.
— *Preciso* – respondi.
— *Então eu fico.*
— *Acho que eu tô com fome* – comentei um pouco depois.
— *Eu também.*

23.

Nós descemos a escada e fomos até a cozinha.

Eu abri a geladeira e tirei algumas sobras de comida que estavam guardadas separadamente em recipientes de vidro. Havia purê de batatas, arroz, feijão e bife.

Peguei alface e tomate, lavei e temperei um pouco de salada.

Também retirei da geladeira uma jarra com suco natural de goiaba.

Coloquei todas as porções na mesa após aquecê-las no micro-ondas para nos servirmos.

Em silêncio, sentamo-nos na mesa e comemos.

Quando eu provei o bife, sorri. O tempero era do Clay. Tinha sido ele quem havia feito o jantar.

Então veio-me o pensamento de que mamãe também não estava muito bem. Lembrei-me do rosto dela, de como havia ficado petrificado, de como havia paralisado. Lembrei-me do olhar quase sem vida. Do choque. Meu estômago revirou um pouco dentro de mim. Novamente lembrei-me dele, do meu pai, que até aquele dia nem sabia que eu existia e, por outro lado, eu não sabia como era. E que eu não tive coragem para saber se me aceitaria como filha. Pensei no Clay.

Voltei a comer.

Cortei mais um pedaço de carne. Levei à boca e mastiguei.

Um pouco de cada vez, até finalizar toda a comida em meu prato.

Bebi um gole de suco.

Silêncio. Silêncio… Sempre em silêncio.

— *Deixa que eu lavo a louça* – disse Victor.

Ele levantou-se, veio até mim, passou o polegar em meu queixo e ofereceu-me um sorriso amável. Meu corpo reagiu enviando vibrações geladas para a minha barriga. Quase sorri, pela sensação e pela percepção que me ocorreu: aos poucos, o vazio estava sendo preenchido.

Ainda não satisfeito, ele deu um beijo em minha testa e meu coração aqueceu-se pela delicadeza do gesto. Então ele retirou os pratos sujos da mesa e foi até a pia.

Enquanto eu escutava o barulho da água jorrando e dos pratos sendo lavados, Mamãe e Clay apareceram na porta.

Eu continuei sentada, na mesa branca de cadeiras azul-claro. Um azul tão vivo que se assemelhava ao Tiffany. Eles caminharam até mim, sentaram-se bem na minha frente, lado a lado. Os olhos de mamãe estavam inchados e vermelhos. Obviamente, diferente de mim, ela tinha conseguido chorar. Uma pitada de remorso surgiu em meu interior. Clay tentou parecer sereno, mas as linhas em sua testa e o brilho atordoado em seus olhos revelaram sua preocupação.

— *Como você está?* – perguntou-me mamãe.

— *Não sei dizer* – respondi.

— *Hoje foi um dia e tanto…* – comentou Clay, mais dizendo para ele mesmo do que para nós. Ele passou a mão em seu cabelo, e na ausência de palavras ele levantou-se e veio até mim. Ele me abraçou. Forte.

Esse gesto, esse abraço, eu já conhecia. Era igual aos que ele me dava com meus 13 anos, nos dias em que doía – em que tudo doía – e eu me revoltava. Ele me abraçava com esse mesmo abraço. Porque na ausência de palavras, ele me oferecia amor. Sempre me ofereceu amor.

Algo começou a derreter dentro de mim. O gelo começou a ser dissolvido. O vazio tornou-se um pouco mais preenchido. Um pouco menos escuro.

Minha mãe também levantou-se, aproximou-se de nós e abraçou--nos. Forte.

Quatro braços envolveram-me, dois corações cercaram-me. E foi aí que eu chorei. Chorei alto. Chorei uivando em gritos. Chorei para lavar a minha alma. Minha mãe chorou. O Clay chorou. Mas eles não me largaram até as lágrimas findarem.

E quando elas findaram, era hora de falar.

Olhei ao meu redor e Victor não estava mais na cozinha. Mas eu não podia sair para procurá-lo. Não ainda. E ele sabia.

Voltei a sentar-me. Já era quase meia-noite. Mamãe e Clay sentaram-se também.

— *Filha...* — Começou mamãe. – *Eu sinto tanto, por tudo. Sinto tanto por tudo que aconteceu, pela forma como aconteceu. Eu passei muitos anos machucada, com o coração fechado, querendo odiar o seu pai. O Heitor. Por tudo. Eu queria culpá-lo por ter ido embora e por ter nos deixado. Por ter perdido todos os seus sucessos. Seus primeiros passos. Seu primeiro dia na escolinha. Eu sofria especialmente no Dia dos Pais... Mas filha, me escuta: não vale a pena.* – Ela colocou as mãos em cima das minhas e as segurou fortemente. E sem desviar seus olhos dos meus, continuou:

— *Por mais que eu quisesse odiá-lo, os anos que se seguiram me ensinaram que eu não podia fazer isso e que, acima de tudo, não era justo. Ele não sabia de você quando partiu e permaneceu sem saber até hoje. Naquela época, eu também não sabia que estava grávida, até ser tarde demais para poder fazer algo a respeito em relação a ele.* – Eu balancei minha cabeça em concordância enquanto as lágrimas caíam. – *Eu precisei de anos para poder chegar em você, hoje, e te dizer: Helena, minha menina, há 20 anos o Heitor desistiu de um romance, não de uma filha. Ele desistiu de mim para perseguir um sonho, mas não de você. E, agora, ele vai passar o resto da vida com as consequências dessa escolha, pois tudo que ele perdeu sobre você não vai voltar... Mas vocês podem escrever uma história diferente a partir de hoje, para os anos que ainda virão... E que está tudo bem você levar o tempo necessário para decidir o que você quer fazer em relação a tudo isso. Como já te dissemos hoje bem cedo, seu pai e eu, o Clay e eu, sempre estaremos aqui para você filha, sempre.*

Eu continuava chorando. As lágrimas continuavam caindo. Minha mãe sempre sabe o que falar e quando falar. Sempre tão cheia de sabedoria. *Cheia de amor.*

Mas eu ainda tinha medo, medo de tudo mudar. Medo de perder tudo o que já conquistamos. Medo de perder nossa família, medo de perder o meu pai – o pai que meu coração escolheu para mim quando eu tinha pouco mais de 4 anos.

Como sempre, Clay parecia entender exatamente o que se passava na minha mente, talvez porque também fosse o que se passava na dele, talvez porque ele também escondesse o mesmo temor que eu dentro de seu próprio coração e dentro de sua própria mente.

—*Helena, você sente medo, não é?* – ele me perguntou, e eu confirmei com a cabeça, chorando ainda mais por confessar que era exatamente o que eu sentia. – *Eu também senti, sabia? Na verdade, esse medo já me rondava muito antes de você ter idade o suficiente para senti-lo. A mim e também a sua mãe. Na verdade, nós dois sentimos medo. Ela e eu. Mas deixa eu te contar uma coisa. No dia em que eu me apaixonei pela sua mãe, foi algo muito próximo ao que Victor me confessou sentir por você, ainda ontem, quando conversamos. Bastou que eu olhasse para ela e eu a amei. Eu amei essa enxurrada de cabelo castanho jogado ao vento. Eu amei esses olhos cor de mel, de quem você herdou. Eu amei o perfume que vem dela. Amei as covinhas que surgem quando ela dá um sorriso. Eu amei todas as curvas desse corpo escondidas pelas roupas. Eu amei o som da voz dela. Eu amei o jeito que ela levanta as sobrancelhas, deixando-as levemente inclinadas. Eu amei tudo. Tudo. Do jeito de falar ao jeito de sorrir. Mas ela, ela amava me manter longe.* – Ele sorriu, – *Lembra disso querida?* – Ele perguntou para minha mãe.

— *Lembro* – ela respondeu chorando e sorrindo. Mas eu notei que seu choro transformar-se-ia em amor. Emoção e amor. Sua reação diante das confissões ouvidas. Das declarações incansáveis.

— *Ela radiava luz, mas estava fechada para o amor* – continuou Clay. E nesse instante dei-me conta de que eu ainda não conhecia a história deles contada pelos olhos dele, de como ele vivera e sentira tudo. Eu conhecia apenas pelos olhos de mamãe. – *Algumas noites, eu juro que tentava me afastar, mas não conseguia. Ela recusava todas as minhas investidas. Quando finalmente aceitou sair comigo e eu descobri que ela tinha uma filha, ela tentou te afastar de mim a todo custo. Você sempre estava dormindo, ou doente, ou na casa dos avós. E eu nunca conseguia te ver. Te conhecer. E eu sabia que essa era a forma dela de te proteger e de si proteger também, pois quando eu partisse, você não sofreria nenhuma falta. Era isso o que ela pensava. Mas, então, uma noite, eu apareci de surpresa... A cada dia que se passava, mais eu a amava. Tudo em mim sentia necessidade dela. Então eu fui lá, bati na porta. Quando ela abriu, seus olhos brilharam, incendiaram-se, como os meus próprios olhos, mas, então, ela conseguiu apaga-los assim que se lembrou de que eu havia ido até sua casa. "O que você está fazendo aqui?", ela me disse. Eu falei do amor que eu sentia. Falei de como eu não conseguia mais me manter longe, que eu queria que ela fosse minha, com aliança no dedo e tudo, que não aceitava mais viver daquela forma, que se ela me quisesse, que baixasse a guarda, que parasse de tentar fugir ou de me afastar, porque eu não iria a lugar algum...* – Ele olhou para minha mãe com aqueles mesmos olhos, acesos, vivos, por ela. E sorriu com a lembrança da história deles. Ela o olhava com o mesmo olhar. Esmeraldas brilhando sob o próprio mel, refletindo a mesma luz. Clay tornou olhar para mim e prosseguiu. – *Naquela noite, você já estava em seu quarto, dormindo, e só por isso ela me deixou entrar. Mas, de repente, enquanto eu falava, você surgiu na sala, de pijama, segurando um coelhinho de pelúcia. Você parou, coçou os olhinhos e disse assim: "Esse é o meu papai, mamãe?". Ela não teve nem tempo de responder, porque no momento que eu te vi...* – A voz dele embargou. – *No momento em que eu vi esse par de olhinhos iguais ao dela, tão pequena, meu coração se encheu de um profundo amor. Foi bem ali, naquele mesmo momento, que você fez de mim um pai. Eu olhei para você e disse: "Se você quiser eu serei o seu papai", e você aceitou. E eu nunca mais te deixei. E eu nunca vou te deixar. Nunca, minha filha.* – Eu continuava chorando. – *Quando sua mãe finalmente aceitou o meu amor e entregou o amor dela para mim, quando ela me contou como tudo havia acontecido e me revelou o medo de um dia o Heitor aparecer, o medo de te perder, o medo da sua reação, eu também senti medo. Medo de perder a minha filha. Mas também sentíamos medo de ele nunca aparecer e de você nunca o conhecer, porque nada disso seria justo com você também... Ah, se você soubesse o tanto de medo que os pais sentem.* – Ele sorriu. – *Mas diante de tudo isso, eu posso te dizer que nós só fizemos a única coisa que podíamos: nós te amamos, filha. Te amamos muito! E nos esforçamos todos os dias para construirmos o melhor ambiente para você e para seus irmãos. O que nós temos aqui é sólido, é forte, é firme. E Helena, eu confio no amor que te transmitimos por todos esses anos. Eu confio no coração que você possui, filha. Confio que ele é grande o suficiente para acolher dois pais, para perdoar o imperdoável, para compreender o que não dá para ser entendido nem justificado. Eu sei que tudo isso parece ser muito complicado, mas, na verdade, é simples... Porque o amor é simples. E sabe de uma coisa, eu passei muito tempo sentindo medo, mas hoje eu não sinto mais.* – Ele virou-se para minha mãe e disse: – *A força e a firmeza do seu amor, querida, lançou fora o medo. Eu confio no que temos.* – Ele olhou para mim e disse: – *Eu confio no que temos, filha. E eu sei que quando você estiver pronta você também não sentirá mais medo. E quanto a nós, sua mãe e eu, nós estaremos sempre aqui, para você, pois é isso que os pais fazem, eles ficam e esperam, e, sobretudo, amam.*

— *Pai...* – eu disse a ele, desmanchando-me em lágrimas: – *Eu te amo muito. E isso nunca vai mudar. O meu amor por você nunca vai mudar.*

— *Eu sei, filha. E eu também te amo muito* – ele respondeu.

— *Mãe...* – eu falei, olhando a ela: – *Eu também te amo muito. Obrigado por tudo, sempre. Eu te amo demais e isso nunca vai mudar.*

— *Eu te amo, filha. Você é uma benção na minha vida, sempre foi.* – Ela chorava enquanto dizia. – *Vamos passar por tudo juntos, tá bom?*

— *Tá bom.*

Eu levantei-me da cadeira azul, rodeei a mesa branca e os abracei, abracei aos dois. Abracei com todo o meu amor e toda a minha gratidão. Gratidão por eles serem o meu chão quando o mundo quer ruir. Gratidão pelo amor constante. Gratidão pela compreensão, que hoje pude notar não ser estendida só a mim, mas ao Heitor também.

Pensei em quantos anos e em quantas batalhas internas foram travadas sem que eu jamais soubesse, apenas para que hoje eles pudessem ser realmente a minha base, o meu chão firme e sólido, para que pudessem me segurar e me sustentar no instante em que meu mundo desmoronou.

"O amor é simples...", meu pai falou, mas, na verdade, foram eles dois – mamãe e Clay – que simplificaram tudo isso.

Eles tornaram tudo tão mais fácil para mim. Transformaram em algo mais fácil do meu coração absorver, e eu sei que só foi possível porque eles decidiram me amar acima de todas as coisas. Até acima dos maiores temores deles.

Não pensaram se seria justo com eles... Pensaram se seria justo comigo.

E eu pude notar, através deles, através dos meus pais, como Deus tem sido bom. Tão bom... Ele é bom!

Quando eles levantaram-se e foram de mãos dadas para o quarto, pude ouvir as juras de amor que a minha mãe – a mulher, a amante apaixonada, a esposa, a Elisa – fazia para o dono do seu coração. Todos os agradecimentos que saíam de sua boca e todas as respostas que, igualmente carinhosas, ele falava para ela.

Até que não os ouvi mais...

Até que voltou o silêncio.

24.

Passei mais alguns minutos sentada à mesa.

Por alguma razão, eu ainda não conseguia sair dali. Então só permaneci.

Peguei meu celular e encontrei uma mensagem do Victor.

> *Princesa,*
>
> *Sei que prometi ficar, mas esse momento é de vocês. Você e seus pais. Preciso respeitar isso por mais que me doa te deixar assim.*
>
> *Estou indo, mas deixo meu coração contigo.*
>
> *Quando puder, me mande notícias. Estarei pensando em você.*
>
> *Sempre seu,*
>
> *Victor.*

> *Obrigada por tudo hoje, de coração... Sua presença me trouxe mais conforto do que eu conseguiria descrever.*
>
> *E me desculpe pelo furo em nosso jantar. Espero poder compensar no futuro.*
>
> *Sinto sua falta.*
>
> *Sua, H.*

Minha cabeça estava um pouco dolorida, sentia minha mente cansada, embora meu coração já estivesse mais aliviado. As horas já estavam avançadas, mas eu ainda não conseguia sair dali. Nem sei quanto tempo mais eu fiquei ali, sentada, debruçada na mesa.

Por fim, decidi ir até os fundos da nossa casa. Para onde mais eu iria a essa hora da noite?

Gramado verde. Piscina de plástico para as crianças brincarem. E um pequeno e lindo jardim. Comecei a pensar quando foi que eu parei de ir ali… Porque eu tinha parado de ir ali? Olhei um pouco mais adiante e notei as duas pequenas bicicletas encostadas no muro. Uma do lado da outra. A rosa de Ariela e a preta de Gael.

Caminhei poucos passos até o centro do quintal e decidi me deitar ali. Bem no chão, no meio do gramado. Estiquei meu corpo e fixei meu olhar no céu escuro, nas estrelas brilhantes. Mas, de repente, eu virei para o lado e comecei a chorar. Chorei sozinha. Sem plateia. Chorei para mim, para encarar meus próprios sentimentos. Chorei para libertar a dor disfarçada de riso que me perseguia. Chorei por todos os anos que se passaram. Chorei porque eu preferia não o ter conhecido, mas eu conheci. Chorei por que eu não conseguia encontrar um culpado com exceção do próprio acaso. Não era justo culpar minha mãe e muito menos o pai que nem sabia que tinha uma filha. Ainda não sei se a ausência de culpa é um alívio ou uma tortura. Chorei por tudo que recebi e pelo tempo que nunca tive e não vai voltar.

Chorei, chorei e chorei…

E quando as minhas lágrimas secaram dei-me conta: as estrelas ainda continuavam lá, com um brilho ainda mais forte e intenso. Elas estão sempre lá. E sempre estarão… A vida ainda iria arrebentar em beleza apesar da minha dor. As noites ainda continuarão belas e, de alguma maneira, de alguma forma que eu nem sei explicar, isso vai me curar.

E foi aí, no findar desse pensamento, que quase como um milagre, algo extraordinário aconteceu. Por um momento pensei que as estrelas estavam caindo e flutuando ao meu redor. E, então, vi que, na verdade, eram vaga-lumes voando. Ali, onde eu nunca os tinha visto. No meu pequeno quintal, ao meu redor e por todo lado. Acima de mim, no alto e, ao mesmo tempo, tão baixo que quase me tocavam.

Sorri com a alma.

E, novamente, paz.

Foi como no pôr do sol, a sensação de algo eterno manifestando-se no ambiente por meio da própria natureza. O Criador fazendo-se presente por intermédio da Sua criação. O amor de Deus sendo exposto por cada brilhinho no mais profundo azul, de cada pontinho reluzente voando na noite escura.

Foi quase que um convite!

Um convite para colar todos os pedacinhos fragmentados do meu coração e deixá-lo novo outra vez, como se nunca tivesse sido quebrado... Um amor que certamente pode fazer nova todas as coisas, até mesmo os sonhos mais secretos que foram estilhaçados contra a dura parede da realidade. Sonhos de uma garotinha como eu... Sonhos e coração, como o meu...

Os vaga-lumes foram quase como uma promessa. Como um cochicho bem baixinho ressoando dentro de mim: *"Tudo vai ficar bem... Confia"*.

Paz.

Paz e amor.

Um amor eterno.

25.

A segunda-feira passou rápido. Terça, quarta e quinta também.

Às vezes, no meio das noites que se seguiram, eu ia até o quintal e deitava-me no mesmo lugar. Algumas noites estavam nubladas, apenas nuvens cinza flutuando no imenso céu. Em outras noites, as estrelas pareciam ter se multiplicado em uma explosão de branco cintilante. Não vi mais os vaga-lumes, em nenhuma delas, mas eles ainda se faziam presente em mim. Dentro de mim.

Victor almoçou comigo todos os dias e visitou-me em algumas noites, preenchendo-me com o amor mais honesto, envolvente e cuidadoso que conheci. O único que pude sentir, assim como sinto por ele. Nunca havia entendido ao certo porque jamais tinha me apaixonado antes, mas então eu soube, eu já era dele muito antes de conhecê-lo, e todo o meu amor, de alguma forma, já o aguardava, já pertencia a ele.

Também tentei não pensar muito no meu pai. *Meu outro pai*.

Decidi por apenas esperar.

Antes, ele não me procuraria, pois nem ao menos sabia da minha existência. Mas agora ele podia. Ele sabia, eu existia. Eu existia e era tão real quanto o reflexo que ele via no espelho ou quanto o chão duro que seus pés pisavam. Eu existia. E daria a ele o que nunca tivemos antes: escolha.

Ele escolheria se iria me querer em sua vida ou não e, quando chegasse a hora, a partir da decisão dele, eu faria a minha própria escolha.

E, assim, fui seguindo os meus dias.

Com a noite, caminhei novamente até o fundo do quintal.

Era como se uma força silenciosa me chamasse para lá, como se eu buscasse por algo desconhecido, mas que me chamava... Encontrei Clay. Ele estava sentado em uma cadeira branca de costas para mim. Os pés descalços na grama. Ao seu lado, no chão, estavam o par de sapatos social e as meias. Calado, ele olhava para o nada. Embora estivesse com fones de ouvido era possível escutar a música que tocava.

Aquelas vozes.

Aquela melodia.

Aquela letra...

Rompendo com a noite, eu pude ouvir Simon & Garfunkel cantando "The sound of silence".

♪ "Olá, escuridão, minha velha amiga.

Eu vim falar com você outra vez

Porque uma visão, suavemente rastejando,

Deixou suas sementes enquanto eu estava dormindo.

E a visão que foi plantada em meu cérebro

Ainda permanece

Dentro do som, do silêncio." ♪

Caminhei até ele e sentei-me na cadeira vazia ao seu lado. Ao notar minha presença, ele apenas me estendeu um de seus fones e ficamos ali, sendo devorados pelo silencio, pela escuridão ou por aquela canção.

♪ "Em sonhos agitados eu caminho sozinho

Por ruas estreitas de paralelepípedos.

Sob a claridade de uma lâmpada de rua

Virei meu colarinho por causa do frio e umidade,

Quando meus olhos foram traídos pelo flash de uma luz de neon

Que dividiu a noite

E tocou o som, do silêncio." ♪

Sem tirar meus olhos da escuridão da noite, sem ousar virar minha cabeça para o lado, apenas pousei minha mão sobre a dele. E assim que a sentiu, ele a segurou forte e apertado… "Talvez", pensei eu, "essa seja uma noite em que a insegurança resolveu espreitar sua mente. Como um rato sorrateiro".

Ou, talvez, fossem apenas as estrelas convidando-o a mergulhar nelas. Quem sabe…

♪ "E na luz nua eu vi

Dez mil pessoas, talvez mais.

Pessoas conversando sem falar,

Pessoas ouvindo sem escutar,

Pessoas escrevendo canções

Para vozes que nunca participam,

Pois ninguém ousou perturbar o som do silêncio.

Tolos, vocês não sabem que o silêncio é como câncer que cresce.

Escutem as minhas palavras

Que eu posso ensiná-los.

Tomem os meus braços

Para que eu possa chegar até vocês,

Mas as minhas palavras,

Como silenciosos pingos de chuvas caíram,

E ecoaram nos poços do silêncio.

E as pessoas se curvaram e rezaram

Ao deus de neon que eles fizeram,

E um sinal faiscou o seu aviso

Nas palavras que estavam se formando.

O sinal disse: as palavras dos profetas estão escritas nas paredes do metrô,

E nos muros dos conjuntos habitacionais,

E sussurram no som do silêncio." ♪

Sexta, sábado, domingo e, então, segunda outra vez.

Já se passou pouco mais de uma semana e até agora nada.

Nenhum contato. Nenhuma chance. Nenhuma tentativa. Silêncio absoluto.

Ele não apareceu, não ligou, não falou. Se antes eu não me permitia sentir-me abandonada, agora esse sentimento crescia no mais profundo da minha mente. Eu vinha tentando contê-lo, afinal, não era justo eu me sentir assim diante de tanto amor que eu vinha recebendo, de tanta coisa incrível que vinha vivendo. Mas há vazios em nosso coração que têm tamanho e forma exata. E eu já sabia qual era o meu.

Olhei na minha frente uma mãe caminhando de mãos dadas com sua filha pequena pela loja. Loira, cabelos curtos, olhos claros. Sua filha seria sua cópia fiel se não fosse pelos seus cachos longos descendo em seu pequeno corpo.

— *Moça* – disse a pequena, de aparentemente 6 anos, puxando minha blusa. – *Queremos um sapato de salto alto e vermelho para a mamãe. Bem lindo, porque quando eu crescer vou usar também.*

Comecei a rir diante de tanta beleza e pureza daquela menina. Quando eu era criança também adorava usar as roupas e sapatos da mamãe. Na realidade, é um hábito que mantenho até hoje. Tornei a rir, mas agora de meus próprios pensamentos.

— *Acho que temos o sapato perfeito para ela bem aqui, lindinha!* – respondi, retribuindo-lhe com o olhar mais doce que eu tinha e indicando alguns modelos na vitrine.

Quando terminei de atendê-las, dei-me conta de que já era o horário do meu almoço. Mal dei alguns passos para fora da loja e vi meu pai parado. *Meu outro pai.* Heitor. Pude sentir o exato momento em que meu coração apertou numa mistura de medo, apreensão e alívio. Um profundo alívio.

E, então, o medo sobressaiu-se outra vez.

26.

Meus dedos mexiam-se nervosamente. Eu fiquei travada no mesmo lugar. Estava quase fugindo para longe quando as palavras de Clay abraçaram-me a mente. *"E eu confio no coração que você possui, filha. Que ele é grande o suficiente para acolher dois pais, para perdoar o imperdoável, para compreender o que não dá para ser entendido nem justificado. Eu sei que tudo isso parece ser muito complicado, mas, na verdade, é simples… Porque o amor é simples".*

Recordar essas palavras encheram-me de paz e coragem, sobrepondo-se a toda apreensão que ainda me rondava. Nada disso precisava ser complicado. Então eu decidi simplificar tudo, apenas indo até ele, caminhando ao seu encontro.

— *Oi* – eu disse enquanto apertava meus dedos, e notei que ele fazia a mesma coisa. Quase sorri.

— *Oi, Helena. É… Hã… Eu queria saber se você gostaria de almoçar comigo.*

— *Quero sim.*

Subimos até a praça de alimentação em silêncio. Uma tensão desconfortável entre nós. Estranho. Não tinha o gosto "família" que eu imaginava na adolescência. E ambos continuávamos em silêncio.

— *Você prefere alguma coisa? Comida italiana? Japonesa? Mineira?* – Ele me perguntou.

— *Acho que um lanche já está bom.*

— *Certo. Acho que eu também prefiro.*

Compramos um lanche cada, com fritas e refrigerante. Procuramos uma mesa um pouco mais afastada para sentar e começamos a comer. Silêncio.

Eu ouvia o mastigar dele, o crocante da batata frita, o barulho do refrigerante descendo pela garganta. Mas, ainda sim, silêncio.

Eu queria falar algo, mas falar o quê? Tudo que passou pela minha mente fugiu. Desapareceu.

Silêncio.

— *Filha, eu... Helena, eu...* – Ele parou, respirou fundo e continuou: – *Helena, eu gostaria de te dizer que eu não imaginava que tinha uma filha quando fui embora. E se eu soubesse não teria ido. Na verdade, eu estou com raiva de mim mesmo por todos os anos perdidos, por não ter estado perto. Não sei se um dia vou conseguir me perdoar. Será que um dia você vai me perdoar?*

— *Por que você foi embora?* – eu perguntei. Precisava saber a resposta para a pergunta que me assombrou por tantos anos. Eu precisava saber dele.

— *Eu era jovem, Helena. Estava prestes a fazer 20 anos. Como você agora. Meu pai recebeu uma proposta de emprego no exterior, irrecusável na época. Eu teria mais oportunidades, estudaria em faculdades melhores. Então fomos. Era a chance de viver o sonho americano de tantos jovens brasileiros, sabe?* – Ele permaneceu em silêncio por minutos infindáveis, pensando no que falar ou revivendo o passado, qualquer alternativa parecia-me justa em nossas circunstâncias. – *Naquela época eu pensava em montar uma banda na garagem, ficar famoso e cantar pelo mundo... Mas não aconteceu. No fim, eu acabei seguindo os passos do meu pai. Me tornei um empresário e fui bem-sucedido, até que larguei tudo este ano e voltei.*

— *E minha mãe? Você não a amava?*

Ele suspirou, passou a mão na testa.

— *Eu adorei a sua mãe, filha. Ela foi a musa dos meus anos dourados. Por isso não tive coragem de contar a ela que iria embora até que não teve mais como esconder... Se eu contasse, sabia que ela me faria ficar.* – ele falou um com sorriso distante nos olhos, como se tivesse voltado aos anos 90. – *Ela foi tudo sabe? As noites eram longas com ela... Sempre vou me lembrar dos cabelos dela brilhando ao sol enquanto ela corria. Era a coisa mais linda. Mas eu era menino demais. Me apaixonei por ela. E eu fui dela por aquele tempo. Só que eu tinha sede de futuro, sede do novo, de tudo que eu poderia viver. E... Eu vivi bem, Helena. Eu conheci tantos lugares, tantas pessoas. Viajei pelo* mundo. Tive histórias incríveis... E tive um amor. Não posso dizer que eu teria escolhido diferente naquela época, pois eu era outro homem. O meu arrependimento todo reside em tudo que eu perdi com você, filha. Naquela época eu decidi terminar um namoro com a sua mãe, mas eu jamais teria deixado você.

Eu não sabia bem o que pensar ou o que sentir sobre o que ele me dizia, mas, ao menos, ele estava sendo honesto.

— *Por que você largou tudo e voltou para cá?* – eu perguntei.

— *Porque eu tive um amor. Uma esposa. Eu a eu amei muito. Eu a amo muito. Só que ela queria filhos e nós íamos ter um. Mas ela perdeu o bebê em um acidente. Estava grávida de sete meses quando... Devido ao acidente ela... não pode engravidar outra vez. E isso matou a alegria dela. De alguma forma, matou-a. Já faz quase dois anos. Eu tentei muito. Até que um dia ela me olhou e disse que não conseguia ficar comigo, pois a dor era grande demais, e sempre que ela me via, ela via o bebê, e via o dom da vida que foi tomado dela. Ao que parece, minha presença se tornou uma tortura.* – Ele olhou para o chão, tentando domar a dor que surgia em seu olhar. – *Ela me deixou. A partir dali a vida que eu construí para mim parou de ter sentido. Quis ir para longe, quis voltar para casa. Voltei para cá. Mas nunca imaginei o que me aguardava...*

Eu não conseguia falar nada. Meus olhos estavam cheios de lágrimas e minha garganta doía com o choro entalado.

— *Sabe, Helena, o engraçado é que eu não queria filhos. Não sentia que precisava. Esse era um sonho dela. Mas desde o momento em que eu descobri sobre o bebê, algo no meu coração mudou e eu o amei. Amei-o e ainda o amo. Quando o perdemos doeu muito... E não se passa um dia sem que eu sinta essa dor dentro de mim. Mas eu ainda tinha ela, e eu a queria acima de tudo, até mesmo acima da dor de não podermos gerar um filho... E quando eu voltei ao Brasil e descobri você... Não era justo eu poder ter uma filha tão linda e tão perfeita enquanto a Hannah não pode ter filhos também. Eu fiquei confuso e até com raiva. Sofri por tudo que eu perdi ao seu lado e por tudo que perdi enquanto estava lá também. Mas eu pude olhar adiante e ver um futuro, um futuro em que eu seria seu pai e você minha filha. Mas e ela? Não me parecia justo, entende? Uma brincadeira do destino.* – Ele suspirou. Fez uma pausa. – *Por isso eu demorei para te procurar, filha. Eu já te perdi uma vez, eu não posso perder de novo. E eu estou te contando tudo isso para que você entenda. Para que você me perdoe.* – Ele segurou a minha mão – *Será que nós podemos recomeçar?*

— *Podemos* – eu respondi com lágrimas banhando o meu rosto. – *Nós podemos!*

27.

Deitada na minha cama, olhando para o teto, pensando em tudo que havia acontecido, ainda relembrando as confissões que há pouco tinham sido feitas.

Eu perdi um irmão, mas meu pai perdeu um filho. Eu perdi uma madrasta, de quem nem sei se gostaria, mas meu pai perdeu um amor. Ele queria ter uma banda. Será que ele tocava bateria ou era ele quem cantava?

Ele não disse que me amava. Eu não consegui chamá-lo de pai.

Estava inquieta. Ainda era cedo demais para estar deitada. No corredor ouvia Ella e Gael correndo. O cheiro que inundava o ar indicava que mamãe e Clay estavam cozinhando, ou ao menos um dos dois estava.

Meu celular começou a vibrar, uma mensagem havia chegado.

Filha, estava aqui pensando... Será que você gostaria de sair para tomar um sorvete?

Era uma mensagem do Heitor.
Lembrei que havíamos trocado nossos números na hora do almoço.

Agora?

Menos de trinta segundos depois a resposta já havia chegado.

> *É... Na verdade, estou na frente da sua casa.*

Dei um pulo da cama e corri até a janela do meu quarto.

Ele estava lá, parado. Quando me viu, deu um sorriso sem jeito e acenou com as mãos. Sorri.

Coloquei uma calça rapidamente, uma blusa e desci.

— *Mãe, Clay... É... O Heitor está aí na frente e me chamou para tomar um sorvete.*

— *Nós sabemos, filha. Faz uns trinta minutos que ele está aí, parado. Me perguntei quanto tempo levaria até ele tocar a campainha* – falou Clay.

— *Hããã... Vocês não se importam?* – perguntei, meio tímida.

— *É claro que não, filha. Se ele quiser fazer parte da sua vida vai se tornar parte desta família também* – ele respondeu calmamente, continuando a picar tomates.

— *Só não chegue muito tarde, tá bom?* – disse mamãe. – *Venha cá e nos dê um beijo agora.* – Ela concluiu, sorrindo.

Dei um abraço e um beijo em cada um deles. Senti gosto e aconchego de lar. Meu lar. Eles eram meu lar. Meus pais.

Ainda não conseguia entender como os dois agiam assim, com essa tranquilidade, com essa confiança, com essa naturalidade, com esse amor. Porém sei que seria sempre grata por isso, pois, sem perceber, ou talvez possuindo total ciência disso, eles forneciam-me o chão sólido e seguro para que eu desse os meus próximos passos.

Meu chão. Minha base. Eles eram... Sempre foram!

Talvez pais sejam isso. Talvez amor seja isso.

Certa vez, eu li na Bíblia que o amor não busca seus próprios interesses. Lembrar-me disso fez entender o motivo de eles agirem assim. Não se trata deles, trata-se de mim. Eles faziam aquilo por mim. Senti um aperto no coração, quase como uma dor física, pois é assim que eu os amo. Eu os amo tanto que até dói.

Senti a brisa suave do vento enquanto caminhava em direção ao Heitor. Vi as folhas balançando nas árvores. Escutei o barulho dos carros na rua. Senti o vento gelado no rosto, a brisa na pele...

A brisa suave...

A brisa...

A sensação de algo eterno percorreu toda a extensão do meu corpo, do fio do meu cabelo até o dedo mindinho do meu pé. Deus estava ali comigo, conosco, presenteando-nos com um recomeço, curando as feridas, como eu senti que Ele faria.

— *Oi de novo* – eu disse, com um riso discreto.

— *Oi de novo, menina* – ele respondeu. – *Eu resolvi sair para caminhar. A noite está bonita, sabe? E quando vi estava parado aqui na porta da sua casa.* – Ele deu um sorriso balançando os ombros. – *E… Eu não quero mais perder tempo. Já perdemos tanto…*

Só agora, com mais calma, percebi que ele tinha um sotaque meio repuxado, estrangeiro. Certamente, pelos anos que passou longe.

Começamos a caminhar.

— *Me fale sobre você, filha.*

— *O que você gostaria de saber?*

— *Bom, quais os seus sonhos? Você gosta de viajar? Qual música você gosta de ouvir? Você tem namorado? E sua cor preferida? Já entrou na faculdade? Qual matéria você mais gostava na escola?*

— *Eu não sei bem quais os meus sonhos para o futuro. Acho que eu gostaria de viajar pelo mundo um dia. Eu ainda não optei por uma faculdade, não decidi o que eu gostaria de estudar. Eu tenho um namorado, ele se chama Victor. É recente ainda… Mas você sabe… É como se nos conhecêssemos a vida toda.*

— *Eu sei como é. Você o ama então?*

— *É… Eu o amo.* – Não consegui evitar o sorriso brilhando em meu olhar. E as borboletas agitadas em meu estômago por admitir pela primeira vez isso em voz alta. Não estava apenas apaixonada, eu o amava. – *Eu gosto de todas as cores e de como elas se misturam e se compõe e se completam, mas eu gosto especialmente do azul, porque eu gosto especialmente do céu. Não sei se gosto de algum estilo musical específico. Eu gosto, na verdade, é de boa música. Não sei explicar ao certo, mas tudo se entrosa perfeitamente… A melodia, a letra, a voz… Isso toca minha alma.*

— *Eu entendo, filha… Não é à toa que na minha juventude eu queria ser músico.*

Seguimos caminhando até pararmos em um trailer de sorvete que estava estacionado algumas ruas à frente. Ele comprou duas casquinhas, sentamos na calçada e ficamos conversando.

— *Eu fico pensando em como você deveria ser quando era pequenininha… Você deve ter sido o bebê mais lindo do mundo, de olhos grandes e dourados.* – Ele suspirou. – *Eu nunca saberei… A vida me roubou isso.*

Ele olhou para mim com olhos indagadores, mas que resposta eu poderia dar se eu mesmo não tinha uma.

— *E é tão frustrante não ter nada além do acaso para culpar. É um saco.* – Heitor deu um riso de canto de boca e voltou a tomar seu sorvete. – *Mas, no fim, não tem como seguir em frente sem deixar algo para trás. Não existe ganho sem perda. Eu só sinto ter perdido tanto…*

— *Bom, estamos aqui agora… E temos este momento hoje.* – Dei de ombros e sorri. Ele passou a mão no cabelo, a testa franzida relaxou, e ele também sorriu, pois embora ainda existissem muitas feridas para curar, tínhamos o aqui, o agora.

Ficamos ali, sentados na calçada, Heitor e eu, meu pai e eu.

Naquela noite, quando eu voltei a deitar-me na minha cama, fechei os olhos e pensei no céu cheio de estrelas. E nos vaga-lumes voando ao meu redor.

28.

Definitivamente, o almoço com Heitor foi nosso recomeço, ou melhor, nosso começo. Foi ali que iniciamos algo similar a um relacionamento entre pai e filha, embora eu ainda não conseguisse olhá-lo nos olhos e chamá-lo de pai.

Ainda era estranho.

Houve uma época em minha vida em que eu queria isso mais do que tudo: Saber quem era meu pai biológico. Saber tudo sobre ele. Estar com ele... Tocar seu rosto, saber como era seu rosto. Saber de onde eu tinha vindo... A outra parte da minha família, do meu DNA. Se eu tinha avós, primos, tios ou tias...

Mas ao mesmo tempo eu não queria conhecê-lo, não queria saber, queria fingir que não precisava, dizia para mim mesma que não precisava. Mas eu precisava... Eu me alimentava desses conflitos internos na medida em que eles me devoravam.

Eu pensava que ir atrás do pai que eu não conhecia seria desfazer do pai que eu já tinha, que seria ingratidão e jogar fora tantos anos de amor e devoção. Seria quebrar no meio a família que minha mãe havia construído. Seria como dizer para eles que eles não eram o suficiente para mim...

E, às vezes, eu me sentia desprezada, abandonada, largada. À deriva... "Porque ele foi embora?", "Porque nos deixou?", "Por quê?", "Por quê?",

"Por quê?". Eram tantos questionamentos incessantes e sem respostas. E caramba, como eu precisava dessas respostas!

Para me encontrar.

Para viver.

Para existir.

Aos 13 anos, com um par de gêmeos hiperativos em casa, ainda pequenos e exigindo o máximo de atenção da mamãe e do Clay, apesar de eu amá-los tanto, naquela época, algo dentro de mim preparava-me para ser deixada outra vez, abandonada outra vez, largada outra vez. E seria justo, pois agora existiam duas crianças que precisavam mais deles do que eu, precisavam mais de amor e atenção. Eles eram os filhos legítimos! E eu já era crescidinha o suficiente para entender essas coisas.

Hoje, olhando para trás, eu percebo que as maiores questões que eu tinha eram principalmente com o Clay, porque a minha mãe era minha mãe. Ela havia me gerado, dado-me à luz, cuidado de mim antes mesmo de eu nascer... Mas o Clay não. O Clay tinha sido escolha... Ele havia escolhido ser um pai para mim. Não existia sangue, nem DNA, nem nada que o obrigasse, a não ser uma escolha. Mas e se ele se arrependesse? Agora ele tinha seus próprios filhos. Como eu me encaixava nisso?

Dentro de mim existia uma rebeldia gritando, querendo sair e testar todos os limites possíveis, apenas para ver quando ele ia me deixar, quando ia me abandonar também... Mas ele nunca me abandonou. E cada vez que eu menos merecia, mais ele me amava. Não me lembro de ouvi-lo me chamar de ingrata uma vez sequer, e eu sei que naquela época era exatamente assim que eu me comportava.

Mas a cada explosão, ele abraçava-me. E quando eu o empurrava e até gritava, mais e mais forte ele abraçava-me. E dentro desse abraço ele dizia que não ia me abandonar, que eu até poderia tentar afastá-lo, mas ele sempre estaria ali para mim. E que ia continuar fazendo isso quantas vezes fossem necessárias, até eu entender o quanto ele me amava. E todas às vezes que eu entrava em crise, eu rendia-me em lágrimas dentro daquele abraço, dentro do amor de um pai.

E foi assim, até que as crises passaram. Até que eu, finalmente, entendi: Ele me amava e nunca me deixaria.

E estava tudo bem para mim, tudo bem até o dia em que eu vi um rosto. O rosto do Heitor, o rosto do meu pai, meu outro pai. O pai que me fez e nunca soube da minha existência. O pai que jogou minha mãe em uma depressão profunda.

Vê-lo foi como receber um soco no estômago. Ficar sem chão. Sem ar.

Trouxe tudo de volta de uma só vez!

Todos os anos passados, todos os medos superados, as crises contidas, tudo! Forte e pesado.

Mas toda dor já me era tão conhecida que, ao invés de explodir, eu só me contive, só paralisei e quis sumir. Não queria trazer tudo à tona, não naquele momento da minha vida, não quando eu, enfim, tinha deixado tudo para trás… Não quando eu tinha encontrado um amor, meu amor. No momento em que eu tinha encontrado o Victor, *meu* Victor.

Eu não queria desmoronar.

Eu não queria machucar ninguém.

Só que eu não conseguia afastar meus fantasmas do passado, eu não conseguia evitar que da ferida jorrasse sangue. E sangrava tanto que era como se a artéria da minha alma tivesse rompido.

A vida o havia levado de mim sem pedir e o trouxera de volta quando eu já não o queria.

Heitor e eu. Meu pai – meu outro pai – e eu.

Não me parecia justo!

Mas os dias passaram e nós tivemos um começo.

Não poderia dizer que seria um novo começo quando nunca tivemos um. Então apenas um começo. E no meio de tudo isso, eu ainda tinha muito medo de afastar o Clay de nós… De mim! Se antes era ele quem me abraçava e me segurava para não me deixar desmoronar, agora, era eu quem queria fazer isso por ele então. Queria segurá-lo e prendê-lo a mim só para não o ver ir embora… E se a chegada de Heitor o mandasse para longe? Se a chegada dele destruísse tudo que construímos? Se abalasse a nossa família?

Ah, que boba que eu era!

Isso poderia abalar outras famílias, não a minha.

Já tínhamos vencido muitas dores, muitos medos e tantas outras crises juntos… Sempre juntos! Já tínhamos atravessado muitos invernos, longos e secos, gelados e intermináveis, para nos destruirmos aqui e então. Não, não a minha família!

Isso poderia abalar outras pessoas, não nós, não o Clay.

Pois o meu pai, esse pai que me escolhera como filha, ele era forte, tinha um amor forte, sólido, maduro e constante. Esse pai não me deixou antes e não me deixaria nunca. Esse pai, ele sabia me amar e também mostrar-me a direção. Pois esse pai sempre teve o amor como bússola para guiá-lo, para nos guiar. Guiar a nossa família. E foi esse pai que me fez entender que sim, que meu coração era grande o suficiente para acolhê-lo e a mais um. Amá-lo e a mais um.

E agora eu também via que embora tudo parecesse muito complicado, podia ser bem simples, pois o amor simplifica, e o amor compreende. O amor faz nova todas as coisas. E o amor não falha.

O amor nunca falha.

29.

Já havia se passado pouco mais de um mês desde o dia em que eu reencontrara meu pai, e mais ainda desde que meu coração havia descoberto o amor em Victor. E pouco a pouco as coisas estavam encaixando-se, a vida voltava aos seus trilhos.

No sábado levei Ella no circo. Dessa vez abrimos uma exceção e levamos Gael junto. Durante o espetáculo, Gael disse que o show era muito vistoso de se ver. Ainda ficava assustada com as palavras difíceis que esse menininho usava com tão pouca idade. Perguntei se ele sabia o que significava a palavra vistoso e ele disse: "*que atrai a vista, algo agradável de se ver*". Meio perplexa, descobri que ele tinha um hobby diferente: sempre que ele escutava uma palavra nova, buscava no dicionário o significado dela, e normalmente decorava-o. Meu pequeno gênio das palavras.

Gael também contou que Ella estava gostando de um menino na escola, o que gerou uma pequena briga entre eles dois, afinal, Gael havia deixado escapar o segredinho dela.

— *Você é o pior irmão do mundo, Gael. Eu juro que nunca mais te conto nada, nunca!* – disse a pequena, apontando os dedos em direção ao irmão.

— *Eu não ligo. Você não precisa me contar nada, Ariela. Eu vou saber do mesmo jeito porque você é minha irmã gêmea. Eu sempre vou saber!*

— *Nunca! Você não vai saber nunquinha mesmo!* – Ella retrucou.

— *Só porque a Nena tem um namorado agora você quer ter um também!* – Gael insistiu e Ella mostrou a língua para ele.

Com um pouco de tristeza percebi que eu estava tão absorta em tudo que acontecia comigo mesma que por um tempo deixei de notar meus irmãos e tudo que se passava em suas pequenas vidas. Ella tendo o primeiro amor da infância, Gael revelando-se um pequeno intelectual.

Olhando de fora, um adulto veria esses acontecimentos como irrelevantes, insignificantes e sem importância. Coisa de criança! Mas para eles, no mundo deles, uma revolução está acontecendo, uma nova fase está surgindo. A infância está sendo marcada e eu queria estar presente. Ser presente.

E se era importante para eles, era para mim também.

— *Epa epa epa! Parem de brigar vocês dois se não vou fazê-los se beijarem e se abraçarem aqui mesmo, na frente de todo mundo!* – falei, entrando no meio dos dois.

— *Eca!* – Foi a resposta que ouvi ser pronunciada quase como um coro ensaiado por Gael e Ariela.

Tentei disfarçar o riso mordendo os lábios antes de seguir falando:

— *Gael, quando alguém conta um segredo para você é algo muito importante. Significa que essa pessoa confia em você e confia que você é um porto seguro em que ela pode depositar seus tesouros. Não importa se é sua irmã ou um amigo, você não pode trair isso, tá bom?*

— *Tá bom, Nena. Me desculpe, Ella...* – o pequeno falou arrependido para sua gêmea.

— *Ella* – eu continuei –, *algum dia você encontrará alguém que vai fazer seu coraçãozinho bater mais rápido. Essa pessoa vai ser diferente de todas as outras. Vai ser única para você no mundo todo e você vai ser única para ela também. E essa pessoa vai fazer você se sentir como nunca antes. Isso também é valioso, muito valioso, e justamente por isso você não precisa ter pressa, minha pequena. Não tenha pressa em encontrar um amor, pois ao seu tempo ele mesmo vai te encontrar. Agora, perdoe o Gael. Ele é seu irmão e ele te ama.*

Quando dei por mim, os dois estavam abraçando-se e brincando como se nada tivesse acontecido, e uma hora mais tarde já estavam brigando de novo.

Equilibrando mais uma pilha de sapatos, segui em direção ao estoque a fim de guardá-los para finalmente poder ir para casa. Assim que terminei de guardar tudo, o Sr. Orlando me chamou em sua pequena sala aos fundos da loja.

— *Helena, eu sinto muito, mas teremos que te dispensar. Quero dizer que foi ótimo o tempo que você passou conosco, porém a Vyass está prestes a ser vendida para um grande grupo do seguimento e para concluir essa transação comercial precisamos enxugar ao máximo o nosso orçamento. Como você é a funcionária mais nova de nossa loja e ainda não terminou o período de experiência, não vou ter outra opção a não ser te dispensar.* — Ele segurou minhas mãos e olhou-me com olhos doces por trás de seus óculos. — *Eu realmente sinto muito, minha querida. Você foi excepcional no tempo em que esteve conosco. Te desejo boa sorte.*

— *Obrigado, Sr. Orlando. Para mim foi um prazer ter trabalhado aqui mesmo que por tão pouco tempo. Ah! Até uma próxima* – disse, tentando camuflar na voz e no olhar a decepção que eu sentia. Meu primeiro emprego sem ser no ateliê de mamãe e não durei nem dois meses.

Despedi-me da equipe e saí da loja pronta para ir ao ponto de ônibus mais próximo. Já estava prestes a mergulhar e afundar-me no mar do meu próprio fracasso e falta de sorte quando senti meu celular vibrar indicando que havia recebido uma mensagem.

Bastou ver que era do Victor para ficar feliz de um jeito que só ele conseguia.

Princesa,
Tô te esperando no estacionamento.
Quer dar uma volta comigo? Estou com saudades... Mais tarde te deixo em casa.

Como ele adivinhou que era exatamente isso que eu precisava? Dele. Da presença dele. Do beijo dele. Do abraço dele. Só dele...

Eu adoraria. Te vejo em cinco minutos.
Sua, H.

Assim que o vi, iluminei-me.

Seu perfume estava por todo o ar dentro do carro. Desmanchei-me com ele.

E ele sempre tão lindo naquela jaqueta de couro. E o sorriso que ele me deu... Céus! Será que um dia pararia de me sentir assim? Sem chão só de ele olhar para mim?

Sentei no banco e fui recebida com um casto beijo. E logo depois, recebi um segundo beijo, só que mais ardente, molhado e apaixonado. Cheio de saudades.

— *Estava com tanta saudade de você... Saudades dos seus lábios nos meus* – Victor disse, e eu quase desfaleci. Não sabia o que mais me perturbava nele: as palavras, o olhar ou o gosto.

— *Eu também estava! Só de ver você tudo fica bem...*

— *Oh, princesa, eu também me sinto assim sobre você* – ele falou, sem deixar de notar o desapontamento que existia por trás do meu olhar. – *Mas tem algo te incomodando? Foi tudo bem hoje?*

— *Ah, eu fui demitida* – respondi.

— *Poxa, linda... Que pena! Exista algo que eu possa fazer para te deixar melhor?*

— *Na verdade, você já me deixou só por estar aqui agora.* – Eu sorri para ele. – *Pelo que o Sr. Orlando me falou, a loja vai ser comprada, só que para concluir as negociações eles precisam enxugar o orçamento, e como eu sou a funcionária mais nova e ainda estava na experiência, fui demitida. Mas vai ficar tudo bem...*

Victor levou minha mão até sua boca e dei um beijo nela, o que a deixou formigando de uma maneira incrivelmente gostosa. – *É claro que vai meu amor* – ele me disse. – *E você sabe, eu sempre estarei aqui para você.*

Isso foi o suficiente para deixar meu coração aquecido. Tão bom quanto beber chocolate quente. O suficiente para não impedir um sorriso bobo de dançar no meu rosto e morar ali.

30.

— *Chegamos* – ele me disse, abrindo a porta de seu apartamento. Um espaço amplo, de ambientes integrados. A decoração moderna e monocromática sobressaía-se em tons de preto e cinza. Tudo de ótimo gosto e extremamente elegante. Uma parede de vidro estendia-se por toda a sala e mostrava a beleza e as luzes da cidade.

— *Eu havia planejado te levar para jantar fora inicialmente, mas depois de hoje e de como foi seu dia, achei que talvez fosse melhor pedir algo para comer em casa. Tudo bem para você?*

— *Está ótimo.* – Eu sorri. – *Na verdade, eu até prefiro. De fato, não estou com humor para sair, embora eu tenha certeza de que seria maravilhoso só por estar ao seu lado... Mas sem sombras de dúvida, hoje eu só quero ficar tranquila e quietinha com você.*

Sorri para ele, com os olhos, com os lábios e com a alma. E ele me retribuiu da mesma maneira, seus olhos negros e profundos brilhando mais do qualquer outra estrela. Ele acariciou meu rosto de uma forma que acelerou meus batimentos cardíacos.

— *Vem cá. Deixa eu te abraçar* – Victor falou, puxando-me contra seu peito.

Fiquei aproveitando o abraço, inalando seu perfume, sentindo como era bom o contato das nossas peles, ouvindo o batimento de seu coração. De alguma forma, ele havia compreendido que eu precisava daquela calmaria, daquela serenidade. De privacidade. E quem sabe um pouco de silêncio… Um momento quieto, íntimo, sem muitas pessoas, sem grandes feitos, só ele e eu.

— *Eu achei que você morasse com a sua vó* – falei, ainda abraçada a ele.

— *A vó Vic mora no litoral. Morei com ela até pouco tempo atrás… Acabei me mudando para cá recentemente para ficar mais perto do trabalho* – disse ele, com o queixo repousando na minha cabeça, – *No dia em que te vi pela primeira vez tinha acabado de finalizar a compra deste apê.*

Senti seu sorriso ao lembrar-me daquele dia.

Não foi difícil deduzir que no dia em que nos conhecemos na Vyass, muito provavelmente a dona Victoria estivesse auxiliando na mudança do neto ou conhecendo o lugar onde ele moraria.

— *Quer ver um filme?* – ele me perguntou, baixando o olhar para me ver.

— *Quero* – respondi, esticando-me nas pontas dos pés para dar-lhe um rápido beijo.

Victor segurou minha mão e conduziu-me até o sofá grande e cinza aveludado.

Nós sentamos e ficamos ali, abraçados, vendo filme e comendo pipoca. Mais tarde pedimos lanche com fritas. Comemos no tapete da sala, sentados no chão, conversando e rindo.

Através da parede de vidro pude ver pela escuridão da noite as luzes do céu e as luzes da cidade.

— *Eu amei este lugar, Victor. É lindo. E essa vista é espetacular… Nem precisaria de TV, poderíamos apenas sentar e ficar olhando para fora.*

— *E eu ficaria aqui sentado, olhando para você* – Ele me disse. Senti meu rosto queimar.

Levantei e caminhei em direção ao vidro, que me fascinou. Fiquei ali, parada, olhando, admirando… Até o momento em que Victor veio por trás de mim, deu um beijo no meu ombro, passou as mãos pelo meu ventre e, então, abraçou-me.

Ficamos ali, nesse abraço. Ele e eu.

— *Dança comigo?* – Victor disse ao pé do ouvido.

Virei para ele, deixei minhas mãos envoltas em seu pescoço e começamos a nos mexer, no mesmo ritmo lento daquela noite na praia. Dançamos no silêncio. E enquanto nos mexíamos entrelaçados, ele me beijou. Um beijo doce, calmo, suave.

— *Eu te amo, sabia?* – Meu coração quase parou quando ele me disse essas palavras.

— *Eu também te amo.* – Sorri e o beijei outra vez. Continuamos ali, dançando ao som do silêncio... Trocando carícias.

Victor e eu. Ele e eu.

Meu amor e eu.

Quando me dei conta do quanto as horas já haviam avançado, perguntei a Victor se ele poderia me levar para casa.

— *É claro, princesa. Vamos* – ele respondeu.

Segurando minhas mãos, ele conduziu-me até a porta. Chegando lá, parei para agradecer-lhe pela noite e pela maneira como ele tinha melhorado meu humor, meu coração, meu dia. O que não era difícil, pois só era preciso ele existir para tudo tornar-se perfeito para mim.

Acho que essa é uma das magias da paixão. De amar alguém.

Sua resposta veio em forma de um beijo. E percebi, mais uma vez, como eu poderia facilmente morar em seus lábios. Passaria a eternidade feliz assim.

Victor afastou sua boca da minha, mas manteve nossos corpos tão próximos que eu podia ouvir seu coração disparado.

— *Sabe, eu levei muito tempo para te beijar... Mas agora que meus lábios sentiram o gosto dos seus, eu não consigo mais parar* – ele me disse, embalado em uma voz lenta, baixa e rouca, pouco antes de tomar minha boca em outro beijo... E enquanto uma de suas mãos apertava a curva da minha cintura, a outra acariciava vagarosamente meus cabelos na nuca. Senti-me sem forças.

— *Ah, Helena... Eu adoro tudo em você, tudo sobre você, tudo... Gosto até de como a minha língua toca o céu da minha boca exatamente duas vezes sempre que pronuncio o seu nome: Helena.*

Suspirei um pouco mais fundo, aturdida por ele, pelas suas palavras, pelo tom baixo de sua voz – quase um cochicho –, pelo seu gosto, pelas suas carícias, pelo seu cheiro, pelo seu toque. – *Você me deixou enfeitiçado...* – ele continuou falando enquanto olhava fundo em meus olhos e perturbava minha mente.

Victor passou a ponta de seus dedos suavemente sobre a minha boca, fazendo carinho em meus lábios. E, então, ele contornou a lateral do meu rosto com seu indicador, descendo pelo meu pescoço, e descendo um pouco mais... Seus dedos brincaram com a corrente em meu pescoço. O toque era leve e suave, mas por onde passava deixava um rastro de fogo. Era como se tudo em mim queimasse, ardesse.

Ele soltou as mãos e uniu sua testa na minha. Seus olhos estavam fechados e sua respiração pesada. Ele me beijou lentamente. E me beijou... fortemente.

— *Helena...* – Um suspiro um pouco mais profundo cortou-lhe a garganta enquanto seus olhos escureciam. – *Passe esta noite comigo?*

Instantaneamente, minha boca secou enquanto meu coração disparava. Em seus olhos, o pôr do sol incendiava. Olhei sua mão estendida em minha direção, convidativa, esperando por mim. Subi o olhar até sua boca, que parecia estar desfrutando da mesma sensação que a minha. Seria esse o gosto do inferno ou do paraíso? Ao fundo, uma música inaudível tocava. Meus lábios entreabriram-se em um quase sorriso. E eu senti o ar ao meu redor ser sugado, o sangue correndo em minhas veias borbulhavam. Eu não precisei responder, apenas segurei sua mão e passei novamente pela porta.

Meu coração e alma já lhe pertenciam desde a noite escura em que dançamos ao som das ondas naquela praia. Mas, então, ele reivindicara também o meu corpo. E eu... Eu não evitei entregar o que já lhe pertencia. Eu pertencia a ele absurdamente e completamente, como ele também pertencia a mim.

Seus olhos negros queimavam.

O ar ficou um pouco mais pesado ao nosso redor.

Tornamo-nos um emaranhado de beijos e súplicas, de braços e pernas, de gotas de suor e suspiros, de toques e gemidos e sensações. E, então, quando a dor rompeu e finalmente esvaiu-se em êxtase, meu corpo explodiu em um milhão de estrelas.

Nessa noite, ele me fez sua.

Inteiramente.

Não só meu coração e alma, mas, agora meu corpo e meu prazer também tinham seu nome.

Victor.

31.

Amanheci com Victor acariciando meus cabelos... Ele fazia alguns círculos em minha costa nua, descoberta, com as pontas de seus dedos. Pequenas cócegas.

Eu estava sobre ele, envolta por seus braços e com a cabeça encostada em seu peito. Dei-me conta da minha própria nudez, mas estranhamente não senti vergonha. Um lençol de linho cinza estava sobre nós. *Flashs* da noite passada inundaram minha mente e junto a eles senti um arrepio percorrer meu corpo outra vez.

O sol ameaçava nascer e revelar seus primeiros raios. O céu estava turvo. Não tão escuro quanto a noite profunda nem tão claro quanto o esplendor do dia. Raios em tons de lilás, rosa e laranja rasgavam o horizonte. Embora o sol estivesse prestes a nascer, ainda se via a lua. Era cedo demais.

— *Bom dia, princesa* – ele me falou com um sorriso sedutor. – *Já te vi linda de muitas formas antes, mas caramba, assim você está de tirar o fôlego!*

Eu sorri envergonhada, sentindo minhas bochechas corarem.

— *Obrigada!* – E me estiquei para lhe dar um beijo.

— *Como você está se sentindo?* – ele me perguntou.

— *Muito bem!* – Sorri, ainda sonolenta.

Não pude deixar de notar seus olhos indagadores sobre mim. O que será que passava em sua mente? Eu adoraria poder visitar seus pensamentos... Na verdade, eu adoraria que ele visitasse os meus. Senti que havia amanhecido especialmente corajosa. Uma certa coragem que me impeliu a falar um pouco mais, dizer um pouco mais, amar ainda mais.

— *E agora acho que já podemos dizer que todas as partes que existem em mim também sabem que te amam.* – Sorri para ele com aquele velho sorriso bobo.

Dele. Só dele. Pura e completamente e perdidamente dele.

Victor sorriu, orgulhoso, satisfeito, radiante e feliz.

— *Você sabe, nós nos pertencemos. Em mim não existe nada que não seja seu! Você roubou meu coração no instante em que meus olhos pousaram em você, princesa.*

Sentei-me na cama, passei meu cabelo por trás da orelha, certifiquei-me que o lençol de linho cinza cobria meus seios. Eu respirei fundo e deixei as palavras saírem como uma enxurrada, fluírem como as águas que correm de acordo com a correnteza.

— *Eu te amo, Victor!* – Comecei declarando com toda a sinceridade que existia em mim. – *E eu sei que esse não é um amor comum. Eu te amo com o pacote completo sabe? Por inteiro! Como meu coração e com a minha alma, e até com o meu corpo. Eu te amo do jeito que eu jamais imaginei ser possível amar alguém. E esse amor é tão grande e tão forte, que às vezes me assusta. Mas eu não sei te amar menos... Não sei precisar menos de você. Tudo em mim te necessita. Tudo em mim grita por você. Pelo seu cheiro, pelo seu beijo, pelo seu toque, pelas suas palavras e pela sua presença.*

Ele me olhava extasiado. E dentro de mim eu sabia que só precisava sentir tudo de novo. Sentir como o amor fluía em cada minúscula vibração do meu corpo. Senti-lo tão junto a mim que jamais saberíamos onde eu começo e onde ele termina... Uma crescente e desesperada necessidade, não só do corpo, mas da alma.

Eu realmente precisava muito dele... Em mim, sobre mim e ao meu redor, roubando-me o ar e a voz, roubando-me todos os delírios que jamais havia sonhado serem possíveis de existir. Tremores e suspiros.

Eu olhei seus olhos negros. Olhos de um oceano tão profundo... Se no mais profundo do mar tudo o que existe é escuridão, então eram seus olhos escuros que eu enxergava, que eu via. Negros e convidativos. Sempre me convidando a mergulhar e afogar-me neles.

— *Me ama de novo? Faz amor comigo outra vez?*

Eu só precisei pedir. E ele fez. E foi tão incrível quanto a noite anterior.

Estávamos sentados no balcão da cozinha, esperando a cafeteira terminar de fazer o café, quando Victor perguntou-me sobre os meus sonhos. Quais as coisas que eu gostaria de fazer, lugares que gostaria de conhecer... O que eu faria se pudesse me aventurar pelo mundo.

— *Ah, isso é fácil...* – Suspirei com um sorriso sonhador. – *Eu gostaria de sentir a neve... E também gostaria de ver a aurora boreal... Eu gostaria de nadar nas águas de Bora Bora, na Polinésia Francesa, e me hospedar em um daqueles bangalôs que ficam bem no meio daquele mar azul... Tão azul quanto no Caribe! E eu gostaria de admirar o pôr do sol voando de balão pela Capadócia... E de andar de gôndola pelas ruas submersas de Veneza. E como eu estaria na Itália, provaria as massas e as pizzas, que têm a fama de serem as melhores do mundo.* – Sorri. – *Também gostaria de participar do Festival de Lanternas no céu da Tailândia. E de caminhar pelas ruas das Ilhas Gregas, aqueles becos lindos e encantadores, cheio de muros brancos, portas azuis e flores, muitas flores. Ah! Eu adoraria andar de trem na Suíça e provar o melhor chocolate que existe. E eu amaria fazer um safari na África. E depois que tivesse feito tudo isso, eu começaria a sonhar com novos lugares... E novas sensações, novas paisagens, novas texturas, novos sabores... Eu sonharia novos sonhos!*

Victor não parava de me olhar, de me ouvir, de me observar... e sorrir. A todo o tempo sorrindo. E os olhos sempre brilhando, sempre me derretendo e me desmanchando.

— *E sabe qual é o engraçado disso tudo? Eu sei que talvez eu não consiga realizar nenhum deles... Mas, mesmo assim, eu sonho sabe? Porque eu sei que sonhar nos mantém vivos!*

— *Então me deixa sonhar seus sonhos, princesa...* – ele falou, fazendo carinho no meu queixo. – *Eu adoraria embarcar nessa aventura com você. Passar por todos esses lugares ao seu lado, viver tudo isso com você.*

Não conseguia parar de sorrir.

Ele me deixava enfeitiçada. O jeito que falava, o modo como falava. Sua voz...

— *Então é oficial* – eu disse. – *A partir de agora esses são os nossos sonhos. Vamos fazer juntos!*

Ainda estávamos falando quando recebi uma mensagem de mamãe nos chamando para tomar café da manhã em casa. Comecei a sorrir quando terminei de ler a frase em que ela disse: *"Afinal, os cafés da manhã de sábado ainda não se sentem prontos para sua ausência"*.

Bebemos uma xícara de café e nos preparamos para sair. Eram quase 8h.

Quando chegamos exatamente na porta do apartamento, Victor veio me dar mais um beijo, porém parou no meio caminho e com um sorriso maroto meio safado e bem sacana ele disse:

— *Melhor não. Vai que, né?*

Comecei a rir entendendo a brincadeira divertida que ele tinha feito referindo-se à noite e ao fato de estarem nos esperando para tomar café da manhã.

— *Como você é bobo! Vem cá.* – eu falei, ainda rindo, enquanto puxei seu rosto para um beijo.

Realmente, era uma manhã para ser corajosa e ousada.

Assim que entramos no carro, antes de partirmos, ele olhou-me nos olhos e disse:

— *Princesa… Obrigado por tanto! Por fazer de mim mais feliz do que eu jamais achei que seria. Você é tudo para mim, Helena. Tudo! Houve um tempo em que eu olhava para frente e tudo que podia ver era apenas escuridão, terror e dor. Sem perspectiva de futuro. Sem alegria.* – Vi a preocupação dissipar-se em seus olhos negros. – *E, então, agora eu tenho você. Minha luz e minha vida! Este coração* – ele colocou a mão em seu peito –, *meu coração, é seu. Eu te amarei até a última batida que ele der.*

Meus olhos marejados refletiam o olhar dele e a profundidade de seus sentimentos refletiam os meus. Éramos como dois lados da mesma moeda. Qual foi o exato momento em que nossas almas entrelaçaram-se e fundiram-se em uma? Às vezes, penso que foi antes de nos conhecermos. Antes daquela noite na praia. Antes daquela dança… Às vezes, acho que já éramos antes mesmo de ser. Que já nos pertencíamos.

— *Eu te amo* – respondi baixinho, com a garganta doendo por tentar conter a emoção.

Ele levou minha mão até sua boca e deu um beijo nela. Senti meu coração aquecido com esse gesto. Então ele perguntou se eu gostaria de escolher uma música para ouvir, e coloquei Coldplay para tocar, "Something just like this".

Peguei-me cantando alto o refrão – *"Oh, eu quero algo assim"* – enquanto balançava a cabeça e permitia meus dedos dançarem com o vento fora da janela.

Ao meu lado, Victor sorria, o que me fazia sorrir também, mesmo ainda cantando. Acho até que eu poderia enxergar o brilho de seus olhos pelos óculos escuro.

Tão lindo.

Tão feliz. Tão leve.

32.

Assim que entramos em casa já fomos para a cozinha. O cheiro de bolo inundava o ambiente. Bolo de laranja com calda de chocolate meio amargo. Fiz uma prece silenciosa clamando aos céus para que mamãe e Clay agissem com naturalidade quando nos vissem.

Primeira noite dormindo fora de casa por um amor. Para amar. Para ser. Ser dele. E reivindicá-lo para mim. Pensar nisso fez meu rosto queimar. Meu corpo tremer.

Meus pais sabiam…

Lembrei-me da noite passada e do exato momento em que liguei avisando que não dormiria em casa. Do frio na barriga que senti pulsando no estômago misturado com aquele insólito de medo e ansiedade. Aguardando algum tipo de aprovação invisível. Sei lá, acho que sempre é assim quando fazemos algo pela primeira vez. Esse formigamento nos dedos dos pés, a tensão, a adrenalina, o medo, a paixão, a liberdade, tudo junto misturado em um *milk-shake* que é devorado pelo momento certo. Pelo desejo.

Por mais que eu soubesse que não tinha mais idade para precisar de aprovação, era como se uma voz pequena dentro de mim ainda a quisesse, ainda a exigisse, ainda me dissesse que seria melhor se fosse assim. Desfrutar de um amor leve e intenso com a benção daqueles que eu tanto amo, meus pais. *"Mãe…Hã…Eu vou dormir aqui hoje, tudo bem?"*. Em minha mente eu conseguia enxergar nitidamente o rosto deles, como se estivessem na minha frente. As expressões meio bobas e paralisadas, os olhos verdes embalados nos olhos amêndoas crepitantes. A alegria e a satisfação em saber que a menina deles havia encontrado um amor tão bom quanto o que eles mesmos tinham encontrado entre eles, junto à aflição em saber que alguns voos mais longos seriam dados para longe do ninho, pois, então, a ficha finalmente caiu: a menininha deles cresceu e virou uma mulher. Sim, eu vi tudo isso no instante em que a voz de mamãe falhou antes de dizer: *"Tudo bem, filha"*.

Não demorou muito para perceber que minha prece foi atendida. Assim que entramos na cozinha, eles estavam sentados ao redor da mesa aguardando-nos.

Com naturalidade e um charme que me desmancha, Victor cumprimentou a todos... Eu também o fiz e, então, sentamo-nos lado a lado. Juntos. E a mão dele jamais largava a minha.

Mamãe foi quem fez a oração antes de nos servirmos, que é tão importante para nosso ritual quanto o bolo recém-saído do forno ou quanto todos nós estarmos sentados nessa mesa branca com cadeiras azul-celeste e vibrantes, ao invés de ficarmos na sala de jantar.

— *Eu tenho uma notícia para dar a vocês...* – mamãe falou quando começamos a nos servir. – *Nossa família está prestes a aumentar novamente...* – Ela mordeu os lábios em um sorriso nervoso. – *Estou grávida!*

Instantaneamente, as crianças começaram a gritar de felicidade. Clay engasgou com o suco que estava bebendo e Victor os parabenizou. E a alegria que me inundou, bom, é indescritível!

— *É sério, meu amor? Vamos ter um bebê?* – disse Clay, com os olhos marejados.

— *Nós vamos!* – ela respondeu para ele com um sorriso apaixonado.

Clay levantou-se da cadeira e pegou mamãe em um abraço, levou-a para si e saiu rodopiando em giros e giros de intensa felicidade. Ele encheu-a de beijos, rasgou-lhe elogios e confessou outra vez, e outra, e outra, toda a sua felicidade e o seu amor. Sua devoção por ela, pela família que ela lhe deu e também pelo bebê que em poucos meses chegaria era linda.

Quando finalmente abracei mamãe, desfiz-me em seu calor, sentia-me extasiada. Minha mãe, minha amiga, minha parceira de alma, presenteando o mundo com mais um pedaço de si mesma... De seu amor. De nós... Todos nós! Pois nessas pequeninas veias que pulsavam em seu ventre corriam o *nosso* sangue.

Um bebê!

33.

Esparramados no chão, Victor e eu estávamos deitados na grama, no fundo do quintal. Pequenos matinhos verdes faziam cócegas em nossos pés descalços enquanto o sol dançava na superfície da nossa pele.

Uma pequena mesinha de ferro branco ao nosso lado sustentava dois copos de limonada suíça. "*Um bebê*", peguei-me pensando, e também em como não tinha percebido antes, como não tinha lido nenhum sinal. A alegria explodindo nos olhos de mamãe brilhou em minha memória. Um *flash* de mais cedo.

— *Quer passar o fim de semana comigo na casa da minha vó? Se servir para te persuadir a aceitar... Posso lembrar que você nos deve um jantar!* – Victor falou, dissipando meus pensamentos com seu sorriso devassador, aquele sorriso que me faz rir como uma boba apaixonada. Sempre assim. Desmanchando e desfazendo-me em um sorriso. Naquele sorriso... Nele.

— *Adoraria... Vamos hoje?*

— *Hum... Vou confirmar com a vó Vic então, para ela nos esperar. Voltamos na segunda. Pode ser?*

Concordei balançando a cabeça em um sorriso. Lembrei que ela morava no litoral e isso me fez pensar em como devia ser bom morar frente à praia, de repente, Ariela e Gael passaram correndo, pulando e saltitando entre nós, dissipando meus devaneios aleatórios, afinal, eu tinha que tentar pensar em qualquer outra coisa que não fosse nós, que não fosse Victor, já que ele estava bem ao meu lado.

— *Sabe... Eu estava aqui pensando...* – ele continuou falando assim que o perigo de ter nossas mãos esmagadas por aqueles pesinhos não tão miúdos passou. – *Qualquer dia desses nós podíamos nos aventurar e fazer um tour de carro nas cidades do interior de São Paulo.*

Victor virou de lado para olhar meu rosto. O óculos escuro refletindo a luz do dia.

— *Poderíamos ir conhecer alguns vinhedos em São Roque, comer fondue em Campos do Jordão, andar em um campo de girassóis em Holambra e, quem sabe, fazer alpinismo perto das cachoeiras de Brotas. E se você quiser ousar um pouco mais, podemos até pular de paraquedas em Boituva. Uma semana direto. Eu e você. Muitas aventuras e paisagens. O que acha? Eu posso te prometer uma semana de muitos pores do sol lindos...*

— *Uma semana inteira?*

— *Isso. Eu e você. Caindo na estrada. Por uma semana.*

— *E você não tem que trabalhar?*

— *Eu posso tirar alguns dias.*

— *Fácil assim?* – falei, abafando a risada.

— *Fácil assim!* – ele respondeu, aproximando-se perto do meu ouvido. – *E quer saber? Mal posso esperar por te roubar por uma semana toda!* – E, então, deu-me um beijo.

Senti meu rosto arder e uma onda quente passou pelo corpo, que nada tinha a ver com o sol sobre nós.

— *Vou adorar isso.*

— *Eu também! E é lógico, que essa vai ser a primeira de muitas aventuras, pois nós dois realizaremos todos aqueles sonhos que você me falou hoje cedo. Nós viajaremos para todos aqueles lugares e faremos todas aquelas coisas, e muitas, muitas outras... Eu e você.* – Victor me falou, com a promessa pairando em seus olhos negros e profundos. Sua mão segurando a minha. Nossos dedos enroscados.

— *E como estão as coisas com o seu pai?* – Ele mudou o assunto.

— *Estão bem... Estamos nos conhecendo e construindo alguma coisa... para chamar de nossa.* – Tomei um pouco de ar e continuei: – *E pensando bem, olha só que ironia da vida. Faz pouco tempo que descobri que meu pai, o Heitor, perdeu um bebê, e agora recebemos a notícia de que a mamãe terá outro...*

— *É, às vezes a vida tem algumas facetas dolorosas...* – Victor disse, e eu poderia jurar que por um momento ele foi para longe. – *Eu gostaria de conhecê-lo, princesa. Se você quiser, claro.*

— *É claro que eu quero! Vou marcar um jantar com ele e te aviso.*

— *Combinado!* – Victor respondeu. – *E você? Está feliz com a chegada do bebê?*

Pensar no bebê derreteu-me por dentro. Todas as cores surgiram dentro de mim. Se eu estava feliz? Ah, eu estava muito mais do que feliz. Eu estava radiante! Bebês são benção de Deus!

Eu sorri para ele e falei:

— *Mais feliz do que eu jamais conseguirei um dia te expressar, meu amor.*

Continuamos ouvindo música pelo fone de ouvido por mais um tempo. Maroon 5 começou a tocar e eu comecei a cantar junto. O céu azul, bem acima de nós, brindava-nos com as nuvens brancas, fofinhas e felpudas. Pássaros voavam. E nós ali, deitados e jogados sob um lençol estendido. Pés descalços na grama.

Eram quase 18h quando passamos pelos portões da casa da vó de Victor. Uma casa com arquitetura estilo romana. Fachada branca. Grande, mas não a ponto de ser considerada uma mansão. Um gramado verde percorria toda a sua extensão. Victor conduziu-me aos fundos da casa, onde existia uma varanda. E abaixo dela, um lindo jardim de rosas. Mais ao fundo era possível ouvir as ondas quebrando na praia. O cheiro do mar misturado com rosas exalando era único.

Entre as flores era possível ver uma linda e jovem senhora de chapéu, calça de sarja clara e blusa xadrez branca e azul com as mãos sujas de terra, mexendo no solo. Victor aproximou-se.

— *Vovó! Chegamos!* – ele disse, recebendo um doce sorriso em retribuição.

— *Meu filho, logo o jantar será servido! Pedi para a Madalena preparar aquela lasanha que você tanto ama... Estava aqui cuidando das minhas plantinhas e nem vi a hora passar. Cuidar delas me deixa tão feliz!*

— *Eu sei, vovó.* – Victor falou enquanto lhe dava um beijo em sua cabeça.

— *Estava ansiosa em te reencontrar, minha filha. Você está ainda mais linda do que quando te vi pela primeira vez!* – dona Victoria disse para mim.

— *Obrigada. A senhora é muito doce!* – respondi, oferecendo-lhe o meu melhor sorriso.

— *Desejo que você se sinta em casa. Fique à vontade, querida Helena! Estou terminando de plantar uma mudinha que comprei hoje e logo irei me juntar a vocês, meus filhos.*

Dona Victoria acenou com um breve sorriso e voltou sua atenção para a pequena planta que estava ao seu lado.

Victor levou-me para o andar superior da casa, onde ficavam os quartos, para deixarmos as bolsas com nossas roupas lá. No trajeto pude ver muitos quadros espalhados com fotografias novas e também antigas. Muitas fotos de um jovem casal em diversos momentos: caminhando na praia de mãos dadas, sentados em um piquenique entre flores, andando a cavalo lado a lado, sorrindo em um Mustang antigo.

Pude ver que se tratava de dona Victoria no auge de sua juventude, e o belo homem ao seu lado, que tinha olhos tão negros quanto os de Victor, deveria ser seu avô. Eram um lindo casal e, pelas fotos, via-se que eram profundamente apaixonados.

Mais à frente outras fotos percorriam a parede: ela grávida e ele dando um beijo em sua barriga. Fotos de um bebê em preto e branco penduradas na parede e, então, de um pequeno menino sentado em seu colo. Fotos e mais fotos contavam uma infância feliz, mas pelas imagens via-se que eram antigas demais para se tratar de Victor, então deduzi ser o pai dele.

Mais fotos de dona Victoria e seu esposo, agora já mais velhos, um pequeno menino correndo – esse, sim, era meu Victor. E muitas outras fotos dele. Muitas fotos de família. E, então, fotos em que dona Victoria e seu esposo já estavam idosos, um homem de sorriso solto ao lado deles com sua bela mulher, e um Victor ainda criança, tão pequeno. Pouco depois, fotos de um velho casal e, a partir dali, só dona Victoria e Victor. Victor criança, Victor adolescente e Victor homem.

Sim, as fotos seguiam uma ordem cronológica e contavam uma história. Uma história que eu ainda não conhecia, mas que era contada em um corredor cheio delas. Imagens congeladas que subiam as escadas e viravam o corredor até chegarem aos quartos.

A casa toda, embora muito grande, imponente e elegante, tinha uma decoração impecável, deixando-a aconchegante. Era cheia de toques pessoais em cada cantinho – toques dado por dona Victoria. E em cada lugar dessa linda casa existiam quadros de fotos bem posicionados junto a jarros de flores. Em alguns ambientes era perceptível que as flores haviam sido recolhidas do jardim; em outros eram flores mais exóticas. E por conta das flores, a casa toda exalava um doce e suave perfume.

Sim, essa casa era um lar!

E dava para ver, na verdade, era possível até sentir, que essa casa já tinha desfrutado de muitos sorrisos, de amores verdadeiros. Porém suspeitei que de dores também.

Quando chegamos à porta do quarto de Victor, ele convidou-me a entrar. Reparei que a decoração seguia o ritmo de seu apartamento na cidade. Cores neutras, monocromáticas, roupa de cama em linho cinza. Uma janela imensa percorria a parede. Victor cedeu-me algumas gavetas para guardar os poucos pares de roupas que levara para passar o fim de semana.

— *Tô tão feliz de você estar aqui comigo, minha princesa!* – ele me disse enquanto me abraçava.

— *Eu também! Muito feliz, na verdade...* – Sorri ao receber um beijo. – *Você me enche de alegria!*

E quanta alegria!

34.

O cheiro de lasanha aguçou a fome que eu estava sentindo.

Sentamos à mesa que estava na varanda, nos fundos da casa, com vista para o jardim. A brisa suave de início de noite trazia com ela o cheiro de muitas rosas.

Victor e eu estávamos sentados lado a lado, de mãos dadas, conversando, enquanto dona Victoria e Madalena serviam a mesa. Embora Madalena fosse responsável por muitos dos afazeres da casa, além das refeições, ela e dona Victoria claramente tinham um laço estreito de amizade. O modo como as duas conversavam e sorriam entre si, a gentileza no relacionamento entre elas, mostrava isso.

Madalena trouxe uma travessa de lasanha recheada com muito queijo gratinado e dona Victoria colocou na mesa uma jarra de suco. Além de algumas velas e um fino arranjo de três rosas brancas, a mesa já estava com outras travessas: uma de salada fresca de folhas verdes, outra com coxas e sobrecoxas assadas ao molho de cebolas e uma terceira com uma porção de arroz.

As duas sentaram-se conosco para jantar. Madalena, uma senhora de cabelos cacheados e maçã do rosto rosada, era adorável. Ao longo dos anos havia se tornado tão coruja com Victor quanto a própria vó Victória era.

A conversa girou em torno de histórias divertidas da infância dele.

— *Meu menino era esperto e travesso* — disse Madalena, aos risos, enquanto relembrava muitos de seus lugares preferidos para se esconder, como os armários da cozinha, e o jeito que ele sempre acabava mudando os temperos dela de lugar. Enquanto ela falava, era possível ver seus olhos brilhando de um modo tanto quanto maternal. Victor não se importava, ele deixava aquelas duas senhoras que ele tanto amava deleitarem-se com histórias de sua infância.

Após o jantar, ele convidou-me a dar uma volta na praia. E apenas uma rua depois vi-me parada na frente do lugar onde estivemos em nosso primeiro encontro.

Continuava igualmente mágico.

Igualmente lindo.

A areia branca e fina. A lua tão grande e o céu tão escuro. As ondas arrebentando na orla da praia. As estrelas infinitas e saltitantes. O som do silêncio compondo uma canção, uma orquestra regida pela própria natureza. Senti-me igual, talvez até melhor, pois, antes, o que naquela noite para mim era sonho e expectativa, agora era então realidade e, ia além, muito além.

Naquela noite dançou no silêncio uma menina. Agora dançaria uma mulher.

Caminhamos na orla do mar, a água quente brincando com nossos pés, segurando os chinelos nas mãos. Victor abraçando-me.

Caminhamos, caminhamos e caminhamos. Ora falando, ora quietos, só curtindo a presença um do outro. Estar juntos. Estar ali, respirando o mesmo ar, sob o mesmo céu. Beijos e carícias, risos e suspiros. Dançamos novamente, no silêncio, como sempre fazíamos. Dançamos no mesmo passo, no mesmo ritmo, na mesma batida de coração.

Fui pular algumas ondas que arrebentavam na beira da praia e em um dos saltos acabei jogando água no rosto de Victor e molhando boa parte da camiseta dele. Pedi desculpas tentando esconder o riso, mas não funcionou muito bem, pois ele resolveu correr atrás de mim, e quando me alcançou, em pura represália, pegou-me no colo, levou-me para o mar e jogou-me na água. E logo em seguida, jogou-se também. Quando emergimos, ele me chamou de sereia.

Nadamos vestidos, no meio da noite, com a lua refletida na água. Depois, ele beijou-me, apaixonadamente, ardentemente. Um beijo que roubou todo meu ar e tomou as forças das minhas pernas. Então ele envolveu-me nele mesmo e levou-me às profundezas de seus braços.

E tudo que eu queria era ficar assim, para sempre assim. Morar nele, nas ondas, e na água, e na noite.

Algum tempo mais tarde, quando saímos do mar, sentamos na areia.

Tornei a olhar a linha do horizonte, onde o céu e o mar misturavam-se em um. Na escuridão da noite, eu jamais saberia onde o mar terminava e o céu começava. Era uma linha tênue demais. Talvez, ali, eles aprenderam a ser um.

— *Sabe, na primeira vez que eu te trouxe aqui te falei que esse é o meu lugar no mundo...* – Novamente fui levada em pensamentos para aquela noite, semanas antes, naquele mesmo lugar, um *flash* percorreu minha memória. – *E agora, sempre que eu olhar para esse mar e as ondas quebrando ao vento ou na margem, vou lembrar que bem ali, dentro dessa água, você esteve em meus braços e foi minha.*

Um raio percorreu por todo o meu corpo, deixando quente o caminho que percorria. Só de ouvir essas palavras... Doces e sensuais palavras. Elas aqueciam-me e queimavam-me. Eu sorri para ele, pois para sempre partilharíamos essa mesma lembrança. Reviveríamos esse mesmo momento. E eu sabia que, ao olhar aqueles olhos negros, ele veria em meus próprios olhos todas as estrelas do céu e todas as chamas do universo, pois ao olhar para ele, sentia tudo em mim iluminar-se, brilhar e brilhar, e queimar e incendiar. Fogos de artifício explodiam em meu próprio céu e meus olhos refletiam essas luzes e contavam para ele essas coisas. As coisas do meu coração.

Contavam que eu o amava. De todas as formas que se é possível amar alguém, eu o amava.

— *Sempre minha?* – ele perguntou-me com os olhos clamando por uma promessa.

— *Sempre sua* – eu respondi afirmando o que o meu coração já havia selado. – *A cada respirar eu te amarei. A cada batimento cardíaco eu te amarei. E amarei tanto quanto hoje eu te amo.*

Ele sorriu e seus olhos brilharam.

— *Eu também te amo, princesa, com a minha vida! Eu te amo com tudo, tudo! Você é a melhor coisa que já me aconteceu... Obrigado por existir e por querer ser minha... Minha menina.*

Ele passou suas mãos em minha nuca, acariciou o meu cabelo e me beijou, um beijo molhado e apaixonado, e quando sua boca saiu da minha, eu estava sorrindo, pensando se era possível ser tão feliz assim.

Ao nosso redor só existia silêncio, mas dentro de mim meu coração cantava as mais belas canções e sinfonias. Meus sentimentos, em orquestra, cresciam e quase explodiam, em vermelho, rosa e azul, em pôr do sol e noite cheia de estrelas. Em Victor e eu.

Meu vestido, que era branco, tornara-se um emaranhado de nuances transparentes e areia fina, absolutamente colado em meu corpo, desenhando todas as minhas curvas.

Quando a brisa passou, senti arrepio em minha pele. Não sei dizer se pelo frio do vestido molhado ou porque vi aqueles olhos percorrendo meu corpo.

Meu corpo tremeu.

Victor me abraçou.

— *Melhor voltarmos, princesa. Você precisa de um banho quente.*

Ele deu um beijo no topo da minha cabeça e caminhamos de volta para a casa.

Dona Victoria sorriu amorosamente quando nos viu entrando em casa completamente molhados, da cabeça aos pés, sujos de areia, de mãos dadas e rindo um para o outro.

— *Ah... Esses amores da juventude...* – ela disse, com aquele sorriso doce e um olhar de quem revivia suas próprias lembranças.

Comecei a pensar naquele jovem casal das fotos, tão apaixonado, e no brilho daqueles olhares, que se manteve aceso com o passar dos anos e ainda reluzia por trás das rugas. As fotos, aquelas fotos...

Enquanto subíamos para o quarto, parei diante de uma das fotos, um homem sentado em uma poltrona, segurando em seu colo Victor ainda criança. Ao seu lado, uma mulher sorria, com sua mão apoiada em seu ombro. Atrás deles, uma árvore de Natal imensa, decorada com muitas luzes. Aos pés deles, uma caixa de presente aberta, e nas mãos do pequeno Victor um carrinho de brinquedo vermelho. Mais ao lado, um casal de idosos olhavam encantados em direção a eles, dona Victoria e seu grande amor.

— *São seus pais?* – perguntei a Victor.

— *São* – ele me respondeu sem esboçar emoção na voz ou nos olhos. Sem mais detalhes, sem comentários. Sem me contar a história escondida por trás dos quadros, das fotos, das imagens. A história que eu não sabia, mas queria conhecer.

35.

Assim que entramos no banheiro, a banheira cheia de espumas e água quente fez-se convidativa. Fiquei olhando enquanto Victor tirava sua camisa. A corrente em seu pescoço... Tão lindo. Senti-me queimar, incendiar e derreter. Minha boca ficou seca.

Seus olhos pousaram em mim e, então, escureceram, percorreram o vestido colado, tão revelador. Aquele olhar que me perturbava, que roubava a minha paz e o meu juízo. Aqueles olhos... Um oceano negro, denso e profundo, um convite para mergulhar e afogar-me nele.

E o jeito como ele se moveu até mim... em câmera lenta.

Passos de um predador faminto, olhos de um amante devoto.
— *Tão sensual...* – ele falou em um sussurro enquanto caminhava devagar até mim. Tão próximo. Tão quente. – *Você é uma miragem, Helena. Um delírio.*

Ele passou a ponta de seus dedos em meu pescoço e desceu a mão até meu seio, deixando um rastro de calor por onde passava. Prendi a respiração. Perdi o ar. Atordoada.

Seus lábios deixaram um casto beijo em minha boca, resgatando-me do transe em que seu olhar me colocara. Embora fosse apenas um tocar de lábios, meu coração bateu acelerado e minhas pernas quase cederam. A tortura seguiu na lentidão de seus toques, na falta de pressa, na intensidade do seu olhar, na beleza erótica que continham suas palavras.

Victor estava próximo, próximo demais.

Tão perto que senti o hálito quente acariciar minha orelha ao mesmo tempo em que ouvia cada nota da sua respiração pesada.

Ele pegou uma das alças do meu vestido e a desceu lentamente até que não tivesse mais contato com a pele do meu braço. E, então, repetiu o processo mais lentamente ainda com a outra alça... E o vestido deslizou completamente de encontro ao chão, não deixando nada além de um corpo nu salpicado de areia branca e fina da praia à mostra.

Algo sobre o jeito que seus olhos percorreram meu corpo e desvendaram minha nudez fez com que eu me sentisse um pouco fatal demais.

— *Você é uma sereia. Uma deusa. Você me deixa... enfeitiçado* – ele disse com a voz baixa e rouca, suficiente apenas para que eu ouvisse. Victor ajoelhou-se na minha frente e beijou meu ventre, ativando todas as terminações nervosas que existem em mim. – *Me deixe adorá-la* – ele disse entre um beijo e outro. – *Adorar cada pedaço de você... Deixe meus lábios mapearem seu universo.*

Quase uma súplica.

A cada beijo dado em um lugar diferente, um suspiro prolongado rompia minha garganta e um tremor apossava-se do meu corpo.

Ele mapeou todos os lugares, ofertando-me um banquete de sensações... Ora ao relento, ora mergulhados na espuma, ora sob os lençóis sedosos de sua cama.

Acordei com a cama vazia ao meu lado, sem o calor de Victor perto de mim.

As lembranças da noite apaixonada penetraram minha mente causando rubor em minhas bochechas.

Olhei ao meu redor, o celular dele estava carregando sobre o mesa de cabeceira. Uma foto minha dormindo estampava a tela... Percebi que a foto tinha sido tirada em nossa primeira noite juntos. Sorri ao ver a foto e ao notar as conhecidas borboletas voando dentro de mim. Para mim, isso foi muito especial...

Troquei-me rapidamente e fui caminhando em direção à escada, e ouvi vozes alteradas vindo do andar de baixo, e no meio delas a voz de Victor sobressaía-se.

— *O que eu quero é distância! Se minha vó quer te manter na vida dela, eu respeito, mas eu não te quero na minha!*

Continuei a descer as escadas e ali, em pé, de costas para mim, estava meu Victor, e à frente dele o homem das fotos.

— *Ora, Ora... Se não é a minha norinha...* – ele disse sarcástico ao me ver. Mas embora sua voz trouxesse com ela frieza e sarcasmo, seus olhos escondiam dor.

Victor imediatamente veio ao meu encontro e segurou minha mão, deixando-me estrategicamente um pouco atrás dele, como se estivesse preparado para receber muitos golpes antes de deixar algo chegar a mim.

— *Ela não é nada sua porque você perdeu seu filho há muitos anos.* – Victor rebateu com frieza calculada, porém eu sentia suas mãos tremerem, fraquejarem, suarem.

— *Goste você ou não, garoto, eu ainda sou o seu pai. É só olhar no espelho que você verá meu rosto, você é igual a mim. E você me deve, no mínimo, algo chamado respeito.*

— *Você deveria saber que respeito não se pede ou exige, se conquista.* – Victor falou imediatamente, como se ambos estivessem em um jogo de pingue-pongue, e nenhum deles deixaria a bola cair. – *E suas atitudes ao longo dos anos... hummm... não diria que elas têm sido, no mínimo, "dignas". E eu não sou nada como você!* – ele cuspiu a última palavra de sua boca.

— *Tão jovem e acha que pode dar algum tipo de lição de moral sobre a vida.*

Sarcasmo. Frieza. Seus olhos estavam duros, mas eu vi quando dor e vergonha atravessaram-no como um raio, mas tão rápido quanto veio, sumiu, e a frieza foi a única coisa que voltou ao seu olhar. Será que ele apenas a camuflara? Sua voz não falhava nem a de seu filho. Se eu não estivesse segurando a mão de Victor jamais diria que ele estava abalado. Eles não deixavam indícios. Naquele momento, ambos me pareciam iguais em sua postura de embate, o ar dizia que eles estavam no meio de uma guerra fria.

— *A verdade é que você não passa de um covarde, meu filho* – ele continuou sem ao menos alterar o tom. – *Não tem peito nem para assumir o lugar que é seu de direito. Seu dever. Sua responsabilidade para com a nossa família.*

— *Não precisaria ser o meu dever se você ao menos fosse confiável* – Victor contra-atacou. – *E não venha falar de família quando foi você quem a destruiu.*

Um sorriso cruel estampou os lábios daquele homem, que naquele momento era pai e oponente daquele a quem meu coração escolheu amar. – *Não fui eu que preferi um amante...* – Ele golpeou o filho forte, duro e cruel. Victor segurou minha mão mais forte e eu ouvi o ranger de seus dentes.

— *Já chega.* – A voz de dona Victoria surgiu, calma, serena e firme. Sua feição, de igual forma. Ambos não desviaram o olhar um do outro, seguiram encarando-se por mais alguns milésimos de segundos, mas nenhum dos dois ousou falar mais qualquer palavra. Palavras que naquele momento eram como armas e escudos, serviam para atacar e auto proteger-se.

— *Com licença, vó.* – Victor disse para dona Victoria e, em seguida, conduziu-me pelas escadas até estarmos em seu quarto outra vez. O quarto que horas antes tão cheio de calor, agora estava frio e sem vida. E Victor, apenas calado.

Deitei-me ao lado dele. Há muito tempo tinha aprendido que na ausência de palavras, ainda poderia oferecer minha presença, meu acalento, meu abraço. Então coloquei minha cabeça em seu peito e fiquei ouvindo seu coração desacelerar aos poucos, esperando seu corpo relaxar e sair daquela postura de embate.

Quando alguém bateu na porta pouco tempo depois, o corpo de Victor ficou rígido novamente.

— *Deixa que eu abro.* – eu falei, buscando calmaria dentro de mim, pois naquele momento, mais do que querer entender o que havia acontecido, não só ali, mas nos anos que se passaram, eu só queria tranquilizá-lo. Descalça, caminhei em direção à porta. Quando a abri, Madalena estava segurando uma bandeja com frutas, pães e frios, uma pequena cafeteira e duas xícaras. Sorri para ela, que me olhou com olhos doces. Tão doces e amorosos.

— *Querida, imaginei que talvez vocês quisessem tomar café por aqui hoje.*

— *Obrigada* – eu respondi com toda gratidão que poderia colocar nessa palavra.

Madalena colocou a bandeja sobre a cama, aproximou-se de Victor e abraçou-o de forma amorosa, como uma vó que embala seu neto amado. – *Eu sinto muito, meu menino* – ela falou, olhando para ele. Então deu um beijo na cabeça dele e seguiu em direção à porta.

36.

Passamos boa parte do dia ali no quarto, deitados, assistindo a qualquer coisa que passasse na TV. Por mais que Victor estivesse aparentemente calmo, em seu interior eu sabia que ele estava aflito, que travava uma guerra em sua mente, em seu coração. E eu queria encontrar alguma forma de tirá-lo de lá. Desse lugar de martírio que o aprisionava. Desse tártaro.

Eu sentei em frente a ele na cama, toquei seu rosto, acariciei sua pele.

— *Ei, fala comigo...*

— *O que você quer que eu diga, Helena?* – Victor me disse com voz baixa e um olhar triste, atordoado. – *Que meu pai roubou a empresa dos próprios pais dele, meus avós, para sustentar seu vício em cocaína? Que chegou um momento em que minha mãe não aguentou mais e arrumou um amante e fugiu de casa? É isso que você quer saber? Que é por esse motivo que a minha única família é a minha avó e também é por isso que eu morei com ela por muitos anos?* – Sua voz seguia baixa e pausada a cada palavra pronunciada.

"Helena".

Não princesa, não amor. Mas Helena.

O olhar de Victor era apenas vazio... Como se toda vida tivesse se esvaído dele. Como se em uma fração de segundos ele tivesse se tornado uma árvore oca por dentro. E vê-lo assim fez minha alma sangrar. Eu senti como se uma estaca entrasse em meu coração e partisse-o ao meio. Duas bandas quebradas e repletas de estilhaços.

— *Ela nem cogitou me levar junto...* – ele falou sem me olhar nos olhos, apenas sussurrando as palavras. – *Deixou o filho para trás com um pai viciado. Que droga de mãe faz isso?*

Dor, raiva e mágoa respingavam em cada palavra.

Suspiro e, então, silêncio.

Silêncio.

Eu queria pegar suas mãos, segurá-las, acariciá-las. Queria abraçá-lo ou aninhá-lo em meu colo. Queria segurar esse homem, que se tornara meu, meu homem. Esse homem que era o fogo em minha pele, que estava tão profundamente enterrado em mim que o sentia até em meus ossos e em minha alma. Queria segurá-lo para não vê-lo desmoronar assim.

Desmoronar por dentro.

Mas, às vezes, precisamos sangrar...

Pois não se limpa uma casa sem antes tirar os móveis do lugar. E não se cura uma ferida sem antes tocar nela. E feridas abertas, bom, elas sangram.

No entanto o meu amor por ele me fazia sangrar junto. Doía em mim! Doía como nunca tinha doido até então, pois o amor que sentia por ele era um amor que eu jamais havia sentido. Em toda a minha vida, eu jamais havia sentido.

— *Minha vó quer que eu assuma a empresa* – ele finalmente disse depois de infinito silêncio. – *Mas eu não quero! E ela continua insistindo... Quer saber quando vou ocupar meu lugar de direito. Mas como eu poderia? Depois que meu pai quase a levou à falência no tempo em que ele estava à frente? O trabalho da vida dos meus avós e ele quase colocou tudo a perder. Não bastou ter destruído nossa família, ele quase destruiu tudo aquilo que custou o sangue e o suor deles.*

Dor e raiva brilhavam em seus olhos, frustração e mais dor. Dor camuflada. Dor disfarçada. Dor do menino que ele foi havia tantos anos e que viu tudo ruir em sua frente de uma só vez: Seus muros desabarem. Seus castelos ruírem. Seus alicerces cederem.

Sem saber muito bem como fazer e qual abordagem tomar, atrevi-me a tirá-lo daquele transe de agonia e dor na alma, que o mantinha preso em um limbo entre o passado e o presente. Estendi minha mão e novamente toquei sua face.

— *Ei... Vem cá! Deita sua cabeça no meu colo* – eu disse enquanto acariciava seu rosto. E assim Victor o fez.

Comecei a alisar seu cabelo. Céus! Seu cheiro era tão bom! Continuei acariciando a têmpora de seu rosto e novamente seu cabelo. Nós nos perdemos no tempo. Não saberia dizer se passaram horas ou minutos enquanto estávamos ali assim. Era como se uma redoma invisível se formasse ao nosso redor. Um lugar seguro para nossas emoções mais profundas aflorarem e nossos segredos virem à tona. Nossa dor poderia manifestar-se quão grande quisesses e quão profunda fosse, pois ali, naquele momento, naquele vácuo de espaço, éramos apenas ele e eu.

Victor e Helena.

— *Meu amor* – eu falei, buscando a melhor voz dentro de mim, uma voz recheada de compreensão e calmaria –, *você não é o seu pai e também não é a sua mãe. Você não trilhou o caminho deles até aqui e eu sei que não vai trilhá-lo daqui para frente. Você é o Victor! O homem mais decente que eu já conheci, forte e corajoso, inteligente e íntegro. Companheiro, fiel, altruísta. Sempre preocupado com o outro. Respeitador... E você é tão mais, tão além disso tudo. Tão além... Você pode corrigir tudo de errado que eles já fizeram e avançar e ir mais longe, muito mais longe... Além do que seus avós foram um dia. Além do que seus pais jamais sonharam em ir. Porque você, meu amor, você não é uma sombra do passado de nenhum deles. Você é um raio rasgando o céu em direção ao futuro.* – Ele levantou-se e olhou bem dentro dos meus olhos, então eu peguei seu rosto e segurei-o docemente com minhas mãos. – *Você é o Victor. Victor Brandão. Esse é quem você é! Trilhe seu próprio caminho e deixe suas próprias marcas.*

Eu sabia que ele havia entendido que cada uma dessas palavras tinham penetrado sua mente e seu coração. Seus olhos diziam-me isso.

— *Você acha mesmo tudo isso o meu respeito?* – ele me perguntou. A voz ainda baixa.

— *É claro! Ou você acha que eu me apaixonei só por um rosto bonito e um perfume avassalador?*

Rimos um para o outro. Até que ele me olhou... E esse olhar mudou toda a atmosfera ao nosso redor para algo ainda mais íntimo. Um pouco mais lento. Eu suspirei e ele beijou-me, um beijo doce e apaixonado. Sem pressa… Quando ele afastou seus lábios dos meus e sua língua parou de tocar a minha, pude sentir o gosto do seu amor e a quentura de seu hálito. Com as mãos em minha nuca, ele manteve nossas testas unidas e nossos olhos conectados. Aqueles olhos negros que me perturbam, tão intensos, olhando para mim… – *Eu te amo, princesa. Minha luz e minha vida!* – Victor disse baixinho.

— *Eu também te amo* – respondi, colocando minha mão sobre a dele. – *E eu te amarei sempre meu amor, até o fim. E se eu puder, amarei ainda depois dele.*

Ele voltou a beijar-me na mesma intensidade de antes. Docemente e suavemente.

Suave e intenso.

Até que a suavidade começou a torturar… E a arder.

Senti quando seus olhos escureceram, pois os meus estavam iguais. Segurando minhas pernas, ele levantou-me e colocou-me em seu colo, sem afastar por um segundo sua boca da minha. Quanto mais me beijava, mais ardíamos. Um beijo quente, molhado e forte. Em meus lábios. Meu pescoço, meu queixo, minhas orelhas. Quando ele tirou minha blusa, senti sua mão percorrer a extensão da minha coluna deixando um rastro de calafrios por onde passava. Um rastro de fogo que nos incendiou. E nós queimamos juntos. Um no outro.

Abri os olhos e fiquei parada olhando Victor dormir ao meu lado. Seu cabelo desgrenhado. Uma mecha quase cobria seus olhos. Tão lindo! Acho que nunca cansarei de olhar para ele, admirá-lo, perder-me em seu perfume…

Ao olhar a janela pude notar que a noite já havia chegado.

Resolvi caminhar até a varanda. Chegando lá, encontrei vó Vic sentada em seu banquinho de madeira, contemplando a noite. Seus cabelos grisalhos combinavam com o luar prateado e brilhante acima de nós. Ela permanecia tão calma e serena quanto estava horas antes. As discretas rugas espalhadas em seu rosto perdiam-se na ternura de seu olhar e as bochechas rosadas realçavam-se de acordo com o seu sorriso. Peguei-me pensando em quantas vezes aquele coração foi golpeado e, ainda assim, ali estava ela, serena, tranquila e amável. Uma mulher amável.

Sentei-me ao lado dela e ficamos ali. Paradas. Ouvindo o silêncio...

As ondas quebravam ao longe, tão distantes e ao mesmo tempo tão perto.

O cheiro de rosas inundou o ar quando a brisa que percorreu o jardim tocou nossos cabelos, então passei a admirar as lindas flores que ela cultiva em seu quintal.

— *Tempo...* – disse Victoria sem tirar os olhos domar. – *É tudo sobre o tempo. Não se trata de quanto tempo nos foi dado, mas de como ele foi vivido, aproveitado...*

Vó Vic olhou para mim com seus olhos doces, brilhantes e marejados e, então, perguntou-me com um pouco mais de intensidade em sua voz: – *Você entende isso, Helena?* – Então ela tornou a olhar para o horizonte, além da linha do infinito. O vento balançou os fios de cabelo soltos, que se rebelavam em não continuarem presos em seu coque. – *Veja só... Eu vivi!*

Ela tornou a falar com seu olhar mais vivo do que nunca, percebia-se as lembranças borbulhando em seu interior. – *Vivi um amor. Um grande e lindo amor... Por pouco mais de meio século.* – Uma pausa. Um sorriso. Uma doce lágrima. – *Fomos abençoados! A vida nos presenteou com longos anos juntos. Nós sorrimos e choramos, perdemos e ganhamos, erramos e acertamos, caímos e nos levantamos, ferimos e nos perdoamos! E, acima de tudo, nós sonhamos e amamos! Como nos amamos! Juntos, nós vivemos e vivemos e vivemos!* – Seus olhos, que queimavam de lembranças enquanto ela falava, aos poucos foram se apagando. – *Mas, ainda assim, o tempo passou... Passou para nós... O tempo passou e levou meu amor de mim.* – Um sorriso triste fez-se no canto de sua boca, seguido por um suspiro. – *Foram longos anos, eu sei, mas... Agora que eles passaram, parecem-me que foi tão depressa como um sonho de fim de tarde, como um livro de cem páginas ou como uma música de dois minutos. Como a pedra de gelo que se desfaz no instante em que a retiramos do congelador...* – Ela seguia falando seus pensamentos, tanto para ela mesma quanto para mim. – *Mas ainda sim, eu vivi! E eu não faria nada diferente do que foi feito. E essa, minha filha, essa é a minha maior dádiva, pois o tempo nunca voltará para que possamos corrigir nossos erros, por piores que eles sejam. Ou para que possamos reviver um momento, por mais valioso e precioso que ele seja. O tempo é único e sem volta... Quem o pode congelar? Pergunto-me eu. Afinal, no instante em que ele chega, ele já foi… Tão intenso, incrível e maravilhoso. Tão cruel, devastador e implacável. Para uns, ele é um presente, para outros um tormento. Mas, na verdade, eu descobri que ele é um só, o que muda é como nós escolhemos vivê-lo! Existem apenas duas regras: ele não volta e ele é limitado. O dia que passou hoje não se repete amanhã. Assim como um filho, que depois de adulto jamais tornará a ser criança outra vez para que seu pai possa viver sua infância melhor. O tempo que foi nunca volta. E do mesmo modo, quando esgotam-se os dias que nos foram determinados a viver, não existe riqueza no mundo que seja capaz de comprar um dia a mais sequer… O tempo é limitado! E muitas são as pessoas que não percebem isso até que seja tarde demais… Para elas, ele chega cruel, devastador e implacável… Entrega-lhes de presente apenas o remorso. Mas para quem o compreendeu tão bem, descobriu seu valor e mergulhou vivendo em sua essência, ele aproxima-se como um velho amigo: intenso, incrível e maravilhoso. E a esses presenteia com um terno sorriso, a doce gratidão.*

Vó Vic olhou em meus olhos, deu-me um lindo sorriso e segurou minhas mãos. – *Precisamos viver bem, minha filha, pois nos foi proibido saber quando o tempo há de se findar para nós ou para quem tanto amamos… Nós precisamos viver bem. Viver hoje, aqui e agora. Todos os dias. Pois no fim –* ela estendeu sua mão ao seu redor *–somos como essa brisa suave que acalenta nosso rosto: de surpresa ela chega e de surpresa ela vai embora, deixando apenas a saudade do que um dia tocou nossa pele.*

37.

A noite seguiu muito agradável.

Acabei ajudando a vó Vic e a Madalena a prepararem o jantar: costela assada com molho *barbecue*, batatas *sauté*, arroz branco com legumes e salada de folhas verdes. Aprendo alguns truques culinários com elas e que logo colocaria em prática para minha família provar.

Jantamos na varanda, como na noite anterior, sendo rodeados por um céu estrelado e um jardim de flores. Eu definitivamente me apaixonei por fazer as refeições ali.

— *Eu proponho um brinde* – disse Victor, levantando sua taça. – *Às três mulheres que mais amo na minha vida: minha vó Vice Mada, que há tantos anos têm sido minha base, meu acalento, que se tornaram duas mães para mim. E minha Helena, meu amor, que é a dona do meu coração.*

Senti meu rosto corar imediatamente e meu coração disparar em uma corrida com a força de quatrocentos cavalos. Desde que eu o conheci tenho experimentado esses sentimentos. Ao redor da mesa, nós três estampávamos o mesmo sorriso bobo no rosto e o mesmo brilho nos olhos enquanto todas nós olhávamos na mesma direção. Em direção a ele, ao Victor.

Brindamos.

Comemos.

E depois, ficamos ali na mesa conversando.

Madalena foi a primeira a se retirar.

— *Vocês sabem, uma jovem senhora precisa zelar pelo seu sono* – disse ela bocejando, pouco antes de levantar-se da cadeira.

Eu estava na sobremesa, degustando um pouco de sorvete de limão siciliano, quando escutei a voz de Victor cortar o silêncio ao falar para avó Vic.

— *Vó, eu sinto muito por hoje. Não queria ter causado algum transtorno para a senhora... Eu sinto muito* – ele disse.

— *Victor, você não precisa pedir perdão por se sentir como se sente. E você não me causou transtorno nenhum meu filho...* – ela respondeu com um sorriso compreensivo. Seus olhos enrugados, marcados por tanta experiência e sabedoria adquirida com os anos, olhavam-no amorosos e resplandecentes. – *Mas você tem causado transtorno dentro de si mesmo porque ainda não aprendeu a aceitar o que não pode ser mudado.* – Com as duas mãos, ela segurou uma mão de Victor que estava sobre a mesa. Unhas vermelhas e um par de alianças douradas destacavam-se em seus dedos, alianças de casamento, que há mais de 50 anos simbolizava o amor vivido e a lealdade partilhada. – *Meu filho, o passado não muda. Os erros cometidos, as dores causadas, os laços destruídos... Eles não mudam. São o que são. Quem nos dera eles fossem como as palavras, que após escritas podemos apagá-las para escrever algo novo, melhor e mais bonito... Mas não são. O que foi feito está feito* – ela concluiu, conversando com ele e com suas próprias lembranças.

De repente, eu peguei-me pensando em como deve ter sido difícil para ela ver a vida de seu único filho ruir por causa de um vício, um vício cruel, que eu conheço tão bem através dos olhos da minha melhor amiga. Como deve ter sido árduo fazer-se de escudo e aguentar todo tipo de golpe emocional daquela situação apenas para tentar evitar que doesse um pouco mais naquele menininho que o Victor era. Como deve ter sido duro ver seu filho, seu único filho, desfazer-se aos poucos e destruir um casamento, colocar em risco uma empresa e, principalmente, além de seu próprio coração de mãe, vê-lo quebrar o coração de um filho pequeno, tão pequeno quanto Victor era, quando ela o resgatou para si, e de vó fez-se mãe para ele.

Eu olhei para ela e contemplei uma mulher idosa, de corpo frágil e delicado, como se fica com o passar dos anos, mas a verdade é que dela exalava força e imponência. Seus olhos sempre amorosos e firmes. Sua cabeça sempre erguida. Sua voz, respeitada.

Quantos anos foram necessários para que ela aprendesse a fazer a metamorfose de suas mais profundas dores? Pois olhando para ela, escutando suas palavras, tudo que via eram dores modificadas, transformadas na mais pura de todas as belezas, em sabedoria, em calmaria, em compreensão e amor, muito amor.

— *Porém há muitos anos esses fatos doloridos têm sido como um rio de águas correntes que quebram em uma cachoeira e não param nunca de fluir... E de te molhar, te inundar e te afogar. Você não precisa continuar morrendo, meu filho. Morrendo por dentro...* – Ela continuava falando com a voz serena e doce, mas seus olhos eram penetrantes na alma. – *Sabe, o que eu estou dizendo é que você é o único que pode colocar uma pedra nesse rio de dor, Victor. Essas águas escuras e tristes vão continuar lá... Mas elas podem parar de correr e de te molhar. E...* – ela pousou a palma de uma mão na lateral do rosto de seu neto e a outra mão seguia segurando a dele. – *Com um pouco de amor e cuidado, um pouco de compreensão e perdão, quem sabe, esse rio não possa compor uma paisagem nova e linda? E dessas águas turvas não possa surgir um solo fértil, cheio de árvores, flores e vida? Quem sabe... Pois é isso o que acontece quando aprendemos a ressignificar os acontecimentos mais difíceis da nossa trajetória. Da dor nasce vida, meu filho! Mas para essa magia acontecer, depende só de você! É sua escolha, única e pessoal.*

— *Às vezes* – falou Victor –, *é como se fosse um lago calmo, tranquilo, de águas cristalinas refletindo a luz do sol... Mas abaixo dele, nas profundezas mais escuras e silenciosas, existissem muitos demônios escondidos, adormecidos. E algumas vezes esses demônios despertam e sobem à tona, mas nunca os deixo romperem o lago e subirem a superfície, então eles ficam lá, presos dentro da água.* – Ele suspirou. – *Eu acho que é assim dentro de mim.*

Pausa.

Um pouco de silêncio.

— *Às vezes, eu só sinto vontade de me afastar e nadar para longe, muito longe. Sozinho, quieto, um lugar solitário...* – Victor prosseguiu, trazendo transparência às suas dores. – *E, às vezes, são lugares dentro de mim que eu acho que ninguém me encontra, nem mesmo eu... Só Deus.*

Uma dor crua nascia dentro de mim, mas, de certa forma, eu compreendi essas palavras. "Existem vazios que têm nome e forma exata". Sim, eu repetia para mim mesma enquanto via dona Victoria analisar o rosto de seu neto com dor e amor em seus olhos. Como eu, se ela pudesse, também arrancaria toda essa tristeza dele. Mas nós duas só podíamos acompanhá-lo nessa jornada, amando-o, respeitando e compreendo as dores deu seu coração, pois a trajetória interna era dele.

Há muito pouco tempo entendi que assuntos não resolvidos sempre voltam à tona de uma forma ou de outra. Parado num shopping ou se escondendo atrás do sarcasmo em uma sala. As coisas são como são.

— *Nas escrituras sagradas existe um trecho que diz assim: "Transformai-vos pela renovação da vossa mente"* – ela falou após refletir por um período. – *Acho que um dos segredos está aí, renovar a forma de pensar. Isso quer dizer "olhar com um novo olhar". Se você focar só na sua dor, só na sua perda, tudo que vera à sua frente é ela. Mas se você se afastar um pouco, expandir seus horizontes e olhar além, verá infinitas possibilidades...*

Dona Vic olhou a paisagem ao seu redor.

Vi como seus olhos seguiram em direção às rosas cultivadas por ela, notei o sorriso reflexivo no canto de sua boca, e podia jurar o exato momento em que uma memória chegou a ela. Ela suspirou e sorriu, um sorriso saudoso, um sorriso de quem aprendeu a aceitar amigavelmente as facetas da vida, até as mais doloridas. Não um sorriso de quem não sofre, mas um sorriso de quem fez da dor sua amiga.

Ela suspirou, voltou o olhar ao neto e seguiu com suas hábeis palavras.

— *Não se pode fugir, Victor! Em algum momento é necessário encarar sua dor de frente e se conectar com ela! Aceitar os bônus e os ônus da sua história, de ser quem você é. Aceitar os acertos e os erros que foram cometidos contra você, com você e, principalmente, por você. Dê nome aos seus monstros interiores, aos seus traumas, às possíveis culpas que você possa sentir, e permita-se vê-los como eles realmente são. Não fuja, abrace essa dor, aceite senti-la e, então, comece a olhá-los com novos olhos E seja constante nesse olhar. Persista nessa constância, meu filho! Não se esqueça de, no meio disso tudo, começar a estender misericórdia para você mesmo quando se deparar com suas falhas, e estenda essa misericórdia para os demais também... Pode até parecer que não, mas se perdoar algumas vezes é mais difícil do que perdoar os outros. E em determinados momentos precisamos nos perdoar daquilo que nem fomos causadores, pois nossa mente, hora ou outra, age por si só como um algoz em busca de um culpado para nossas mais profundas dores e aflições, e nos aponta a nós mesmos e, assim, viramos nossos próprios réus.*

Suspiro. Silêncio.

— *Um passo de cada vez, um dia após o outro. E quando você fizer isso, então terá iniciado o processo. Um longo processo, que custa uma vida inteira, mas que solta as amarras que nos impedem de voar, de sermos felizes e de amar... Única e integralmente.* – Vó Vic sorriu. – *Permita-se!*

Victor acenou em afirmação a cabeça para sua vó, com um sorriso de canto de boca.

— *E, Victor... Não se esqueça, meu filho, que para cada dor da alma, Deus deixou um remédio* – ela concluiu, dando um beijo na cabeça do neto.

— *Eu te amo. Vó. Obrigado!* – ele respondeu afetuosamente a ela, retribuindo o beijo recebido no rosto dela.

— *Agora, deixe-me deitar um pouco, pois como sabiamente disse Madalena, jovens senhoras precisam zelar pelo seu sono.* – Risos doces.

Vó Vic caminhou em minha direção e disse, dando um beijinho em minha cabeça:

— *Boa noite, minha filha. Durma bem.*

— *Boa noite, vó Vic* – respondi, vendo-a desaparecer pela porta.

38.

Continuei sentada onde eu estava, mexendo no sorvete que havia parado de comer e que, na verdade, já havia se derretido em minha taça, sem saber ao certo o que falar ou *se* deveria falar algo. No fim, optei por continuar aproveitando o silêncio.

Até que encontrei os olhos negros de Victor olhando-me. Toda a escuridão da noite caberia dentro daquele olhar. E uma sinfonia melodiosa vinha do mais íntimo daquele universo até mim.

E o jeito que ele me olhava... *Oh, Céus!*

Perfeito. Profundo.

Não era um olhar com luxúria, envolto em desejo e fome. Era apenas sublime demais.

Sublime demais até para mim.

De suas pupilas saíam raios negros, que se intensificavam em um oceano de estrias cinza por toda sua íris. E eles refletiam a lua.

Pacífico, amoroso e apaixonado.

Como se ele me olhasse com a alma, como se estivesse completamente nu por dentro, despido, sem quaisquer muros ou proteções. Com tanto brilho... Solene.

Como seus olhos reluziam... E os segredos que eles me falavam, as promessas verdadeiras e silenciosas que me faziam. *Celestiais.*

Um olhar tão lindo que quase me fez chorar.

Caramba! O jeito como ele me olhou fez com que todas as luzes em meu coração se acendessem e salpicassem e explodissem. E não importa o que acontecesse dali em diante meu coração para sempre moraria naquele olhar, e eu certamente me afogaria e sufocaria em dor e agonia sem ele.

Nós dois, Victor e eu, somos feitos da mesma matéria, do mesmo sopro de vida.

Nossos corações fundiram-se em um só.

E o jeito que ele me olhava, eu sei que ele via o mesmo olhar em mim. E o mesmo sorriso sem motivo de canto de boca. Ah! Como eu te amo, Victor! *Como eu te amo!*

Todos os meus dias e até o meu último suspiro, meu último fôlego, eu o amarei.

Eu o amarei.

―――

Na manhã seguinte acordei envolta pelos seus braços.

Senti como ele cheirava meus cabelos e beijava a minha pele.

— *Me diz, como vou conseguir dormir em lugar que não seja em seus braços?* – perguntei a ele, virando-me para ver seu rosto. – *Acho que vou ter insônia todas as noites. E a culpa é sua!* – Ele sorriu para mim. Fez um carinho em meu rosto.

— *Eu te amo* – ele me falou baixinho enquanto me olhava nos olhos, partilhando o mesmo travesseiro branco que eu.

— *Eu também te amo* – respondi em um sussurro feliz e preguiçoso com um sorriso reluzente nos lábios. Fiquei mais um pouco aninhada em seu calor, em seu abraço, sem querer sair dali, daquele momento.

―――

Após o café da manhã fomos caminhar na orla da praia.

Victor vestia bermuda e uma camisa branca. Eu optei por um vestido um pouco mais curto livre e sem mangas. Caminhamos de mãos dadas e pés descalços, na praia que se tornou a minha praia apenas por causa de todas as memórias que Victor e eu construímos ali.

— *Quando eu era pequeno costumava vir aqui com os meus pais... Antes... Antes de tudo, sabe.* – Victor comentou. – *Às vezes, eu tenho uns flashs em minha memória do meu pai me levantando para pular ondas, meu avós sorrindo e minha mãe sentada na areia...*

— *Qual o nome deles? Dos seus pais...* – perguntei baixinho.

— *Nicolai e Tereza.*

— *Você os vê com frequência?*

— *Não... Minha mãe não mora mais aqui, nos falamos por telefone raramente. E meu pai, bom... Ele já aparece com mais frequência na minha vó, mas é difícil trocarmos pouco mais de meia dúzia de palavras sem nos alfinetarmos.* – Victor passou seu braço pelo meu ombro e enlaçou sua mão na minha. – *O estranho é que nas minhas lembranças, ele era um homem doce e gentil. E eu... Eu o amava...*

— *Talvez você ainda o ame. Só está ferido demais para perceber isso* – falei.

— *É... Eu só queria entender onde tudo deu errado. Por mais que minha mente saiba, meu coração não entende...*

— *Às vezes, eu acho que nosso coração não precisa entender. Talvez ele só precise aceitar...*

Continuamos caminhando mais um pouco. Passo após passo.

Entrelaçados.

Uma serenidade pairava no ar.

— *Sabe...* – disse eu. – *Eu passei tanto tempo triste pelo pai que eu não conhecia, por ele ter ido embora. Tantos anos buscando um culpado... E quando eu o conheci...* – Suspirei. – *Tudo aquilo que eu sufocava, escondia e ignorava... Que eu achava que tinha resolvido... Voltou tudo muito forte dentro de mim. Foi como um soco no meu estômago. E foi muito frustrante perceber que a verdade parecia não ser o suficiente... Minha mente entendia o que aconteceu, mas meu coração não aceitava... Até que ele começou a aceitar. E ainda está aceitando. É um processo, sabe?* – Eu dei um discreto sorriso. – *Eu não posso mudar o passado, mas, hoje, eu já consigo contemplar um futuro... Um futuro diferente para nós. Heitor e eu. Talvez o seu coração só precise disso também.*

Victor olhou para mim e um sorriso no canto dos lábios contornava sua boca. Ele segurou meu rosto e deu um rápido beijo em minha boca.

— *Você é uma mocinha muito esperta, sabia?*

Dei de ombros com um sorriso.

— *É possível aprender algumas coisas ouvindo a vó Vic.*

Escutei a gargalhada gostosa de Victor rasgando a sua garganta, o que me fez rir junto. E o que me fez pensar em como eu amava aquele sorriso.

A água do mar molhava nossos pés sempre que a onda arrebentava na areia, e embora ela estivesse gelada, o sol nos aquecia a pele.

— *Princesa, você acordar ontem presenciando tudo aquilo... Me desculpe!* – Victor disse olhando em meus olhos. – *Eu realmente sinto muito!*

— *Está tudo bem, de verdade... Que bom que eu estava aqui para dividir com você o peso de um dia difícil...*

Eu vi quando minhas palavras pegaram-no de surpresa. "Dividir o peso de um dia difícil". Notei o sorriso crescendo no rosto, o brilho nos olhos acendendo, e poderia jurar que o coração dele havia se sentido abraçado por mim.

— *Eu te amo, sabia?* – Victor me disse de modo apaixonado. – *Não foi bem assim que eu imaginei que nosso fim de semana seria... Com exceção de algumas partes* – ele chegou mais perto em meu ouvido –, *em um quarto e em um banheiro.* – E pronto! Senti-me queimar com as lembranças.

Ele mal tinha terminado de falar quando mordiscou minha orelha, soltando uma onda de eletricidade pelo meu corpo. Minha vista quase escureceu em um turbilhão de estrelas. E, então, ele foi afastando-se do meu rosto com um sorriso presunçoso estampado na cara, muito sacana, que me deixando mais desnorteada ainda. Ele sabia exatamente o que causava em mim.

— *Você é um descarado, sabia?* – falei, buscando ar para respirar.

Outra gargalhada rasgou sua garganta com ainda mais força que a anterior. O que, confesso, deixou-me encantada. Ri com ele, no mesmo compasso, ali, dentro daquela bolha onde estávamos apenas nós dois. Victor e eu.

Seria possível ser tão feliz assim? Só por estar perto de quem se ama?

Com ele, eu vivia caminhando nas nuvens, mergulhando nas estrelas.

Dançando com as borboletas no meu estômago.

Ah, Victor, Victor... Você me rouba a paz e a devolve em sorrisos.

39.

Vó Vic pediu-nos para almoçar com ela e voltar para casa só no fim do dia.

Como dizer não a ela? Na verdade, isso foi algo que nem tentamos.

O almoço foi leve, repleto de folhas verdes com molho *caesar*, peixe frito empanado e batatas *sauté*. Para acompanhar, uma limonada gelada e a brisa gostosa entrando na varanda trazendo com ela o cheiro das rosas cultivadas no jardim.

Após o almoço, deliciamo-nos com *petit gateau* enquanto Vó Vic mostrava-me fotos de Victor na infância, um bebê gordinho de bochechas rosadas, completamente adorável. Acabei vendo mais algumas fotos dos pais de Victor, inclusive do casamento deles, e não pude deixar de perguntar porque ela ainda mantinha aquelas fotos guardadas. A resposta foi simples:

— *Esses acontecimentos fazem parte da nossa história, minha filha. Me desfazer dessas fotos não mudaria isso, então prefiro guardar com carinho as boas recordações.*

Nicolai e Tereza eram lindos, formosos e imponentes. Vendo aquelas fotos e o jeito como eles olhavam-se seria difícil imaginar que tudo terminaria como terminou. Ambos tinham cabelos e olhos negros, tão escuros quanto os do meu Victor. Mas o olhar de Victor era mais vivo e mais brilhante, continha seu próprio universo dentro dele, com direito a lua e estrelas, muitas constelações.

Ele era único. Nada se comparava a ele.

— *Ainda hoje me dói tudo que se desenrolou na vida de Nicolai. Como mãe, me dói...* – ela disse, com seu sorriso discreto, de canto de boca.

Então eu estendi minha mão até a dela e apertei-a carinhosamente, olhando em seus olhos e oferecendo a ela o mesmo sorriso, dizendo sem palavras que eu compreendia seu sofrimento.

— *Sabe... Nicolai e Tereza eram como fogo e gasolina, era questão de tempo entrar em combustão. Eu só não poderia prever que a explosão seria tão cruel.* – Ela suspirou, conversando com suas lembranças. – *E foi tudo tão rápido, mal perdi meu Hector, o amor da minha vida e meu companheiro por mais de 50 anos, e veio o vício de Nicolai e a traição de Tereza... O desfalque na empresa, por mais que tenha desestabilizado toda nossa vida financeira, foi o menos dolorido. Se não fosse Victor, aquele garotinho pequeno, confuso, com medo e carente... Ah! Se não fosse ele não sei como eu teria conseguido. Ele salvou minha vida.*

Pensei um pouco neles dois juntos e na foto que ainda há pouco eu tinha visto da vó Vic cultivando rosas junto a um Victor ainda criança, todo sujo de terra, mas com um sorriso genuíno no rosto.

— *Sabe, escolher a pessoa com quem você vai passar o resto da sua vida é realmente uma das escolhas mais importantes que alguém pode fazer, porque se der errado, causa muita dor e muito sofrimento... Tanta, tanta dor. E...*

Vó Vic ficou em silêncio por um momento, acariciando as fotos no álbum, mas com o olhar vítreo, paralisado, distante. Assim como seus pensamentos estavam.

— *Sabe qual a pior coisa em relação ao vício, minha filha? É que ele rouba de você a oportunidade de escolha. Todas as suas decisões são tomadas a partir dele, apenas para satisfazê-lo. Uma necessidade bárbara e animalesca, que consome todas as outras possibilidades que existiriam se não fosse ele.* – Ela suspirou e um som gutural emergiu de sua garganta. – *E como pais, nós investimos tudo que temos em nossos filhos, apenas para dar a eles as oportunidades que não tivemos, para que eles possam voar mais alto e ir mais longe do que fomos... Tentamos incansavelmente fornecer a eles recursos melhores, que lhes permitam ter uma coisa: o poder da escolha.* – A voz dela seguia baixa e embargada, trêmula, mas firme, sempre firme e amável. Com toda tristeza ao seu redor, essa mulher não se curvava nem se rendia. Em hipótese alguma ela permitia que o sofrimento roubasse de seu coração a doçura ali plantada. – *E nós insistimos, ensinamos e aconselhamos infinitamente, falamos e falamos e falamos, tudo para que eles possam fazer escolhas melhores do que as nossas, para com que eles sejam muito mais felizes do que nós jamais sonhamos em ser um dia.* – Pela primeira vez eu vi uma lágrima escorrer em seu rosto, contornando um sorriso triste em seus lábios, mas, ainda assim, ela oferecia um sorriso. Um sorriso que foi para mim e para ela mesma. Um gesto de bondade e cordialidade com sua história, com sua dor. – *E aí, de repente, chega um momento em que você percebe que a realidade não tem sido assim... Que a vida dele tem sido tão triste e sombria quanto a sua jamais foi um dia. E isso é muito cruel... É devastador! Você sente sangue escorrendo e pingando de dentro da sua alma.* – Uma pausa. Um suspiro. – *E você se sente completamente presa, algemada, de mãos amarradas e olhos vendados, tentando a todo custo se soltar. A gente grita, suplica, implora, se descabela e se joga, se lança e se esgota, e, ainda assim, não há muito o que fazer. No fim, você continua imóvel, completamente incapaz, na mesma prisão. E só resta um desespero de alma profundo demais.* – Outra lágrima contorna aquele belo rosto, escorrendo pelas rugas tão bem disfarçadas pelos traços bonitos de sua face, enquanto ela falava pausadamente, tentando expressar a real profundidade de seus sentimentos. – *E você luta tanto para se soltar, você luta com a sua vida, pois não se trata mais de você... É do seu coração que bate fora do peito, é seu filho! Seu filho!* – O nó em sua garganta ficou mais forte e eu senti minhas próprias lágrimas correrem junto à enxurrada de palavras que vó Vic liberava. – *E você luta com todas as forças apenas para arrumar os caminhos tortos, para tentar, de alguma forma, consertar as coisas e reescrever uma nova história, só para evitar que eles sofram um pouco mais... Só para curar os machucados. Pois é isso que uma mãe faz desde que seu filho nasce. As mães curam! As mães passam noites em claro embalando seu bebê só para que ele encontre no calor dos braços dela algum conforto. Elas curam os joelhos arranhados com band-aid e com beijinhos.* – Um sorriso doce e triste inundou as últimas palavras. – *E quando a gente sabe que não pode mais e que não adianta, quando nos deparamos com a nossa inutilidade diante das escolhas erradas e doloridas que foram tomadas, com o nosso esforço se perdendo ao relento, fica apenas esse desespero da alma ecoando por dentro. Uma mistura de medo, pânico e pavor, que ora explode em nós em forma de raiva, ora em uma forma um pouco mais depressiva, ora em absoluta frustração e desesperança. Tentamos e tentamos e, ainda assim, eles continuam indo... Indo em direção a sua própria destruição. É desesperador. E nós vamos convivendo com essa infindável agonia, fazendo da dor nossa mais íntima amiga porque... Porque é isso que uma mãe faz. A mãe mostra o caminho, a mãe guia, a mãe protege... Uma mãe pularia com suas próprias pernas dentro de uma fogueira e aceitaria morrer queimada viva antes de deixar seu filho ser ferido por uma chama sequer. E a gente não consegue perder isso, não consegue deixar de ser assim, pois a gente é mãe, sabe? No fundo, a gente só quer dar colo outra vez, como quando eram pequenos, e fazer tudo ficar bem de novo... Mas, às vezes, a vida rouba esse poder da gente.*

Eu ali, sentada, vendo-a chorar em silêncio, chorei com ela.

Em silêncio.

Na quietude de sons.

Só segurando suas mãos.

Como se segurar suas mãos fosse, na verdade, segurar suas lágrimas, ou segurar sua alma.

— *Sabe, o mais difícil foi passar por tudo sozinha. Enfrentar tudo sem o meu Hector tornou tudo quase insuportável para mim. Se colocássemos todos os meus anos vividos até aqui em uma balança... Bom, você veria que eu passei muito mais da minha vida ao lado dele... E mesmo assim, ainda hoje eu penso que foi tão pouco tempo e que passou tão rápido....* – Ela correu as folhas do álbum de fotografia que ela mantinha em seu colo e no qual me mostrava as fotos da infância de Victor. Ela demorou-se em uma foto em que ela estava ao lado de Hector. A forma como seu dedo tocava a foto era como se ela pudesse fazer um carinho em seu amado outra vez. – *Nós nos apaixonamos quando eu ainda era uma menina... Tão jovem, mas tão segura de que aquele era o amor para toda uma vida.* – Notei que as duas alianças de ouro que ela usava em seu dedo, uma era a dela e a outra de Hector. – *Nós dois já passamos coisas realmente difíceis ao longo dos anos... Quando somos jovens nós sentimos... Sentimos muito. Sentimos com força. Os sentimentos exalam por cada poro da nossa pele, mas raramente sabemos o que fazer com eles. Com um pouco de sorte, quando ficamos mais velhos, passamos a equilibrar isso. Sentimos e direcionamos bem esses sentimentos... E Hector e eu, nós passamos tantas coisas, coisas tristes e difíceis, felizes e deslumbrantes, quebramos e nos refizemos tantas vezes... Mas tudo que passamos foi juntos. Sempre juntos. Perdê-lo e passar por tudo que veio depois sem ele...* – Sua garganta arranhou e ela engoliu em seco as palavras. – *Eu tive que aprender a me refazer sozinha... Victor foi um presente para mim. A força e a motivação necessárias para esta senhora continuar. Um lembrete de que ainda está em minhas mãos a decisão de reagir, de sorrir. Ousar ser feliz de novo. Apesar de tudo.*

Fiquei escutando suas palavras, ouvindo esse coração abrir e revelar suas feridas. Quando, por fim, ela fechou o álbum em seu colo, secou as lágrimas que ainda há pouco molhavam o seu rosto.

Vó Vic suspirou em um terno sorriso, segurou minhas mãos com carinho e olhando em meus olhos ela disse:

— *Obrigada por ouvir esta velha senhora, doce Helena.*

40.

A noite já tinha estendido seu véu de escuridão sobre céu e eu já estava deitada em minha cama. Senti falta de Victor.

Os muitos travesseiros ao meu redor pareciam inúteis em abraçar-me, aconchegar-me, envolver-me. E o perfume de roupa de cama recém-lavada não me parecia tão incrível e inebriante quanto o cheiro que exalava dele… Victor.

Ele. Sempre ele.

Também me peguei pensando sobre o fim de semana na praia. Sobre todas as conversas com a vó Vic. Sobre as confissões daquele coração tão bonito, tão sofrido, mas tão resiliente. Sobre a capacidade que ela tinha de trazer beleza e leveza a tudo ao seu redor… Não pude deixar de sentir alguns apertos em meu próprio coração. Uma espécie de dor por tudo que está além do nosso alcance de realizar, de mudar e que ainda nos fere de forma tão direta. Por um instante pensei em sua dedicação ao seu jardim de rosas. Quem sabe, era isso que ela fazia com as situações, plantava flores em terras secas, em corações secos.

Toc toc.

Duas batidas na porta e ela foi aberta, revelando aqueles olhos cor de mel tão conhecidos para mim, aquela enxurrada de cabelo tão igual ao meu. Minha mãe. Tão doce e querida.

— *Só vim te desejar boa noite, minha filha.* – ela disse, aproximando-se da minha cama e dando um beijo na minha cabeça. – *Sabe, às vezes queria voltar no tempo, quando você ainda era só uma criança e eu te contava histórias para dormir.*

Mamãe acariciou meu cabelo, passou a mão em meu rosto. Seus olhos lacrimejavam.

— *Oh, mãe...* – sussurrei, levantando-me para abraçá-la.

— *Desculpe filha, eu só estou um pouco mais sensível do que o normal... Acho que é a gravidez.* – Ela sorriu, enxugando a lágrima discreta no canto de seu olho.

Sorri para ela também.

— *Eu te amo, mãe. Para sempre, eu te amo.*

— *Eu também te amo, minha doce luz...*

Na manhã seguinte voltei a auxiliar mamãe em seu ateliê.

Curiosamente, ela enjoava muito com o cheiro da tinta azul-claro, o que era uma pena, pois ela amava pintar o céu. Eu não conseguia distinguir diferença entre os cheiros das tintas, mas, pelo visto, seu olfato aguçado de gestante encontrava algumas.

Assim que ela correu para o banheiro com a mão na boca segurando o vômito, fui atrás e fiquei segurando mechas de seu cabelo enquanto ela permanecia debruçada sobre o vaso e colocava todo o seu café da manhã para fora.

— *Começou ontem...* – ela disse, referindo-se aos enjoos matinais. – *Esse bebê é inimigo de cafés da manhã. E de azul.* – Ela começou a rir ao mesmo tempo em que se levantava e dava poucos passos até o lavatório em busca de um enxaguante bucal.

— *Temos algum Dramin por aqui, mãe?* – perguntei mexendo no armário.

— *Na minha bolsa, filha.*

Peguei um copo de água e entreguei a ela com o comprimido, a fim de ajudá-la a conter os enjoos. Após isso decidi ir ao mercadinho da esquina para buscar algumas frutas para mamãe comer. Comprei pera, maçã e uvas. Com muita insistência, ela comeu alguma coisa.

No fim do dia descobri que toda ausência de fome que mamãe tinha no período da manhã por conta dos contínuos enjoos ela encontrava à noite.

E durante as madrugadas.

Madrugadas em que ela confessou acordar morrendo de fome... Fome de gulodices. Ela riu ao me contar quando foi pega em flagrante pelo Clay assaltando o pote de sorvete na geladeira.

— *Às 2h?* – perguntei, rindo.

— *Sim, filha. Lá estava eu, com uma colher no pote de sorvete, quando, de repente, quase morri do coração quando ele chegou a passos silenciosos atrás de mim. "Assaltando a geladeira de madrugada sem mim, dona Elisa"* – ela falou imitando a voz dele, com aquele sorriso bobo no rosto.

Continuei a rir e pensei outra vez em como eles ficavam lindos juntos. Almas fundidas e entrelaçadas uma na outra.

— *Mas aí, Nena, eu comecei a olhar aquele sorvete de pistache, tão verdinho, delicioso e refrescante, e comecei a pensar em como ele ficaria muito mais gostoso com bolinhas de brigadeiro enroladas no granulado... E também com banana. Fatias de banana cortadas e jogadas sobre o sorvete junto às bolinhas de brigadeiro.*

— *Até que deve ficar gostoso, né?* – falei, e ela salivava.

— *Deve não. Ficou uma delícia!*

— *Você comeu isso esta madrugada?*

— *Sim... Aproveitei que Clay teve uma insônia provocada pela minha ausência ao seu lado na cama.* – Risos apaixonados – *Aí eu fiz o brigadeiro e ele me ajudou a enrolar. Depois de tudo pronto, picamos as bananas e colocamos tudo em uma taça – sorvete, brigadeiro, banana... E uma farofa de paçoca com castanhas para dar uma certa crocância.*

— *E isso já eram que horas?* –perguntei meio chocada.

— *Quase 4h. E como o sono tinha ido embora, resolvemos sentar nas cadeiras brancas que ficam no fundo do nosso quintal para comer minha invenção, vulgo desejo de grávida...* – Um sorriso iluminado surgiu em seu rosto, iluminado, porém discreto, calmo, um sorriso de canto de boca. – *Eaí, comemos sentados ali, olhando as estrelas. O Clay foi atencioso em pegar duas mantas para nos proteger do sereno e nós ficamos lá, conversando até o nascer do sol. E eu realmente gostaria de pintar o que nós assistimos hoje, todas aquelas cores... Tão lindo. Tão sublime. Uma obra de arte única, rara, em constante metamorfose, e que só pode ser contemplada por poucos minutos.*

Enquanto mamãe falava, ela começou a selecionar algumas tintas e a pincelar a tela que há poucos minutos ainda era branca à nossa frente.

— *A forma como eu me senti…* – ela disse. – *Eu gostaria de conseguir colocar tudo isso nesta pintura.*

Tons de azul, rosa e laranja começavam a ganhar vida em suas mãos. Seus olhos clínicos concentrados na tela, com ela pintando memórias do dia nascendo e pincelando uma maré de sentimentos.

Um pouco mais de roxo encontrando com o azul.

Branco e amarelo…

Realmente, o sol começava a nascer naquela tela.

— *Sobre o que vocês conversaram?* – eu indaguei, admirando o trabalho que ganhava vida diante dos meus olhos.

— *Tudo! Nós conversamos de tudo um pouco, filha…* – ela respondeu, distraída, enquanto focava sua atenção nas cores.

— *Sabe, mãe… Eu sempre achei que a senhora e o Clay formam um casal tão perfeito, que são lindos juntos. Sempre vi em vocês um amor tão real…* – continuei falando, tentando inutilmente encontrar as palavras que pudessem expressar com precisão o que eu queria dizer. – *Mas, agora, não sei explicar, parece que existe algo novo entre vocês… Não sei direito. Talvez o que eu esteja tentando falar é que vejo que o amor de vocês está brilhando mais forte.*

Mamãe sorriu docemente.

Ela largou o pincel em um copo com água e virou-se para mim.

— *Ah, filha, é que nós estamos mais leves, com a alma mais leve… Eu descobri muito recentemente que existem certas levezas a serem desfrutadas nesta vida que só ocorrem quando nossos piores temores se concretizam…* – Ela sorriu novamente e segurou as minhas mãos, olhando com aqueles olhos âmbar. Olhos tão cor de mel. – *Hum… Imagine só, um mar calmo, passivo, tranquilo… O sol brilhando em sua água densa e cristalina, refletindo sua luz. Peixes nadando, a vida fluindo, nascendo e acontecendo. Imagine-se nessa água… Você ali, nadando, flutuando e vivendo. Agora… Imagina um medo. O medo de uma tempestade imensa te encontrar bem no meio desse mar. Água revolta, céu escuro atordoado por nuvens cinzas, ondas de 30 metros de altura. Raios e relâmpagos caindo na água e você, bem ali, no centro daquele mar, sendo arrastada pelo vento.* – Uma pausa. Um suspiro. Seus olhos conturbados reluziam emoções turvas de sentimentos passados. Memórias remexidas. E eu escutava atentamente cada uma das palavras que mamãe dizia. – *Porém, enquanto você sente o calor suave do sol em a sua pele e desfruta de toda tranquilidade e beleza ao seu redor, você sabe que lá no fundo, no cantinho mais escondido da sua alma, você jamais vai conseguir desfrutar plenamente daquele momento, daquele instante, pois o medo da tempestade te persegue. Qualquer mover mais intenso da água deixa seus músculos rígidos, seu coração disparado, suas defesas ativas, e você entende que vive à sombra do pior, à sombra do medo.*

Mamãe passou uma mão em meu rosto.

Gentilmente acariciou-me a maçã da bochecha enquanto sorria.

Colocou uma tira de cabelo atrás da minha orelha.

— *Por muitos anos, minha filha, para seu pai e eu, Heitor era como essa tempestade. E quando começou a chover em nosso céu, quando ele finalmente apareceu... Nós tememos que nosso maior medo viesse à tona.*

— *Qual medo era esse, mãe?* – eu perguntei com a voz baixa.

— *Era, no meio da água turbulenta, perdermos seu coração, minha filha* – ela disse, com lágrimas nos olhos.

— *Oh, mãe...* – eu disse, enquanto me jogava em seu abraço, sentindo em meus próprios olhos muitas lágrimas. – *A senhora não sabe que não existe possibilidade nenhuma disso acontecer? Nunca.* – Eu me afastei afim de ver seu rosto, olhar em seus olhos.

— *Eu sei, filha* – ela disse, rindo em meio ao choro. – *Esse é o problema dos medos. Em nosso interior eles se projetam infinitamente maiores do que, de fato, são. E depois que eles se mostram, depois que se concretizam, por mais doloridos que sejam, eles também tiram de nós muitos pesos. E, então, você começa a desfrutar de paz em uma intensidade até então desconhecida. Uma leveza que te permite olhar com novos olhos toda a beleza que existe ao seu redor... Você sente melhor o balançar da água no seu corpo, você sente com mais gratidão a carícia do sol em sua pele... Afinal, no fim de tudo, você sobreviveu! E ainda existe tanto a se viver... No fim de tudo, você continua aqui, minha Helena! Minha doce luz!*

Eu olhei profundamente dentro de seus olhos, olhos que mostravam um amor maternal tão puro e tão intenso. Eu sei que ela daria a vida dela por mim se preciso fosse, e eu também daria a minha por ela. Eu peguei uma de suas mãos e coloquei-a sobre meu peito, para que ela sentisse o palpitar de cada uma das batidas que ali estavam escondidas.

— *Mãe, o meu coração sempre estará ligado ao seu coração. Sempre! Um céu de distância não mudaria isso. E juntos eles bateriam no mesmo ritmo, e sob as estrelas eles dançariam a mesma música. Eles sempre viverão no mesmo compasso... Como quando seu corpo, seu ventre, já foi a minha casa e o meu próprio abrigo.*

De nossos olhos jorravam lágrimas... Lágrimas emotivas, lágrimas como cachoeiras, lágrimas que revelavam todo o amor selado entre nós desde o princípio, pois antes de ser já era.

— *Eu sou parte de você e você é parte de mim. E eu sempre estarei aqui, mãe. Sempre. Eu te amo!*

— *Ah, filha... Eu te amo tanto.*

Um abraço. E outro.

Lágrimas sendo enxugadas. Sorrisos dados.

Mamãe e eu. O primeiro amor da minha vida. Olhos idênticos.

Esse mel que eu vejo em seu olhar é o mesmo mel que adoça sua alma.

E sim, eu sei, nós duas somos feitas do mesmo mel.

— *Eu ainda estou meio chocada com tudo que vocês fizeram enquanto eu dormia* – comentei rindo. – *Enrolar brigadeiro depois das 2h!*

— *Você se surpreenderia com o que os pais fazem depois que os filhos dormem...*

— *Ah, manheeeeeeeeeeee* – respondi, horrorizada com a insinuação dela.

E gargalhadas explodiram ao fundo.

Sabe, eu amo esse sorriso dela. Então fiquei ali, só admirando sua alegria espontânea... Sua alma leve, de menina.

E depois fiquei observando o olhar orgulhoso dela ao terminar sua tela. Um prazer que antes de compartilhar com o mundo, ela desfrutava sozinha. Tantas cores dançando entre si. Mamãe sempre teve o dom de pintar momentos, sentimentos, sensações...

— *Este é nosso!* – ela disse. – *Para nossa casa! Vou colocá-lo na cozinha para que possamos olhar para ele sempre que nos sentarmos para tomar café da manhã.*

— *Vai ficar lindo* – eu respondi sinceramente.

O nascer do sol que acabara de ganhar vida pelas suas mãos estava esplêndido. Admirar aquela tela emocionou-me a tal ponto de querer chorar outra vez.

Lindo. Delicado. Singelo. Como tudo que mamãe fazia.

41.

Os dias seguiram leves e quentes.

Os enjoos de mamãe melhoravam com Dramin e limão. Muito limão.

Uma noite tentei acordar de madrugada para ver se a encontrava assaltando a geladeira. Em uma de minhas tentativas, levantei, mas estava tudo absolutamente silencioso e escuro, a cozinha organizada não dava indícios de lanchinhos feitos na madrugada. Em outra noite, o celular despertou, mas eu não acordei. Então resolvi deixar por obra do acaso nosso encontro noturno.

Também dediquei um pouco mais de tempo aos meus irmãos, que se viam com os dias contados para passar o bastão de caçulinhas da família. A maneira como eles estavam empolgados com a gestação de mamãe era contagiante, e para eles uma vontade era certa: que viesse outra menina. Para Ella, por ter mais uma integrante no dia só das irmãs; para Gael, porque ele adoraria continuar sendo o único menino. *"Me deixe ter exclusividade ao menos nisso"* era o argumento utilizado pelo meu pequeno, que jamais deixava de me surpreender com as palavras que tinha em seu repertório, mesmo sendo tão jovem.

Comecei a trocar mensagens com mais frequência com meu pai, Heitor, e ao menos duas vezes por semana a Aninha passava no ateliê da mamãe para almoçar conosco, já que o trabalho dela ficava a poucos minutos de distância.

E Victor... Ah, Victor...

Saudade constante em meu coração, presença permanente em minha mente. Meus pensamentos viviam distraídos voando até ele... Até nós. Juntos.

Seus beijos e toques, suas palavras, seu cheiro.

Aqueles olhos negros e profundos.

Peguei-me pensando em como adorava inclusive o desenho de sua mandíbula, a forma como ela é marcante e como ressalta a linha de seu pescoço. Seus cabelos sedosos e rebeldes. Sua postura. A energia que ele emana, toda aquela eletricidade que me alcança, envolve-me e domina-me.

Incontáveis eram as vezes em que sentia o ar ser roubado de mim só de olhá-lo. E meu coração corria mil corridas no encontro desse olhar.

E sua presença... Ah, sua presença! A verdade é que ao lado dele até o silêncio era valioso.

Por mais que nos víssemos quase todas as noites e nossos finais de semana eram sempre juntos, ainda era pouco perto do tempo que eu gostaria de estar ao lado dele. Na verdade, uma vida inteira ainda seria pouco demais. Pouco demais para mim! Pouco demais para nós! Pouco demais para um amor como o nosso.

Nunca o suficiente...

Esse homem roubou meu coração para ele no instante em que pousou seus olhos nos meus. Talvez seja porque a noite e todas as estrelas cabem naquele olhar.

— *Hum... Seria o Victor o dono dos seus pensamentos?* – mamãe falou, trazendo-me de volta a nossa realidade de telas e tintas. – *Esse sorriso apaixonado estampado em seu rosto me diz que sim.*

Mamãe mal terminou de completar a frase e percebi meu celular vibrar indicando o recebimento de uma mensagem.

Pensando em você, princesa... Me deixa te ver esta noite?

Às vezes me pergunto o que você fez comigo. Quanto mais te tenho, mais te necessito. Quanto mais te vejo e te sinto mais preciso da sua presença.

Você está tão profundamente marcada dentro de mim, tão enraizada na minha pele... Minha Helena. Minha vida, minha luz!

Você é o ar em meus pulmões, o sangue correndo em minhas veias.

Eu te amo profundamente.

Sempre seu,

V.

Suas palavras quase me fizeram flutuar e dançar no meio da sala. Muitas borboletas em meu estômago ganharam vida, como se voassem livremente em um jardim secreto. E se antes o sorriso em meu rosto era discreto, agora estava marcado e ainda mais radiante.

Respondi suas palavras com outras tão apaixonadas quanto as que eu recebi, jurando-lhe meu amor eterno e todos os meus dias.

Quando raiou a noite e o céu, enfim, escureceu, matei um pouco da saudade que passei o dia contendo dentro de mim. E quando Victor foi embora, deixou seu cheiro em mim. Seu perfume.

Estava deitada na minha cama quando Ariela entrou em meu quarto, com seu pijama de unicórnio, arrastando um coelhinho de pelúcia e perguntando se poderia dormir comigo.

— *É claro, pequena* – eu respondi, levantando minha coberta convidando-a para deitar-se ao meu lado.

Assim que Ella acomodou-se, abraçando seu coelhinho de pelúcia, perguntei se estava tudo bem.

— *Esta... É só que agora é tudo tão estranho...*

— *O que você tem achado estranho, lindinha?* – perguntei enquanto fazia um carinho em seu cabelo.

— *Ah, tanta coisa... Agora você tem um novo papai. E a gente também vai ter um novo irmãozinho...*

De fato, tanta coisa havia acontecido em tão pouco tempo. E eu não pensei em como tudo poderia afetar meus pequenos. Embora ainda fossem crianças, Gael e Ariela sentiam como nós todas as mudanças e todos os medos e receios que elas trazem junto. Eles só expressam de maneiras diferentes...

— *Hummm... Entendo. Às vezes é um pouco assustador, né?* – eu falei.

— *É...* – Ella enrolava seus dedos na orelha do coelhinho.

— *Mas veja só... Mais gente não é ruim! É igual uma grande festa de aniversário. Você faz muito bolo, muitos salgadinhos, docinhos...*

— *E muitas bexigas!* – Ella completou.

— *E muitas bexigas! E aquela decoração tão linda... E sabe o que é mais divertido?*

— *O quê?*

— *Você receber muitos convidados e amiguinhos, pessoas que você ama e que se importam com você... Porque aí, você pode dividir tudo isso com eles e também pode brincar com eles... E receber muitos presentes!*

— *É verdade! Eu amo brincar e amo presentes!*

— *Agora, imagina só você fazer tudo isso e não ter convidados para comemorar com você! Seria uma festa meio triste, né?*

— *Seria sim, Nena...*

— *Então. É mais ou menos assim que acontece. A nossa vida é essa grande festa cheia de bexigas coloridas, e agora nós temos mais pessoas que nos amam dentro dela. E essas pessoas são nossos presentes!*

— *Mas e se tiver pessoas demais e você se esquecer de brincar comigo e com o Gael?*

— *Eu nunca vou me esquecer de brincar com vocês, pequena. Nunca nunquinha nesta vida! Sabe por quê?*

— *Por quê?* – Ella perguntou, olhando-me com suas pequenas esmeraldas brilhantes e suplicantes.

— *Porque eu te amo! Amo muito... E você sempre será minha pequena e minha chicletinho. E na minha festa, você e o Gael sempre receberão os primeiros pedaços de bolo.*

Eu abracei Ella e a enchi de beijinhos por todo rosto.

— *E sabe de outra coisa?* – eu falei em seguida.

— *O quê?*

— *Se o novo bebê for uma menininha, você vai ter que ensinar tudo para ela sobre o dia da "irmãs-meninas". Vai ser a sua missão especial.*

— *Eu vou ensinar direitinho.* – Ella sorriu.

Batidas na porta encheram o quarto novamente, e dessa vez foi Gael quem entrou.

— *É... Será que vocês não precisam de ninguém para proteger o sono de vocês esta noite?* – ele falou enquanto caminhava até a cama com suas pantufas em forma de dinossauros, mexendo no óculos que estava em seu rosto.

— *Precisamos sim!* – eu falei sorrindo. – *Precisamos muito!*

E levantei novamente a coberta, abrindo um novo lugar para ele deitar-se ao meu lado. E assim que Gael aconchegou-se a mim, percebi o quanto ele também se sentia como Ella.

Ali, deitada entre os dois, lembrei-me do dia em que os vi pela primeira vez. Dois bebês tão pequenos, tão frágeis, mais tão lindos e idênticos. Eu os amei absurdamente desde aquele instante. E agora já estavam tão crescidos…

— *Na verdade, eu tive uma ideia*! – falei, levantando-me. – *E se a gente fizer um acampamento no quarto esta noite?*

— *Ebbaaaaaaaaaaa!* – eles gritaram em uníssono.

Logo estávamos arrastando os colchões de Gael e Ella pelo corredor até meu quarto, e uma cabana toda improvisada de muitos lençóis amarrados na porta do guarda-roupa e em algumas cadeiras ganhou vida.

Cobertas e travesseiros pelo chão deixava tudo um pouco mais afofado.

— *Eu acho que nossa cabana precisa de luzes de pisca-pisca para ela ficar bem linda!* – disse Ella.

— *Mas tem que ser brancas, porque aí a gente pode fingir que são estrelas* – Gael completou animado.

— *Então teremos estrelas!* – respondi, levantando-me. – *Vou procurar na caixa em que deixamos guardadas as decorações de Natal do ano passado. Lá tem luzes de pisca-pisca brancas.*

Quando retornei com as luzes, encontrei Gael e Ariela dançando no quarto. A coisa mais linda e adorável de todo o mundo!

Depois que estendemos as estrelas sob o céu dos lençóis, deitamos nos colchões e ficamos brincando, imaginando expedições lunares, monstros alienígenas com muitas cabeças e tentáculos.

— *Acho que falta um pouco de lanchinhos neste acampamento.* – A voz de mamãe ressoou pelo quarto. Em seguida, ela e Clay estavam acomodando-se dentro da nossa cabana, com um balde cheio de pipoca amanteigada e uma jarra de suco.

Lá fora, a noite estava escura, as ruas silenciosas.

Um dia comum na semana, corriqueiro. Nada de especial.

Mas no meu quarto, havia um acampamento com lutas interestelares em mundo de imaginação comandado por duas crianças de 9 anos. Alienígenas com naves voadoras e um céu de lençol cheio de estrelas feitas de pisca-pisca. Risadas espontâneas e muitas cócegas na barriga, que, na verdade, era o ataque mais fatal de um monstro com três cabeças e um só olho – porque, de acordo com Gael, as outras cabeças eram cegas.

E minha família.

Uma família comum – ou nada comum –, que aprendeu a ser guiada pelo amor e a fazer de pequenos acontecimentos grandes momentos. E desses momentos, memórias perfeitas.

42.

O sábado amanheceu chuvoso.

Ariela e Gael permaneciam dormindo no amontoado de colchões no chão do meu quarto. Peguei o celular e bati uma foto deles, tão lindos e tão fofos. Fiquei morrendo de dó de acordá-los, então fui arrumando um pouco da bagunça em silêncio mesmo.

Lembrei-me de que aquele dia eu e Victor jantaríamos na casa de Heitor. Então pensei se no dia seguinte eu acordaria enroscada em seus braços ao invés de em meus próprios lençóis.

O cheiro de bolo invadiu o meu quarto e imediatamente despertou meu apetite.

Voltei meu olhar para os gêmeos e fiquei parada alguns instantes observando-os. A forma como a respiração deles era serena e calma, os cabelos espalhados pelo rosto, os cílios encurvados, as bochechas levemente rosadas... A forma como se pareciam.

Pensei no bebê que viria.

Como seriam seus olhos? Seus cabelos? O tom de sua pele? Será que no futuro esse bebê iria se apaixonar pelas palavras e seria tão inteligente e tímido como o Gael? Ou será que teria toda a doçura, gentileza e esperteza da Ariela? Será que teria um pouco de mim? Talvez, quem sabe, teria um pouco de todos nós e muito do que ainda não conhecíamos... Uma personalidade única.

De qualquer modo, amor jamais faltaria, pois nós já o amávamos.

Eu já o amava desesperadamente.

E se eu parasse um pouquinho, quase escutava o som do chorinho que em poucos meses ecoaria pela casa. Quase contemplava as mãozinhas minúsculas e as bisnaguinhas no lugar de pezinhos. E quase era capaz de sentir o cheiro mais delicado e amável que existe: cheiro de bebê.

Saí de fininho do quarto, tomando o máximo de cuidado para ser silenciosa e não acordar as duas crianças que pareciam anjos enquanto dormiam.

Desci as escadas e caminhei até a cozinha. Ainda era cedo, muito cedo, mas Mamãe e Clay já estavam na cozinha preparando o café. Mamãe havia acabado de tirar o bolo do forno – bolo de fubá com erva-doce.

Assim que me viram, convidaram-me para sentar-me ao lado deles. Na mesa pousava um lindo jarro com flores silvestres rosa-claras e brancas, e algumas hortênsias azuladas. Admirei-as por alguns segundos enquanto puxava a cadeira azul para me sentar.

— *Dormiu bem, filha?* – Clay perguntou-me.

— *Dormi sim...*

— *Mesmo com as crianças em cima de você?*

— *Principalmente por isso.* – Dei um sorriso. – *É bom ter um par de coisinhas lindas enroscadas em nós. Tirando os chutes, deu tudo certo.*

Eles sorriram. A forma como eram entrosados era quase como se dançassem uma valsa constantemente pela casa e em todos os lugares. Como se estivessem em perfeita sincronia. Os passos de um seguia os passos do outro... Na fala, na voz, no sorriso, na mágica crescente entre eles e pairando sobre o ar, na química, que estava tão viva e também tão delicada.

— *Hum... Vocês me parecem especialmente felizes*! – Comentei despretensiosamente.

— *Filha, eu já te disse... Nós temos você!* – Mamãe virou-se para mim com um sorriso tão delicado e amoroso quanto ela própria era. – *E temos Gael e Ariela.* – Mamãe acariciou sua barriga. – *E também temos a vida crescendo novamente, o amor que frutificou e floresceu outra vez...* – Seus olhos voltaram-se para os de Clay e, então, para os meus. – *E Clay e eu... Nós caminhamos sem pressa, nossas mãos continuam juntas, nossas almas unidas... E o nosso amor... Ah, o nosso amor... No começo, muito antes de ser, eu o via abstrato, mas hoje ele é tão sólido que quase sinto que o posso tocar com minhas próprias mãos.*

Clay olhava-a tão apaixonado... Ele aproximou-se de seu rosto, enterrou a cabeça em seu cabelo e beijou seu pescoço. E o jeito que ela acariciou o rosto dele... Era tudo que almejava para mim e para Victor: um amor assim.

— E bom... *Nós temos um presente para você!* – ela falou, agora de mãos dadas com Clay sobre a mesa. Ambos olhando-me com alegria e expectativa. – *Filha, você sabe, no dia que você nasceu, eu te chamei de Helena por um motivo... Seu nome significa luz. E bastou que eu te olhasse pela primeira vez, minha filha, no exato instante que ouvi seu choro, que te peguei em meus braços, naquele precioso momento que meus olhos te contemplaram... Você foi a luz que dissipou todas as minhas trevas, iluminou meu caminho obscurecido pela dor e, mais do que isso, você iluminou todo o meu coração. Foi ao te contemplar que passei a ter uma perspectiva de futuro e de felicidade... Luz da minha vida!*

Eu sempre me emocionava de um jeito extremamente especial ao ouvir suas palavras. O jeito que elas tocavam meu coração... Todas as vezes em que ouvi essa história na minha vida eu chorei. A história do meu nome. A nossa história.

— *Quando eu encontrei Clay e me apaixonei por ele, descobri quanta generosidade pode existir em um homem... E com isso eu conheci uma das almas mais belas que já cruzou o meu caminho.* – Mamãe olhou-o com aquele olhar de amor que brilhava em chamas prateadas de fogo, paixão e admiração, um profundo compromisso, elo inquebrável. Esse olhar, brilhando assim, ela só entregava a ele, pertencia a ele, era única e exclusivamente dele. – *O Clay não só me amou, mas também protegeu meu coração de tantas formas que jamais serei capaz de mensurar... Então, quando tivemos nosso menino, nós o chamamos de Gael, que carrega estes significados em seu nome: "belo, generoso, o que protege".*

— *Você já viu uma leoa defendendo seu filhote?* – questionou Clay. – *Era exatamente o que sua mãe parecia quando a conheci. Destemida! Disposta a te defender com unhas e dentes, a entrar ela própria na frente de um caminhão e ser esmagada antes de deixar qualquer coisa te ferir...* – Ele sorriu com as lembranças do passado que coroavam a história deles. – *Sabe, filha, leoas são fortes, corajosas e determinadas, perigosas e fatais, mas também são doces, muito doces... Carinhosas e leais! Verdadeiras rainhas... Não existem limites que parem uma leoa que está protegendo a sua cria: Ela luta, ataca e avança... Mas se necessário, ela muda de território, reinventa-se e refaz-se, porque, no fim, é tudo sobre proteger seu filhote... Ela move-se por amor, entra no fogo cruzado por amor, sacrifica-se por amor... E eu vi tudo isso na sua mãe. Vi tudo isso correndo na veia dela, no instinto dela e em cada passo que ela dava... E foi daí que surgiu Ariela: "Leoa de Deus". Existe muita força no nome dela.*

— *E é esse o presente que queremos te dar filha...* – Mamãe falou olhando para mim com os olhos marejados. – *Quando chegar o momento de descobrir mais sobre o bebê que cresce em meu ventre... Nós queremos que você escolha o nome.*

Eu fiquei em choque. Paralisada.

Nenhum presente no mundo seria mais valioso do que esse.

Nenhum.

A maneira como eu me senti honrada foi tanta que me senti incapaz de encontrar qualquer comparação que seja... Porque ainda assim seria além, muito além!

Eu não podia aceitar. Algo assim é precioso demais, valioso demais, único demais.

— *Gente, eu... Eu não posso aceitar* – falei entre as lágrimas da mais profunda emoção que estava de dentro de mim.

— *É claro que você pode!* – disse Clay,

— *É nosso presente para você!* – completou mamãe.

Eu corri e abracei-os, agradecendo entre tantas lágrimas, pois eu sabia exatamente o quanto isso significava para eles, para nós... Para nossa família.

O valor de um nome.

— *É um abraço de família?* – A voz da pequena Ariela ecoou enquanto ela ainda bocejava, arrastando seu coelhinho de pelúcia pelas orelhas.

E poucos segundos depois, Ella e Gael faziam parte de um abraço totalmente desajustado e choroso, mas que englobava as pessoas que mais amo no mundo.

Parecia um sonho ser feliz assim!

O café da manhã seguiu e o dia também.

Logo eu estava com os dedos entrelaçados aos de Victor a caminho da casa de Heitor.

Houve um tempo em que isso me parecia impossível acontecer, eu nem ousava imaginar... Mas lá estávamos nós.

43.

Assim que entramos, a primeira coisa que notei foi um quadro imenso com minha foto em preto e branco. Estava sorrindo, cabelo voando caindo em meu rosto e muitas luzes ao fundo. Lembrei-me do dia em que tiramos essa foto. Ele havia ligado me chamando para tomar um sorvete e dar uma volta na moto que ele acabara de comprar. Cerca de quarenta minutos depois ele já estava na porta do ateliê de mamãe.

Calça jeans, jaqueta de couro preta, capacete pendurado no braço e um óculos escuro modelo Ray-Ban. Cheio de charme rebelde.

— *Pra você* – ele falou, entregando-me uma sacola com um embrulho de presente dentro.

Quando abri, encontrei uma jaqueta de couro combinando com a dele. Sorri agradecida, apaixonada pelo meu presente.

— *Obrigada, pai! Eu amei!* – respondi, dando-lhe um abraço. Logo percebi que ele estava paralisado por causa do meu gesto de carinho, em absoluto silêncio. – *Está tudo bem?* – questionei, olhando sua estranha reação.

— *Está!* – ele falou, esboçando um sorriso meio torto. – *É que... É a primeira vez que você me chama de pai, e isso significa mais para mim do que palavras poderiam dizer. Obrigado, filha.*

Heitor puxou-me em um abraço fraterno.

Enquanto me abraçava, vi mamãe parada, encostada na parede, com os olhos cheios de lágrimas. Emocionada. E eu sabia o quanto isso significava para ela também. Significava para ela, pois significava para mim. Vi toda uma história percorrer aqueles olhos de mel que eram iguais aos meus. Todos os momentos vividos até ali passaram por eles em poucos segundos. Nossa trajetória inteira. Das noites em claro e depressiva – quando eu ainda era um sonho em sua barriga –, até os dias que sucederam o nosso encontro com Heitor, junto a tudo de melhor e pior que tivemos nesse caminho.

Mamãe estava ali, vivendo o meu momento, alegrando-se por mim, emocionando-se por mim. Seu coração batia mais forte e feliz por mim, porque ele também era meu pai, e alguma parte em meu coração precisava dele. E ela sabia. Clay também sabia.

E tudo isso era algo muito novo para mim, uma matemática diferente, pois quanto mais amor a Heitor eu dava e quanto mais espaço em meu coração eu abria para ele, mais o meu amor por Clay e pela mamãe também aumentava e intensificava-se de maneiras que eu achava ser impossível, afinal, eu já os amava tanto, mais tanto, que não via como amar mais... E ainda assim, todos os dias, esse "mais" acontecia.

E bem no meio disso tudo, desse bolo de linha que pouco a pouco desenrolava-se, eu passava a ter uma compreensão maior e mais tangível do quanto eles abriram mão deles por mim. E, então, florescia em meu interior a mais profunda de todas as admirações! Meu ser era inundado por tamanha gratidão que não cabia nem no peito, nem na mente. Como se antes tudo que eu tivesse contemplado fosse abstrato, mas, então, eu pudesse ver em sua totalidade!

Antes, eu me deleitava em um riacho de águas mornas. Agora eu via um oceano de infinidade. E por mais que eu nunca saberei o exato momento em que eles começaram essa sequência de altruísmo puro, verdadeiro e singelo para comigo, o fato é que em algum momento da nossa história, suspeito que muito antes de eu sequer ter idade para compreender qualquer um desses dilemas, mamãe e papai – Elisa e Clay – trocaram as suas indagações. Já não eram mais *"Será que eu vou me sentir confortável com isso?"*, *"Será que vou gostar disso?"*, e, sim: *"Isso vai ser o melhor para nossa filha?"*.

Muitas vezes fico pensando no quanto esse melhor para mim custou a eles. Custou orgulho próprio, custou colocarem-se em segundo plano inúmeras vezes. Com certeza, custou batalhas internas, no coração e na mente, que jamais terei dimensão. Custou medos, sacrifícios e, sem dúvida, lágrimas.

Amar Heitor tem me feito amar mamãe e Clay ainda mais... E quanto mais amor eu dedico a eles, mais amor eu recebo.

Eu e Heitor ficamos muito tempo rodando de moto pelas ruas de São Paulo com fones de ouvido no último volume. O vento batendo em nossos corpos, a sensação de liberdade... Acabamos parando no Parque Ibirapuera. Já era fim de tarde e todas as luzes estavam acesas. Sentamo-nos no gramado em frente ao lago e ficamos ali, com os capacetes ao nosso lado no chão, tomando sorvete e conversando. Falamos sobre músicas, filmes e séries, demos muitas risadas, descobrimos gostos em comum, e foi na leveza desse momento que fomos surpreendidos por uma forte rajada de vento – e meu sorvete caiu no chão – que ele abriu seu celular e começou a bater muitas fotos de mim. E depois, nossas, juntos.

Jogamos muita conversa fora.

Tiramos os sapatos para sentir a grama espetar nossos pés.

E, no fim, meu pai me falou um pouco mais sobre Hannah, a esposa que ele perdera para o luto. A esposa que ele perdera para toda aquela dor e aquela agonia que vieram com a morte prematura de um filho ainda no ventre dela e, com isso, a esperança de poderem gerar outra vida.

Essa esposa, que se entregou à dor e o afastou para tão longe, tão longe, mas que mesmo em outro país nunca deixou de ser o seu grande amor, nem por um instante sequer. A mulher que ele estava fadado a passar a vida esperando... Esperando que talvez, quem sabe, um dia, ela percebesse que era melhor chorar em seus braços do que sozinha. Esperando que ela voltasse. Voltasse para ele.

Pude sentir um pouco de sua dor quando, com os olhos congelados na linha do horizonte, que se fundia em rosa e amarelo, laranja e azul, Heitor começou a falar em como fora estranho sentir que seu abraço, de repente, parecia ter espinhos, que tocá-la parecia machucar ainda mais o que já estava ferido. Isso me fez pensar se eu suportaria, pois dentro do amor, o toque torna-se quase uma necessidade, tanto física quanto da alma. *Quanto amor cabe dentro de um abraço?*

Ali, sentados na grama, ele me disse que, às vezes, a tristeza profunda é muito sedutora, um poço atraente para se jogar, mergulhar e deixar-se levar… Só ir. É algo parecido com o canto da sereia… Aquela voz doce e suave que envolve, enfeitiça e, então, leva para a morte.

Isso me fez refletir.

Aquele dia foi um bom dia. E de lá até aqui, vez ou outra, saímos por aí para queimar os asfaltos da cidade. Temos tanto tempo a recuperar, tantas memórias a formar.

— *Você gostou, filha?* – Heitor perguntou-me, esboçando um sorriso e trazendo-me ao presente. – *Existe uma sequência de quadros como esse espalhada pela casa.*

— *Eu amei, pai…* – respondi emocionada.

— *Sua vida, minha menina, me deu uma nova vida* – ele disse ao me abraçar.

Heitor cumprimentou Victor e, em seguida, chamou-nos para nos sentar na sala enquanto a lasanha estava no forno. A decoração era moderna, nada minimalista e bem masculina. Embora o apartamento fosse muito bonito, notei que faltava algo: o aconchego feminino espalhado pelos cantos da casa, aquela vida especial no lar que só uma mulher sabe dar.

A parede principal era toda de tijolinhos, o sofá em couro preto, com duas almofadas jogadas no canto. Um tapete liso, sem estampa. E ao lado da TV um porta-retratos com a foto de um casal, que deduzi ser ele e Hannah, abraçado, olhos brilhando, sorrisos nos lábios. Tão felizes que me fez pensar em quanto tempo já teria aquela foto. E olhar para ela, quanta dor será que lhe causava? Não sei se mais dor ou mais saudade.

— *Eu normalmente não sou muito bom em cozinhar… Na verdade, sou quase um desastre na cozinha, mas resolvi me aventurar hoje. Se nada der certo, ainda podemos contar com a boa e velha pizza* – ele falou aos risos.

E, realmente, não deu certo.

Pouco tempo depois o cheiro de queimado inundou o ar e uma nuvem de fumaça flutuou por toda a cozinha. Meu pai saiu correndo para desligar o forno e retirar o que sobrara da lasanha, mas queimou-se na forma quente e acabou deixando-a cair no chão respingando molho por tudo, inclusive nele próprio.

— *É… Melhor pedir pizza mesmo!* – papai falou olhando para nós dois, imobilizado, no centro da cozinha, com vestígios de molho em seu rosto e em seu cabelo, desacreditado com tudo que havia acontecido. E assim que ele deu o primeiro passo em nossa direção, pisou em uma fatia de presunto e saiu escorregando, até cair de bunda no chão.

Eu confesso que não consegui socorrê-lo de imediato, pois assim que nossos olhos cruzaram-se, caímos na risada. E rimos e rimos até a barriga doer. Até faltar ar.

E quando ele saiu andando em direção ao banheiro para tomar um banho e eu vi seu jeans encharcado de molho vermelho, bem na parte traseira, eu ri mais ainda.

44.

Havíamos terminado de limpar a cozinha quando notei um violão no canto da sala. Lembrei-me do antigo sonho do meu pai em ter uma banda e pedi para ele cantar um pouco para nós. Logo em seguida já estávamos mergulhados em uma coletânea de músicas antigas, todas elas tocadas e cantadas pelo meu pai.

Havia esfriado e era possível ouvir a chuva caindo do lado de fora. Pela janela via-se o céu cinzento. E por mais que não se visse as estrelas, eu sabia que elas estavam lá. Acima das nuvens nubladas e muito além do cinza, elas brilhavam.

Papai estava cantando quando o som da campainha ecoou por todo apartamento.

— *A pizza chegou* – ele falou, largando seu violão e indo em direção à porta.

Assim que ele abriu, imediatamente sua postura mudou.

As costas, que antes estavam relaxadas, tornaram-se tensas e eretas. Mesmo sem ver seu rosto, poderia dizer que por uma fração de segundos ele pensou estar delirando, vendo uma miragem, e eu poderia jurar que, embora seu corpo estivesse congelado, seu coração batia disparado muitas corridas de cavalo.

No lugar de um entregador de pizza havia uma mulher parada na porta, com os cabelos loiros completamente molhados, e as roupas também. Ao seu lado havia uma mala. Antes mesmo de ver o seu rosto, eu já sabia quem era.

— *Heitor...* – ela começou a dizer, desenfreadamente, ao mesmo tempo em que lágrimas pingavam de seus olhos. – *Eu sei que talvez eu não tenha nem mais o direito de estar aqui... E que talvez você já tenha seguido sua vida e encontrado outra pessoa. Mas eu recebi um novo diagnóstico, de que não é mais impossível para mim, para nós. E quando eu ouvi a notícia que mais queria na vida, percebi que sem você ao meu lado ela não fazia tanto sentido assim. Então eu vim aqui pessoalmente para pedir perdão se eu te fiz pensar que você não significava o mundo para mim. Porque você é!* – ela falava aos soluços. – *Você sempre foi e sempre será...*

Ele continuava parado. Petrificado. Como se tivesse buscando a certeza de que não estava sonhando, que era real, que ela estava ali. Vi o momento em que ele a abraçou com todas as suas forças, como se não fosse nunca mais soltar. Como se sua própria existência dependesse disso.

— *Você está aqui* – ele repetia, segurando seu rosto, seu cabelo, e tornando a abraçá-la novamente. – *Tudo o que importa é que você está aqui agora, meu amor. Você voltou para mim!*

Ele beijou-a com todo o desespero e toda a saudade que cultivara dentro de si mesmo por todo aquele tempo. E quando se afastou dela, segurou sua mão e virou-a para nós. Tão linda e dona de um olhar tão doce...

— *Hannah* – papai falou –, *eu quero te apresentar uma das pessoas mais importantes da minha vida... Quando eu voltei ao Brasil descobri que tinha uma filha da qual eu nunca soubera. Mas graças aos céus, nossos caminhos se cruzaram! Essa é a minha filha, minha Helena.*

Notei a forma amorosa como ele falou de mim para ela, como seus olhos brilharam ao mencionar o meu nome e em poder me chamar de filha para a mulher da vida dele. Uma estranha emoção repleta de melancolia apossou-se de mim. E eu percebi o quanto eu queria isso, ser sua filha.

Por um breve instante senti medo de que Hannah não me aceitasse. Que saber da minha existência fosse muito para ela, fosse muito para aguentar, muito para suportar... Afinal, tudo isso não me parecia justo de nenhum modo.

Uma filha descoberta depois de tantos anos por si só já é algo grande demais para gerenciar – na vida, na mente e no coração. Essa é já é uma daquelas notícias que reviram o mundo de cabeça para baixo e tiram tudo do lugar. Mas isso logo após a perda de um filho somada a uma separação e uma possível esterilidade... Enfim, poderia ser demais. Era demais! Um golpe duro e cruel. O nocaute covarde em um coração que já estava caído no chão. Jogado, estilhaçado e sangrando.

E se ela não me aceitasse, se ela não conseguisse... Então meu pai perderia pela segunda vez a mulher a quem tanto amava. E toda a esperança que vi acender em seus olhos viraria cinzas.

Para minha surpresa, o medo durou apenas um milésimo de segundos, pois o olhar doce que ela me ofereceu e o sorriso tímido em seus lábios derreteu qualquer gelo que pudesse existir. Mas como? Como ela conseguia? Foi aí que ouvi uma voz sussurrar em meus ouvidos uma frase simples e suave: *"O amor faz"*.

Talvez... Talvez fossem os meses distantes ou a descoberta recente do quão valioso era estarem juntos, viverem juntos, sofrerem juntos e também superarem juntos. Seja o que fosse, contanto que estivessem juntos.

Não saberia descrever por quantas metamorfoses essa mulher devia ter passado nos últimos meses, quantas vezes ela devia ter sentindo-se morrer e, então, ressurgir... Mas o fato é que gostei dela de graça, assim, de imediato mesmo.

O amor faz.

Um novo sorriso e, então, um abraço... Um abraço forte e, ao mesmo tempo, gentil.

— *Olha só...* – ela disse, olhando para Heitor, com um sorriso nos lábios e olhos brilhantes, prendendo dentro de si tantas águas salgadas. – *Ela tem seus lábios. E também o seu nariz... Você é tão linda, Helena! Olhando você posso imaginar um pouco de como nosso bebê seria...* – E, então, começou a enxugar algumas lágrimas que escorriam pelo canto dos olhos. – *Me desculpe, é só... Eu posso te dar mais um abraço?*

— *É claro* – respondi, aproximando-me de braços abertos.

— *Obrigada... Obrigada pelo presente de poder imaginar através de você como seria... Como nosso bebê seria* – ela falou enquanto me abraçava tão docemente como uma mãe abraça um filho, e chorando silenciosamente.

Quanto amor e talvez uma pequena pitada de cura coube nesse abraço?

Foi nesse calor que pude sentir o começo de uma bela amizade surgindo.

Então escutamos um pigarro um pouco forte demais, quase como uma tosse forçada. Todos nós viramo-nos em direção à porta – que permanecia aberta, com a mala de Hannah do lado de fora.

— *Boa noite! Me desculpe, eu ia tocar a campainha, mas a porta estava aberta... Eu vim trazer sua pizza* – disse o entregador, parado ao lado da porta, um pouco constrangido.

Começamos a rir.

Victor pegou as pizzas enquanto meu pai pegou a mala de Hannah e levou-a até seu quarto.

Pouco tempo depois estávamos ao redor da mesa, comendo e divertindo-nos, contando a ela o desastre que tinha virado a tentativa de fazer uma lasanha. E embora fizesse pouco tempo que conhecia meu pai biológico e pouco mais de uma hora que conhecia Hannah, ali, naquele momento, ao redor da mesa, eu sentia verdadeiramente que éramos uma família.

45.

Passava um pouco da meia-noite, Victor e eu havíamos acabado de entrar no carro.

— *Eu estava pensando…* – ele me disse. – *E se nós dirigíssemos até o nascer do sol? Se saíssemos por aí vagando de cidade em cidade? Eu, você e a estrada… Então, quando não tivesse nada à nossa frente que não fosse asfalto, eu pararia bem ali no meio e te convidaria para dançar em meus braços. Dançar ouvindo o silêncio e sentindo o sol tocar nossa pele – ou a chuva.*

Ele colocou uma mecha de cabelo atrás da minha orelha e deslizou a palma de sua mão na curva do meu rosto. Sorriu para mim.

— *Eu nunca vou saber dizer o quanto te encontrar mudou a minha vida… O quanto meu coração necessitava de você. E também nunca saberei dizer a profundidade do quanto eu realmente te amo…*

Essas palavras eram como flechas no alvo. E o jeito como ele as dizia me fazia chorar silenciosamente, porque essas lágrimas eram a forma mais sublime com que meu coração respondia.

Ele dizia tudo olhando em meus olhos, acertando a minha alma. E seu olhar era a franqueza estampada na cara, a verdade nua e crua. O amor vivo! Impossível que mentisse… Impossível que eu não fosse tudo para ele da mesma forma que ele era para mim! Na mesma intensidade, na mesma medida, sem tirar nem por. Igual. Nós dois mergulhados no mesmo rio, no mesmo mar, no mesmo céu.

Esse amor, tão forte e tão profundo, dominava-me, transbordava-me e, então, elevava-me. Ele era tão vivo e tão real, que o sentia dentro de mim, quase como uma dor física.

— *Você é minha princesa. Minha deusa. Minha sereia... Minha musa. Você é tudo! E ainda assim, minha. Toda minha. Só minha.*

Enquanto me beijava, seus dedos enroscavam-se no meu cabelo, deslizavam em minha nuca...

À medida que o ar foi ficando mais denso, o mundo ao nosso redor congelou e todas as outras pessoas foram lentamente sumindo, até que restasse apenas Victor e eu... Até que o centro desse universo implodiu nesse beijo, nesse toque, nesse cheiro. Nesses suspiros carregados de desejo.

Tudo o que eu podia sentir eram as mãos de Victor deslizando em meu corpo e puxando-me para seu colo, sentando-me sobre ele. O arrepio que nasceu em minha espinha e correu na minha pele quando sua língua traçou um caminho na curva do meu pescoço... Por onde passava, Victor deixava um rastro de fogo. Mas nenhuma chama queimava tanto quanto a que estava acesa em seu olhar.

Um convite silencioso.

Deleitar-me na escuridão de seus olhos. Conhecer as estrelas que brilhavam dentro dele. Ali mesmo, bem onde estávamos: no banco do carro.

Ainda conseguia ouvir o barulho da chuva que caía forte lá fora. O chiar das gotas contra o vidro, batendo no teto. A noite escura e cinza. Mas nada disso parecia existir enquanto eu estava sobre ele. Era apenas um borrão. Uma miragem distante e distorcida, enquanto sentia seus lábios contra a minha boca, seu toque em minha pele, enquanto escutava ao pé do ouvido seus gemidos contidos, suas palavras sussurradas. Enquanto o abraçava cada vez mais forte em busca de um ritmo desconhecido, de uma dança sincronizada. Uma dança de amantes.

Minhas unhas fincavam seus ombros, mas me era impossível parar.

O jeito que nossos corpos encaixavam-se era como se tivessem sido desenhados assim: juntos, um no outro, entrelaçados. Como se fossem fundidos em um, e esse fosse o ápice de sua perfeição.

E quando nossa dança chegou ao fim, meus olhos ainda lacrimejavam, pois eu não sabia como dominar a força de tudo que ele me fazia sentir. E quando ele me olhou dentro dos olhos, eu fui devorada pela profundidade que ali morava. O mesmo sentimento refletido, o amor, a necessidade, tudo. E eu soube novamente, ele era o meu ar, o meu coração e o meu destino. Tudo. Ele era tudo. E foi com essa consciência que o beijei novamente, e nesse beijo libertei minhas lágrimas para caírem. Acariciei seu cabelo. Embriaguei-me com seu cheiro. E jurei amá-lo até meu último suspiro e, se possível, além dele.

Manhã de domingo

A lua ainda estava no céu quando os primeiros raios solares surgiram. Ela estava lá, acima dele, quieta e discreta, um pouco apagada, preparando-se para sair de cena. Tons de azul iam do escuro ao claro, mesclando com laranja, rosa e dourado. Esse céu daria um belo quadro pintado por mamãe. Peguei meu celular e tentei filmar o nascer do sol. Comecei focando o céu, mas terminei capturando o sorriso de Victor olhando para mim. Quase desmanchei. Apaixonada nesse olhar.

Tínhamos andado de carro a noite inteira. Caímos na estrada, sem rumo, passando por cidadezinhas do interior paulista. Tomamos café da manhã em um restaurante na estrada. Pão de queijo recheado e café, *croissant* e suco.

E nós dois.

Beijos roubados, sorrisos de orelha a orelha, mãos dadas e olhos brilhando. Nós dois.

Continuamos rodando, rodando e rodando por aí... Queimando asfalto.

Estrada à nossa frente e campos verdes ao redor.

— *Ei, princesa...*

Olhei para ele e sorri.

Victor parou o carro, saiu e veio até mim. Abriu a porta e levantou-me até ele.

Sua mão em minha cintura puxou-me para mais perto até que um beijo ele me deu.

—*Agora que achamos o sol, acho que você me deve uma dança...* – ele disse, embalando-me em seus braços, levando meu corpo a dançar no silêncio a música que conhecíamos tão bem.

Cada passo, o jeito que meus braços ficavam envoltos em seu pescoço, a forma como nossos olhos encontram-se e conversam entre si. O ritmo lento em que nos mexíamos. O sol aquecendo nossa pele.

Gostava especialmente de suas mãos grandes e seus braços fortes. A curva de seu pescoço e o contorno de sua mandíbula bem marcada. A corrente escondida dentro da camiseta. A sua beleza selvagem e o olhar perigoso, negro e profundo, mas ainda assim, tão apaixonado e devoto. O charme que me enfeitiçava, amarrava-me e deixava-me à sua mercê.

— *Eu queria congelar este momento sabia? Você está tão linda, tão solta, tão leve… E em meus braços.* – Victor me beijou. – *Você é minha não é Helena? Diz pra mim… Preciso ouvir você dizer.*

— *É claro que eu sou sua. Só sua. Completa e unicamente sua. E você é único para mim. E o amor que tenho por você é só seu. Nunca houve ninguém antes de você e não existirá depois, pois sempre será você. Só você.*

Continuamos dançando o ritmo lento, em uma estrada no meio do nada.

Só ele e eu. Perfeito como deveria ser.

— *E se começássemos hoje aquela viagem? Uma semana pulando de cidade em cidade…*

— *E as roupas? Não temos nem malas aqui…* – falei sorrindo.

— *A gente compra por aí… E podemos dormir em pousadas. E improvisar um roteiro. Podemos ir para onde você quiser…* – Aquele sorriso cheio de promessas, aqueles olhos negros iluminados e suplicantes… Impossível resistir.

— *Já que essa ideia maluca e maravilhosa é sua… O roteiro é por sua conta. Surpreenda-me!*

46.

Passamos por caminhos montanhosos até entrarmos em Campos do Jordão.

A temperatura mais baixa com montes e montes de hortênsias decorando as ruas por onde passávamos e a arquitetura de estilo suíço teletransportaram-me para outro lugar, outro país. Meu coração bateu mais acelerado e aqueceu-se conforme a ansiedade por explorar cada cantinho floresceu em mim. Que lugar lindo!

Almoçamos em um restaurante no centro da cidade, de fachada simpática e florida e mesas e cadeiras ao ar livre, do jeito que eu gosto. Comemos truta grelhada com molho de alcaparras, acompanhada por um mix de saladas, arroz e fritas. Após o almoço, caminhamos um pouco no centro da cidade e aproveitamos para comprar algumas peças de roupas e calçados. Éramos como duas crianças soltas em uma loja de doces.

Voltamos a subir por estradas montanhosas até que chegamos a um hotel completamente cercado pela natureza. Fiquei extasiada com a beleza do lugar. A mobília toda em madeira contrastava com os tons claros da decoração. Muito bege, branco e marrom.

Passamos por um *deck* ao ar livre com sofás aconchegantes repletos de almofadas, cadeiras fofinhas e uma lareira. Tudo muito elegante e sofisticado, e ao mesmo tempo tão integrado à natureza e rodeado por muito verde e árvores altas. Ouvia-se o cantar dos pássaros, o balançar das folhas.

Na outra extremidade do hotel, uma piscina aquecida rodeada por muitas araucárias e uma bela iluminação. E ao canto, uma banheira de hidromassagem circulada por paredes e teto de vidros, proporcionando a mais bela das visões.

— *Este lugar parece que foi todo projetado pensando no paisagismo... Cada ambiente... É tudo tão lindo!* – comentei.

— *Eu sabia que você ia gostar, minha princesa!*

Victor acariciou meu queixo e me puxou para um beijo. Desmanchei em seus lábios.

— *Linda, vem... Vou te mostrar onde fica nosso quarto. Preciso de um banho e dormir um pouco, mas se você quiser curtir a piscina ou caminhar por aí, fique à vontade, tá? Aqui também tem um SPA. Vou agendar para você...* – Ele aproximou-se, cheirou meu cabelo e deu um beijo no topo da minha cabeça.

— *Você está me mimando muito. Desse jeito vou ficar mal acostumada.* – falei aos risos.

— *No que depender de mim, você terá o mundo aos seus pés, meu amor... E você sempre pode encontrar um jeito interessante de retribuir...* – Ele me deu um olhar tão descarado que senti meu rosto queimar imediatamente. Queimar não, incendiar! E tinha certeza de que estava vermelha. Muito vermelha. Dei um tapa em seu ombro. – *Seu safado!*

Victor soltou aquela risada rouca e despreocupada que eu tanto amava.

— *Adoro ver você assim, toda envergonhadinha. Fica mais linda ainda.*

Chegamos a um lindo chalé de madeira. O quarto perfeito, luz baixa, cama alta e macia, na sala uma varanda aberta com vista para a natureza. Novamente, a decoração deixou-me apaixonada. Pensei que poderia morar em um lugar daquele... Entre as árvores ou, quem sabe, perto do mar. Ter o céu sempre perto, limpo, azul. Não demorou muito para que eu me encontrasse desejando que anoitecesse só para ver as estrelas... Ali, com certeza, elas estariam mais perto e mais brilhantes.

Estava justamente na varanda quando o senti aproximar-se por trás de mim e me abraçar. Passou o nariz sobre minha nuca e, então, beijou exatamente ali, o que fez com que uma onda de arrepio percorresse meu corpo.

—*Aceita tomar banho comigo? Aqui tem uma banheira extremamente convidativa.* – falou enquanto mordiscava minha orelha, fazendo novos tremores surgirem dentro de mim. – *E dá pra fazer bastante espuma...*

—*Hummmm...* – disse, virando-me para olhar em seus olhos, mas acabei presa entre seus braços. – *Achei que você estivesse cansado.*

Victor seguia brincando com meu pescoço e eu apoiava-me no parapeito de madeira daquela bela varanda.

— *Nunca cansado demais para você...*

O hálito quente contra minha pele. As borboletas no estômago. A temperatura tornando a subir entre nós e dentro de mim. O calor envolvendo minhas pernas. Com certeza, ele sabia as sensações que estava me causando, pois colocou sua mão dentro da minha blusa e começou a subir e subir e subir.

— *Eu ouvi sobre um restaurante na cidade que é famoso por servir carnes exóticas...* – Victor comentou enquanto nos vestíamos para jantar.

O relógio marcava 20h30h.

Havíamos dormido o restante da tarde. Na verdade, dormimos cerca de três horas, mas já foi mais do que o suficiente para recarregar nossas energias.

— *O que acha de jantar lá hoje e ter novas experiências gastronômicas?*

— *Eu adoraria!*

— *Que bom, porque já fiz as reservas* – ele disse dando risada.

— *Que tipo de carnes são essas?* – perguntei curiosa, enquanto colocava bota.

—*Javali, faisão, coelho, avestruz... entre outras. Na verdade, eu ainda não provei esse tipo de culinária, mas acho que poderia ser uma das muitas coisas que podemos fazer pela primeira vez juntos.*

Sorri lembrando-me do nosso primeiro encontro. Uma noite de primeiras vezes.

De lá até aqui já haviam passado tantos meses. Minha vida tinha mudado tanto. Eu havia mudado tanto. Se me olhasse com um pouco mais de atenção, conseguiria notar as mudanças, o amadurecimento, a evolução.

Naquela primeira noite, Victor levou uma menina para a praia. Agora, ele estava levando uma mulher para jantar. Mas ambas igualmente apaixonadas.

Na realidade, amava-o mais, muito mais. A convivência faz isto: ou ela intensifica e fortalece o sentimento ou ela o destrói.

— *Eu amo todas as nossas primeiras vezes* – falei, jogando meus braços em seu pescoço. – *Em especial esta viagem...* – E dei um casto beijo em seus lábios. O jeito que ele sorria ao olhar para mim, a forma como seus olhos brilhavam... – *Eu ainda não acredito que estamos aqui, sabia? Que loucura!* – Esbocei um sorriso com a mesma sensação, inacreditável. – *Mas que maravilhosa loucura...*

Ele beijou-me novamente. Sorriu para mim com toda a devoção explícita no olhar. – *Nem eu... Mas to feliz pra caramba!*

— *Eu também!* – respondi ainda abraçada a ele. – *Você me faz sentir coisas que nunca imaginei sentir antes. Seu amor me leva a lugares novos, desconhecidos e maravilhosos. Eu te amo tanto... Mas tanto!*

— *Eu te amo, minha menina. Minha princesa!* – Ele acariciou meu rosto com tamanha leveza que também tocou minha alma. – *E você está linda.*

— *Obrigada, meu amor. Você também!* – falei olhando para ele. – *Você é tão lindo... E você tem um charme, um jeito de sorrir, de falar e de olhar que me desmancha. E o seu cheiro... Você não tem noção do que ele me causa. Ele me embriaga. Você é perfeito!*

Um beijo e outro beijo. Quando foi que nos tornamos tão intensos assim? Necessitados. Falando tudo o que sentíamos, sem esconder sentimentos, deixando todas as cartas expostas na mesa. Entregando-nos! Sei lá, acho que sempre fomos assim. Ao menos um para o outro.

Quando saímos do chalé olhei para cima. As estrelas eram exatamente como eu imaginava. O céu parecia uma tela pintada em azul marinho repleto de purpurina prata. Uma onda de vento gelado encontrou-nos, então Victor abraçou-me um pouco mais forte. As árvores pareciam todas negras. E as estrelas... As estrelas eram tantas que mais pareciam um bocado de poeira espalhadas no chão da noite.

Enquanto atravessávamos a rua, vi nosso reflexo em um espelho e notei tão claramente o quanto combinávamos. Realmente, formávamos um belo casal. Ambos de preto e jaqueta, sorriso no rosto, olhos iluminados e dedos entrelaçados.

Recordei brevemente de um antigo receio, de como já tinha pensado ser tão pouco para ele, diante dele. Não me achava à altura de receber tanto amor e tanta devoção de Victor, por todas as faltas que eu considerava ter em mim – a ausência de um bom emprego ou, ao menos, ter entrado na faculdade, por não ter feito grandes acontecimentos na minha vida. E por mais que eu fosse extremamente feliz dentro do meu próprio mundo, satisfeita em minha pele, diante de alguém como ele, que me arrebatou só com a presença, eu julgava-me simples demais, totalmente desinteressante. Mas, ainda sim, eu nunca tive forças para resistir, nunca consegui conter meu coração ou meus impulsos, nunca consegui ao menos sequer tentar impedir que acontecesse... Eu o amei muito antes de me dar conta de que era amor. Eu já o desejava e necessitava dele antes mesmo de entender essa necessidade.

Que bom!

Que bom que não resisti, que bom que me permiti, que bom que para ele minha resposta sempre foi sim. Porque então, olhando nosso reflexo no espelho, eu realmente achei que nascemos um para o outro. Fomos feitos para ficar assim: juntos.

E a culpa de tudo isso era completamente dele!

Era o jeito como me amava e me tocava, os calafrios que despertava em minha pele. Eram as palavras que ele me falava ao ouvido e toda a franqueza explícita no olhar. Era seu sorriso apaixonado e seu charme que me desmanchavam inteira, era o seu cheiro... Era o modo como respeita meus sentimentos e a preocupação genuína com o meu bem-estar, meu coração. Era o desejo estampado na cara, a excitação nos movimentos, por mim, só por mim. Era o tratamento por igual, era saber que verdadeiramente estávamos lado a lado. Era o andar no mesmo passo.

Ele nunca, nem por um momento, fez com que eu me sentisse menos. Ele sempre me fez com que eu me sentisse única e a mais sortuda de todas as mulheres.

O restaurante era adorável!

Amei a decoração e o cuidado com a iluminação do ambiente. As velas discretas sobre a mesa, as flores e a música ao vivo… Tudo perfeito e pensado com carinho para tornar a experiência o mais gratificante possível.

Só faltava saber se a comida era boa, e que surpresa excepcional foi quando começamos a degustação. Iniciamos com a linguiça de javali grelhada, macia e suculenta. No prato principal eu optei por faisão assado com purê de mandioquinha ao molho de frutas vermelhas e Victor optou por avestruz grelhado com legumes ao molho *poivre vert*.

Deliciamo-nos com nossos próprios pratos e, obviamente, um no prato do outro.

Após o jantar, caminhamos pelas ruas da cidade iluminada, jogando conversa fora, curtindo a presença, a companhia, o estar juntos. Sentia-me em outro país ou, quem sabe, em outro mundo, só nosso! Feito para Victor e eu.

A noite perfeita.

E pensar que foi só a primeira…

47.

Segunda-feira

O sol invadia e preenchia cada centímetro do quarto.

Victor caminhava em minha direção com uma bandeja preparada para um delicioso café da manhã. Frutas, pães, queijos e embutidos, suco e café. Mas o melhor mesmo foi a visão dele caminhando até mim sem camisa, descalço, com o cabelo bagunçado e um sorriso de tirar o fôlego.

— *Bom dia, princesa!* – ele me disse pousando a bandeja na cama e me dando um casto beijo nos lábios.

— *Bom dia!* – respondi sorrindo. – *Que horas são?*

— *Não se preocupe. Ainda é cedo… Muito cedo!*

— *Hummm… O cheiro está maravilhoso! Café da manhã na cama? Você sabe que está me deixando mal acostumada não sabe?*

Victor soltou a risada mais gostosa e espontânea que já tinha visto, deixando-me encantada.

— *Tudo por você, princesa!*

— *Eu te amo… Obrigada por tanto.* – falei, olhando em seus olhos. – *Você me faz mais feliz do que um dia eu imaginei que pudesse ser!*

— *Eu te amo, Helena! Você verdadeiramente é a luz da minha vida! Meu sol, minha estrela, meu caminho… E só bastou com que eu te olhasse para que tudo isso se tornasse real para mim.*

Ele acariciou a curva do meu rosto, beijou minha mão.

— *Nada é tão bom quanto amanhecer do seu lado... Gostaria de passar o resto dos meus dias assim com você.*

— *Uma promessa de futuro?* – perguntei enquanto pegava uma uva.

— *Uma promessa de vida!*

Promessa que arrebatou meu coração! Disparou meus batimentos em uma corrida de mil cavalos. E ele olhava dentro dos meus olhos, sem pestanejar, sem desviar, confirmando com a alma tudo que dizia em palavras...

E eu nem precisava falar mais nada, ainda estava sem ar.

Mas o brilho nos meus olhos e o riso que não saía do meu rosto foram a mais verdadeira resposta.

Nós nos pertencíamos.

Ali e para sempre.

Após o café da manhã ficamos cerca de 40 minutos na piscina e seguimos para o SPA da pousada. Que experiência! Saímos de lá renovados.

Fomos ao Amantikir, um parque com jardins esplêndidos. Para uma amante de paisagismo como eu, esse passeio foi um presente. Na verdade, desde o instante em que caímos na estrada foi. Tiramos fotos incríveis e desfrutamos de uma bela vista para as montanhas.

Almoçamos em outro desses restaurantes maravilhosos que ficam no Capivari – região do centro da cidade. Após o almoço, seguimos rumo à estrada de ferro e passeamos na Maria Fumaça. Também nos deliciamos em algumas das chocolaterias da cidade – compramos vários deles e separamos alguns em especial para presentear mamãe quando voltássemos para casa.

Perto do sol se pôr, percorremos uma das montanhas de carro, subimos a um dos pontos mais altos e afastados da cidade. Lá havia um extenso gramado. Estendemos um lençol no chão, sentamos e ficamos ali, esperando o sol partir. Só nós dois, longe de tudo e de todos. Novamente envoltos por um mundo que por alguns instantes era só nosso.

De repente, o show começou quando o sol encontrou a linha do horizonte. Dourado, laranja e rosa começaram a cobrir o céu conforme o azul-claro transformava-se em escuro. Raios percorriam de uma extremidade a outra e lá embaixo tudo se tornou negro, só o contorno das arvores existiam.

A visão mais linda.

Um quadro que nunca seria pintado. Não daquela forma, tão perfeito quanto aquele céu que em breve estaria tão diferente. Em constante metamorfose.

Meu coração foi inundado, um misto de sentimentos apossou-se de mim. Sentia todos eles juntos, misturados e, então... Todos congelaram, explodiram e esvaíram-se quando Victor me beijou, e em seus lábios derramei-me. Ele fez amor comigo, até que a noite cobriu o céu por inteiro e tudo que havia acima de nós eram milhares de estrelas brilhantes e reluzentes. E enquanto estava sobre mim e nossos corpos ainda eram como um só, ele olhou-me nos olhos com o olhar mais profundo com que já fui olhada e nele eu vi o amor. E nada do que eu pude contemplar até então era tão lindo quanto isso. Tão vivo e tão real. Tão sublime e tão verdadeiro.

— *Eu te amo* – sussurrei, com as lágrimas escorrendo do canto de meus olhos, e com a necessidade ardente de beijá-lo mais, senti-lo mais, como se em cada toque eu pudesse jorrar para dentro dele tudo que havia dentro de mim, e o beijei, e nesse beijo tornei a me derramar nele.

Nos braços de Victor descobri prazeres desconhecidos para mim. Eu suspirava e gemia, queimava em sua pele...

Mas o que fizemos naquele momento era amor. O mais puro e sublime amor.

Terça-feira

Ao amanhecer, continuamos nosso *tour* por aquele lugar tão especial chamado Campos do Jordão. Andamos a cavalo e conhecemos a Ducha de Prata, e aproveitamos e compramos alguns presentinhos no local. Também andamos de bondinho e subimos de teleférico para apreciar a cidade do Morro do Elefante. E que vista maravilhosa!

Quando o fim da tarde aproximava-se, Victor falou que tinha um destino especial para nós dois, mas que ainda era uma surpresa. Então por volta das 17h chegamos a um Mosteiro cercado por belos jardins. Algum tempo depois deu-se início à oração das monjas junto ao canto gregoriano. Nesse dia, nada foi tão emocionante quanto a suavidade e a singeleza do canto das religiosas.

À noite fomos a outro restaurante na cidade, com decoração igualmente incrível e aconchegante. A arquitetura e a iluminação do lugar eram como um sonho. Perfeito para nossa última noite na cidade.

O *fondue* de queijo, carnes e chocolate com frutas estava divino.

Existia um clima de romance pairando sobre nós, do modo como nos movíamos até a forma como nossos olhares cruzavam-se. O sorriso bobo e despretensioso nos lábios... As borbulhas no meu estômago.

Foi assim que nos despedimos da primeira parada em nossa tão doce e inesperada viagem.

48.

Quarta-feira

Observando as árvores correrem de acordo com a velocidade que seguíamos pela estrada, elas eram um borrão verde, assim como os primeiros traços de tinta que mamãe joga em seus quadros.

O sol refletia nos cabelos de Victor enquanto ele dirigia. Apenas asfalto na nossa frente e atrás de nós. Peguei-me pensando em como adorava o desenho das curvas de seu rosto, os traços ressaltando sua mandíbula bem marcada, as linhas que desenhavam seu pescoço. Olhar para ele era como contemplar o paraíso com meus próprios olhos. E assim, de óculos escuro, aviador, com o cabelo bagunçado… Um paraíso ardendo em chamas.

No rádio tocava "Hold you till we're old", de Jamie Miller, e ao ouvir essa música fui transportada para mais cedo nesse.

Nós dois, envoltos em lençóis brancos. Os braços de Victor abraçando-me, sua pele tão suave na minha. Seus beijos em meu pescoço. O jeito que mordia minha orelha. Sua mão grande apertando minha cintura, percorrendo um caminho em minhas pernas. Os suspiros em meu ouvido.

Olhei para o lado e peguei de relance seu sorriso. Desmanchei por dentro.

Poderia jurar que o sol brilhava em meu olhar.

E a forma como ele mordeu os lábios… Trouxe mais uma onda de arrepios por todo o meu corpo. Era como se ele conhecesse meus pensamentos.

E a áurea sobre nós… O perfume… Ah, esse perfume…

O amor queimando dentro de mim.

Sempre em mim…

A estrada seguia e as árvores continuavam como um borrão verde, mas, com certeza, era o borrão mais lindo que eu já havia visto! Afinal, meu coração estava nessas estradas.

———

Cerca de três horas tinham passado quando avistei a entrada de Brotas.

Nossa próxima parada havia finalmente sido revelada.

— *Que tal acrescentar um pouco de adrenalina aos nossos dias?* – Victor perguntou com excitação evidente na voz. – *Bem-vinda à cidade mais radical de São Paulo!*

De imediato senti um frio na barriga com todas as possibilidades à nossa frente. E, de repente, eu estava muito empolgada.

Uma nova onda de eletricidade percorreu todo o meu corpo, tão forte e tão intensa que até as borboletas que moram em meu estômago foram afetadas.

Dessa vez, hospedamo-nos em um hotel fazenda. Lá, ficamos em um apartamento rodeado pela natureza. O hotel por si só já possuía atrações suficientes para nos entreter pelos próximos dias… Um espaço imenso, repleto de animais de fazenda e belos pomares, com muito verde e um lindo paisagismo.

O quarto era incrivelmente aconchegante, a cama espaçosa e fofinha com muitos travesseiros macios. Aquele ar de fazenda predominava em todos os detalhes da decoração, deixando-me ainda mais apaixonada.

Estava na varanda do quarto admirando a paisagem ao redor quando senti os braços de Victor envolver-me em um doce abraço.

— *O que acha de colocar um biquíni?* – ele sussurrou no meu ouvido. *– Aqui existe um lugar que foi feito para você… Estou louco para te levar lá.*

— *Sério?* – Virei-me, entrelaçando os braços em seu pescoço. – *E que lugar seria esse?*

— *Você já ouviu falar das areias que cantam?*

— *Não que eu me lembre. O que são?*

— *É uma surpresa. Logo você vai descobrir!* – ele respondeu com os lábios dele nos meus, deixando-me perdida em seu beijo.

Percorremos algumas trilhas na natureza selvagem e a cada novo passo mais maravilhada eu ficava. O jeito que as árvores fechavam entre si, troncos finos, altos e compridos, a forma como os raios de luz invadiam e iluminavam, o contraste entre vários tons de verde. A beleza crua de um lugar preservado em sua essência. Mas nada tinha me preparado para o que estava por vir: uma nascente de águas cristalinas envolta por muitas árvores e uma passarela de madeira. Uma visão atordoadamente linda. Um show de natureza exuberante, apenas para Victor e eu.

Ao fundo da piscina de águas naturais via-se a areia branca – finíssimos grãos de quartzo. E do meio deles água brotava e jorrava sem parar. Algo tão singelo em meio a toda aquela mata nativa me fez pensar que talvez essa nascente fosse o coração daquela pequena floresta e a água que nascia do fundo desse pequeno lago fosse o seu pulsar.

Eu realmente estava sem ar.

O silêncio que existia ali era quase como uma devoção da própria natureza para aquele lago. Só se ouvia os pássaros cantando e o balançar do vento entre as folhas. Tanta calmaria, tanta paz.

— *Chegamos* – Victor falou ao pé do meu ouvido, abraçando-me por trás. – *É infinitamente mais lindo do que nas fotos que vi.*

— *É tão lindo, tão perfeito que eu… Eu estou sem palavras!*

— *Sabe, princesa, eu escolhi vir para cá* – ele continuava a sussurrar no meu ouvido – *especialmente por causa disso, desse lugar… Porque eu precisava ver a minha sereia nadar nessa água.*

Suas palavras envolviam, seduziam-me, eram como mel em seus lábios. Então eu provei deles.

Assim que coloquei meus pés na nascente, notei que a água estava morna, os dias quentes mantiveram-na aquecida. Estava nadando, flutuando, imersa em meu próprio mundo, quando notei que Victor permanecia sentado em um banquinho de madeira no canto de passarela, olhando para mim. Porque eu sempre via o universo brilhando naquele olhar?

— *Vem nadar comigo?* – pedi com um sorriso.

— *Me deixa te olhar mais um pouco...* – ele respondeu com a voz rouca, quase em um sussurro. Seus olhos negros e profundos pareciam estar dilatados e dentro deles brilhavam milhões de estrelas e galáxias.

Estava flutuando quando senti um raio de luz solar aquecer minha barriga. Só fechei os olhos e permiti-me viver esse momento. Passaram minutos ou horas, não sei. O tempo pareceu ter congelado ou apenas deixado de existir. Mas no instante em que os abri, Victor estava ao meu lado.

Só então dei-me conta de que o guia que havia nos direcionado até ali já tinha ido embora. Deixando apenas nós dois.

Ele me puxou para perto, firmando suas mãos em minha cintura, e começou a mover-nos lentamente na água, em uma nova dança silenciosa. Envolvi meus braços em seu pescoço, senti o calor da sua pele contra a minha. Nossos corações batendo no mesmo compasso.

Corri as pontas dos meus dedos pela corrente dourada que enfeitava seu pescoço, acariciei seus ombros e, por fim, tornei a subir minha mão até sua nuca, entrelaçando meus dedos em seu cabelo.

Nossos rostos, lado a lado, encostados. Nossas respirações, entoadas. Nosso ritmo, perfeito.

♪ "Homens sábios dizem

Que só os tolos se apressam

Mas eu não consigo evitar

Me apaixonar por você." ♪

Ele começou a cantar "Can't help falling in love" quase em um sussurro bem perto dos meus ouvidos. Seu hálito quente afagou minha orelha e a doçura das palavras cantadas aqueceram meu coração.

♪ "Eu deveria ficar?

Seria um pecado

Se eu não conseguir evitar

Me apaixonar por você." ♪

Vez ou outra, ele olhava em meus olhos enquanto dançávamos ao som de sua voz e acariciava levemente o meu rosto, sem perder o movimento, sem interromper nossos passos, sem parar nossa dança.

♪ "Como um rio que corre
Certamente para o mar
Querida, é assim
Algumas coisas estão destinadas a acontecer
Pegue a minha mão
Tome minha vida inteira também
Porque eu não consigo evitar
Me apaixonar por você." ♪

Victor tornou-se tudo ao meu redor. De repente, tudo que existia era ele.

Apenas ele.

Eu estava tentando conter as lágrimas, evitar que elas descessem, mas o amor em meu peito era tão forte, mas tão forte e tão intenso, que se materializava assim, nesse olhar embargado, nessas lágrimas apaixonadas...

Lágrimas da mais pura felicidade.

Lágrimas do mais singelo amor. Único e verdadeiro amor.

♪ "Porque eu não consigo evitar
Me apaixonar por você." ♪

E ao som da última estrofe, ele sorriu para mim e ternamente beijou meus lábios.

49.

Quinta-feira

O dia amanheceu cheio de promessas. Um tanto quanto divertido, um tanto quanto eletrizante.

Logo após o café da manhã fizemos cachoeirismo. Descemos uma altura de 47 metros pela cachoeira Santa Eulália, presos apenas por um equipamento de segurança.

Assim que chegamos ao topo para iniciar a descida, senti minhas pernas fraquejarem, um frio avassalador pairou dentro do meu estômago, como se todo o ar tivesse virado gelo dentro de mim.

— *Não precisa ser rápido. Você pode ir devagar, tranquila, no seu tempo... Só curtindo a vista* – o instrutor falou, tranquilizando-me. – *Além do mais, o equipamento é muito seguro e nós estaremos por perto se você precisar.*

— *Obrigada!* – eu respondi, oferecendo o meu mais gentil sorriso, tentando esconder o nervosismo presente na minha voz... Mas até meus poros estavam dilatados.

Porém eu estava decidida, determinada, não iria mais retroceder.

Então eu fui.

Comecei a descer, devagar e lentamente... Respirei fundo, controlei a emoção, fechei os olhos. Continuei indo, um passo após o outro. Queria ser um pássaro voando contra os raios da manhã, tocando as asas na água que caía.

Um passo após o outro. Um passo após o outro.

A respiração foi saindo, fluindo e se acalmando, os batimentos do meu coração desacelerando. Pássaro voando.

Abri os olhos e parei.

Parei no exato momento em que senti meus músculos relaxarem enquanto a água espirrava em todo o meu corpo. De repente, eu estava tão leve. Tão leve e tão feliz.

Eu comecei a sorrir, olhei para o lado e encontrei os olhos do Victor, olhando-me. Meu coração explodiu em uma enxurrada de endorfina e serotonina. Então olhei para cima. Fechei meus olhos e gritei, gritei toda a felicidade presa dentro de mim. Abri meus braços, senti o calor aquecendo a minha pele, gritei novamente, gritei toda a emoção e adrenalina, toda a liberdade.

Um pássaro voando livre.

Pude escutar o sorriso gostoso que saiu do Victor ao me ouvir, até que ele começou a gritar também. Ali, tão leves, tão soltos, tão felizes.

E as nossas vozes, elas ecoavam por entre as rochas.

Olhei para cima outra vez, o céu azul tão limpo... E a água que corria da cachoeira acima de nós... Ela caía sem sentir medo. Só descia e descia, jorrava. E nos lavava nessa descida. Sorri silenciosamente e deixei a água me molhar.

Nossas vozes – nossos gritos – tornavam-nos cada vez mais livres.

Por uma fração de segundos o mundo era nosso.

Descemos e fomos descendo cada vez mais e mais rápido. Se pudéssemos, estaríamos correndo nessa descida. Se pudéssemos, só nos jogaríamos como a água ou voaríamos como os pássaros.

Almoçamos no restaurante do próprio hotel fazenda. Comida de roça. Fogão a lenha. Uma delícia! Finalizamos o dia fazendo *rafting* no Baixo Jacaré. Senti minha alma sair do corpo várias e várias vezes, a cada nova corredeira ou queda emocionante. Nada que eu tenha experimentado foi tão radical e tão cheio de adrenalina quanto descer aquele rio num bote inflável. Gritos eletrizantes seguidos por um frio na barriga muito intenso, como se o pé do meu estômago tivesse sido congelado, e então, gargalhadas, muitas gargalhadas.

Quando saímos de lá eu estava encharcada. Minhas pernas pareciam que tinham se transformado em duas geleias, mal conseguia dar dois passos sem cair na grama. Portanto só deitei no chão e comecei a rir até doera barriga, até faltar fôlego, pois eram esses risos que extravasavam todas as emoções incríveis que eu sentia.

E ali, deitada na grama com Victor ao meu lado, segurando minha mão, olhei o céu azul, tão azul e tão limpo que nem se viam as nuvens. O sol aquecia nossa pele e até secava um pouco mais as nossas roupas molhadas no corpo... Mas nada estava tão aquecido quanto o meu coração. Ali, com Victor, o mundo ao meu redor era perfeito. Era como se estivéssemos correndo livremente por um campo de dente-de-leão, todas aquelas florzinhas brancas desfazendo-se e voando, e ali no centro, nós dois, tão livres, tão radiantes, tão leves...Vez ou outra nossos olhares se cruzavam e, caramba, como eles brilhavam! Eu me via naqueles olhos.

E sabe, a vida, esta vida, ela é a coisa mais bonita e mais valiosa que tínhamos.

Victor e eu.

O amor, esse amor...

Terminamos a noite ao redor de uma fogueira ouvindo músicas de viola, que alguns homens de chapéu cantavam e tocavam para a lua. Entre *country*, modão e sertanejo, eles começaram a cantar:

♪ "Na linha do tempo, o destino escreveu
Com letras douradas, você e eu..." ♪

Sexta-feira

Ainda pela manhã percorremos algumas trilhas de *buggy* com belas paisagens até chegar ao Mirante. Admirar vistas de tirar o fôlego já fazia parte dos nossos dias desde que iniciamos essa viagem, mas, mesmo assim, eu não me cansava, nunca me cansava. Andamos a cavalo e alimentamos alguns dos animais da fazenda. Mais tarde, repousamos em uma rede presa em árvores bem frente a um lago. Compartilhando o mesmo fone de ouvido, balançando lentamente, as mãos de Victor corriam o mesmo percurso por toda a extensão da minha costa, subindo e descendo, subindo e descendo. Seu toque, lento e suave, mas constante, sempre constante, deixava uma trilha de aconchego e paz, arrepios e chamas, e tudo mais que só ele despertava em mim.

— *Estamos com sorte* – ele me disse. – *Hoje é noite de lua cheia...*

— *Hum...*

— *Vem, vamos nos trocar.* – Victor falou, puxando-me em direção ao nosso quarto com empolgação evidente na voz. – *Você vai amar o que preparei para a nossa noite!*

Enquanto corríamos como duas crianças soltas pelo gramado, vez ou outra ele parava e me arrancava alguns beijos e suspiros.

Já se aproximava das 19h quando chegamos ao destino. O céu escuro era um belo degrade de azul-marinho e azul-petróleo. E a lua pairava nele tão baixa e imensa, tão gigante, amarelada e linda, que tomava todas as atenções para si. Se esse céu fosse um quadro pintado por mamãe, certamente a lua seria o centro dele.

Eu seguia buscando pistas do que faríamos a seguir. Pensei em um piquenique em algum lugar mais alto – no topo da colina talvez, ou, quem sabe, sentar em um banquinho envolta pelos braços de Victor e só apreciar o céu, o que me fez pensar em velas, manta quentinha e músicas, muitas músicas... Mas quando as pistas vieram ao meu encontro e revelaram-se, nada seria tão surpreendente quanto aquilo: uma tirolesa noturna.

— *Vamos voar pela noite, princesa, Eu e você, a 110 metros de altura* – Victor disse com o hálito quente acariciando o meu ouvido.

As estrelas.

Enquanto meus pés flutuavam pelo ar, eu sentia que estava mais perto delas, tão perto que até poderia tocá-las se quisesse. Tão perto que até dançaria no ar e acariciaria a lua, porque ali, vagando sobre os caminhos de Brotas, voando entre as mais altas árvores, era como se eu pertencesse àquele lugar, ao céu e a todas essas coisinhas brilhantes no alto.

Victor seguia ao meu lado, nossas mãos dadas, nossos dedos tão entrelaçados quanto nossas almas.

Disparado, meu coração batia muito rápido, mas existia uma canção nessas batidas. Uma canção desconhecida. E as estrelas... Elas ouviram! Ouviram e dançaram.

Então, da relva começaram a surgir pequenas luzes brilhantes, e elas subiam e se mexiam e dançavam entre si. Do alto, de onde eu estava, pareciam estrelas brilhando no chão, como se o céu tivesse caído, despencado para de baixo dos meus pés. Algumas dessas pequenas luzes ousaram subir um pouco mais alto, e foram subindo e subindo, até que voavam ao meu redor e acima de mim.

Ah... Vaga-lumes!

Começou a tocar "Home", de Edith Whiskers, no fone de ouvidos que compartilhávamos. E a canção, o jeito que as notas brincavam melodiosamente, a doce melancolia naquela voz, tornou tudo perfeito.

♪ "Lar é qualquer lugar que eu esteja com você." ♪

Cantarolamos e assobiamos uma ou outra estrofe. Nossos pés balançando ao vento.

Havia mágica em todo o lugar, algo de eterno envolvia-nos nas estrelas, que pareciam misturar-se com os vaga-lumes, na forma como a lua pareceu chegar mais perto. No calor das mãos de Victor segurando tão docemente as minhas. E, principalmente, quando eu percebi que nada brilhava tanto quanto seus olhos ao me olhar... Nem a lua, nem as estrelas, nem os vaga-lumes.

— *Oh céus! Você é a visão mais linda de se ver...* – ele me disse com seus olhos de constelações. Negros e profundos. Sempre profundos. – *Nada me agrada tanto quanto você!*

Ele sorriu para mim e todos os pontos de luz ao redor dele foram ofuscados.

50.

Sábado

Estávamos na estrada quando os primeiros raios da aurora reverberaram por todo céu paulistano. Despedimo-nos de Brotas para amanhecer em Holambra, junto aos mais belos campos de flores.

Tomamos café em um pequeno bistrô – adorável e aconchegante – marcado pela arquitetura holandesa, assim como o restante da cidade. Enquanto comíamos na varanda, o cheiro doce e suave de dama-da-noite inundava o ar nas ruas calmas e tranquilas. Não pude deixar de pedir uma fatia de bolo de limão siciliano com uma xícara de café, o que me fez voltar para casa, para nossa mesa branca de cadeiras azuis. Para nossas manhãs de sábado.

Eu senti saudades. Não qualquer tipo de saudade, mas uma saudade tão doce e tão suave quanto o cheiro das ruas de Holambra. Uma saudade gostosa, que me dizia quem eu sou e de onde eu vinha. Dentro de mim mora o meu lar.

— *Você já pensou no nome?* – Victor perguntou enquanto roubava um pedaço da minha fatia de bolo.

— *Que nome?* – perguntei distraidamente, dispersa, olhando as árvores que deixavam algumas de suas mais belas flores caírem ao chão.

— O nome do bebê...

— *Ah...* – Sorri com ternura ao pensar no bebê que se abrigava no ventre da minha mãe, que nem tinha nascido, mas já tinha um coraçãozinho que batia tão forte... – *Eu ainda não sei. Escolher o nome é algo tão precioso, tão especial, tão importante, sabe?*

— *Uhum* – Victor segurava uma de minhas mãos, brincava com meus dedos, beijava-os todos, um a um, arrancando-me muitos sorrisos.

— *Você está me distraindo com seus beijos espertos...*

— *Estou, é? Mas eu gostaria de continuar dedicando muitos beijos a minha namorada* – ele falou entre um beijo e outro. – *Você é tão linda, sabia? Não existe nada em você que não seja perfeito. Até seus dedos são lindos. E a forma como você os preenche com esses anéis os deixa mais lindos ainda...* – Outro beijo. – *Mas eu gosto especialmente deste aqui.* – Victor passou os lábios em meu dedo anelar, exatamente onde estava nossa aliança, e deu uma leve mordida. – *Porque este aqui mostra que você é minha* – ele concluiu com a voz rouca.

— *Eu acho que você deveria parar de fazer isso...* – falei, com um suspiro.

— *Por quê?* – ele perguntou tão baixo, quase que em um sussurro, dedicando sua atenção em deixar um rastro de beijos da palma da minha mão, chegando até meu pulso.

— *Você sabe porque...*

— *É.* – Um beijo mais demorado no pulso, arranhando levemente com o dente minha pulseira. – *Eu sei... Mas ainda quero te ouvir dizer.*

— *Porque você está perturbando meus sentidos e minha mente, distraindo-os, e concentrando todos eles na sua boca.* – Suspirei ainda meio atordoada. – *Está me deixando com aquela sede que você só vai poder satisfazer mais tarde...*

— *Ah, com certeza eu irei satisfazer...*

Um calafrio percorreu meu corpo com a doce e tentadora promessa. Ele deu um último beijo em meu pulso e voltou seu rosto para mim em um sorriso tão sedutor que me deixou mais perturbada do que seus curtos e leves beijos.

— *Nomes... Estávamos falando de nomes* – falei, tentando acalmar meu coração, mudar o foco da necessidade que crescia em mim. Necessidade de mais dele, de nós, em qualquer lugar que fosse privado e silencioso...

Ah, essas borboletas... Benditas borboletas dançando dentro de mim.

— *Sim, falávamos sobre a importância de escolher um nome.*

— *Porque os significados são importantes...* – respondi, dominando minha própria avalanche de sensações. – *Eram assim que os povos antigos escolhiam os nomes de seus filhos. Era quase como uma promessa de futuro para aquele que estava por nascer, como uma mensagem a ser passada... Existia um motivo importante por trás da escolha, cada nome carregava uma história.* – Sorri. – *Por exemplo, você sabia que seu nome significa vitorioso?*

— *Nossa! Isso é bem interessante, visto que nem sempre eu me senti assim.*

— *Assim como?*

— *Vitorioso...*

Olhei em seus olhos, com respeito, compreensão e amor, numa súplica silenciosa para que continuasse. Ele leu meu olhar e, então, continuou:

— *Meus pais... Os desdobramentos entre eles me afetaram mais do que eu deixei transparecer. Eles...* – Victor fez uma rápida pausa, como se tivesse voltando para o passado. – *Eles me roubaram a esperança no amor. Acho que é isso. Não é que ele não existisse, afinal, eu... Eu o via na forma como minha vó nunca deixou de lavar as roupas do meu avô mesmo quando ele morreu, tudo porque ela gosta de abrir o guarda-roupa pela manhã e ver o modo como elas ficam juntas – as roupas dele e as dela, juntinhas, penduradas nos cabides, lado a lado. E ela ainda compra o perfume que ele usava e borrifa do lado dele na cama, só para sentir o cheiro dele quando vai dormir. Porque tudo isso o traz para perto dela de novo. A presença dele nunca se vai, ele está tão vivo nela e em tudo que ela faz e em quem ela é.* – Os lábios de Victor curvaram-se em um sorriso tão singelo que comoveu meu coração. – *E vez ou outra, eu ainda a vejo abraçando aquele mesmo suéter verde-escuro que ele tanto usava... Então eu o via dessa forma. Eu via o amor assim, em porta-retratos e em fotos antigas, mas não em mim. Nunca para mim. Quando tudo se quebrou entre eles, quebrou em mim também, então eu achava que não precisava... Não merecia. Eu via meus pais e, sabe, eu não achava que era possível. Era como se esse tipo de amor fosse uma dádiva entregue no passado e só existisse lá. Não neste tempo, não na minha vida. E, então, eu vi você, e eu só precisei te olhar.* – A suavidade com que ele dizia cada uma dessas palavras e a forma como me olhava, como sempre me olhava, roubou todo ar ao meu redor. – *Bastou passar ao seu lado e sentir seu cheiro. Bastou ver o seu sorriso para que todas as minhas defesas desmoronassem. Bastou dançar com você, nossa dança silenciosa, para que todos os meus muros fossem destruídos.* – Ele sorriu para mim. – *Você mudou tudo. E sabe, você só precisou existir para isso... Eu te amo tanto, Helena, como jamais fui capaz de amar alguém... E eu amo tudo a seu respeito: A forma como você sempre chora quando está feliz demais e deixa a ponta do seu nariz levemente avermelhada. E o sorriso de canto de rosto que surge quando você fica tímida. E eu amo te olhar enquanto dorme, porque eu juro, você se parece com um anjo... Eu amo te sentir em mim. Eu amo te tocar. Eu amo seus suspiros e seus beijos. Eu amo todas as nossas aventuras. Eu amo que você esteja comigo aqui e agora. Eu realmente amo todas as nossas danças... E caramba, eu quero dançar com você pelo resto da minha vida!*

Com os olhos cheios de lágrimas, marejados, lancei-me sobre ele em um beijo completamente apaixonado. Sussurrei contra seus lábios o quanto o amava, o quanto ele também havia mudado para sempre a minha vida. Fiz-lhe todas as promessas que fazem os apaixonados, todas as juras de amor eterno. Não deixei que faltasse nenhuma palavra, embora eu acreditasse firmemente que por mais que eu falasse, não existia nenhuma palavra capaz de descrever com precisão tudo que eu sentia. A força e a intensidade do quanto eu verdadeiramente o amava e em como ele estava enraizado em mim.

Ficamos sentados na varanda, curtindo o som dos pássaros, olhando o balançar das árvores, apreciando a nossa companhia, o fato de estarmos juntos. Sete bilhões de pessoas no mundo, mais de 40 milhões de pessoas em São Paulo, e nós nos encontramos.

Nós nos encontramos.

Um pouco mais tarde fomos até o moinho e passeamos pelos campos de flores. De rosas a girassóis, crisântemos a gérberas, cada campo mais lindo e perfumado que o outro. Muitas fotos, muitos sorrisos, muitos abraços, muitos beijos.

Almoçamos em um reduto com comida típica holandesa, e movida por essa nossa viagem repleta de primeiras vezes, aventurei-me a comer algo completamente diferente, então a pedida foi joelho de porco, chucrute e purê de maçãs. Amei.

Os anfitriões do restaurante, solícitos e adoráveis, contaram-nos sobre a tradição da cidade para todo casal apaixonado: prender um cadeado com as inicias do casal no *deck* do amor para que fiquem juntos para sempre.

Então, após o almoço, lá estávamos nós, às margens da Lagoa Vitoria Regia, prendendo nosso cadeado no *deck*, enfeitado pelas nossas iniciais em letra cursiva, eternizando em Holambra aquilo que já era eterno dentro de nós.

Ao pôr do sol, improvisamos um piquenique no gramado de uma das praças mais lindas da cidade. Dois sanduíches e duas latinhas de refrigerante.

Um brinde!

Um brinde a vida! Um brinde a cair na estrada sem destino e no meio do caminho encontrar os destinos mais perfeitos de todos.

51.

Assim que a noite rasgou o céu em escuridão, jogamo-nos na estrada novamente. Amanhecemos em Holambra, mas dormimos em Boituva.

Promessas, promessas.

Domingo
— *Princesa... Bom dia!* – Victor sussurrou em meus ouvidos, acariciando-me com seu hálito quente e seu cheiro envolvendo-me.

Sorri em seu pescoço, ainda sem coragem de abrir os olhos.

— *Bom dia, lindo* – respondi, aninhando-me em seus braços. – *Precisamos mesmo levantar agora?*

— *É realmente muito cruel da minha parte tirar a realeza da cama antes das 5h... Mas é necessário!* – Victor respondeu, dando beijos e mais beijos pelo meu pescoço. – *Você disse 5h?* – Sussurrei meu espanto.

— *Exatamente 4h45.*

— *Sabe...* – Tracei um caminho com meu dedo pelo seu peito nu. – *Se você não fosse tão lindo e tão sedutor... Eu mandaria te jogarem no calabouço.*

A risada abafada de Victor enchendo o quarto foi o som mais lindo que ouvi. Aqueceu-me por dentro.

— *Então acho que vou precisar dedicar alguns cuidados especiais para afastar essa ideia de calabouço da sua cabeça.*

— *E o que você tem em mente?* – perguntei, com uma excitação tão evidente na voz quanto no corpo.

Victor sentou-me em seu colo, de frente para ele. Então passei meus braços em torno do seu pescoço.

— *Acho que para começar...* – ele mordiscou meu lábio inferior. – *Tenho uma música para você!*

— *Uma música?* – Beijei rapidamente seus lábios.

— *Uhum...*

— *Adorei isso!*

Ele sorriu contra meus lábios.

La fora, o céu ainda estava escuro, mas o horizonte dava indícios de que logo iria amanhecer. Pela janela, a luz da lua brilhava fraca.

Senti a mão de Victor arranhar levemente minha costa por dentro da camiseta, desencadeando uma onda de arrepios que correram livremente por todo meu corpo até morrerem nas pontas dos dedos do pé.

Um pequeno abajur ao lado da cama era a única coisa a nos iluminar. A pouca luz, tão baixa e amarelada, revelava apenas nossas silhuetas, traços de desejo quase ocultos pela escuridão. E, ainda assim, quente. Tão quente.

Olhar Victor assim me fez querer fotografá-lo.

Tão lindo e tão selvagem.

As pupilas dilatadas, o brilho no olhar, deixavam-me absolutamente enfeitiçada.

De repente, a música "Latch", de Sam Smith, preencheu o ar.

♪ "Você anima meu coração quando o resto de mim está baixo.

Você, você me encanta, mesmo quando você não está por perto.

Se houver limites, eu vou tentar derrubá-los

Estou travado, baby, agora eu sei o que eu encontrei." ♪

Victor seguia cantando algumas estrofes sussurradas em meu ouvido, enquanto suas mãos passeavam pelas minhas pernas em seu colo. Eu já estava fraca, muito fraca.

♪ "Eu sinto que estamos perto o suficiente,

Eu quero me trancar no seu amor.

Acho que estamos perto o suficiente.
Eu poderia me trancar no seu amor, baby?" ♪

O ar estava pesado. Cada respiração era um suspiro, longo e doloroso. Suas mãos seguiam queimando minha pele. Quase me fazendo suplicar. Céus!

♪ "Agora que eu tenho você no meu espaço
Eu não vou deixar você ir,
Apanhei-te algemado no meu abraço.
Eu estou travado em você.
Estou tão capturado, me peguei envolvido pelo seu toque.
Me sinto tão apaixonado, me abrace forte dentro do seu aperto.
Como você faz isso? Você me fez perder cada respiração.
O que você me deu para fazer meu coração bater fora do peito?" ♪

Seu beijo, tão necessitado e tão urgente, quase desesperado. A intensidade com que nossos lábios clamavam, reivindicando-se, fez-me perder a noção do tempo e do espaço. Tudo se transformou em voz rouca, pele suada e corpos convulsionando. Olhos entreabertos e suspiros profundos. Tremores e promessas.

E enquanto me amava guiando-me a novos prazeres incríveis e desconhecidos, recitava-me poemas e versos. E todas aquelas palavras sussurradas, tão tentadoras e ardentes, elas eram mais sensação do que som, mais respiração do que voz, eram tortura! Doce e agradável tortura.

— *Pode abrir os olhos* – Victor sussurrou, tirando a mão que encobria parte do meu rosto.

Foi como mágica! Balões imensos e coloridos flutuando no escuro céu pouco antes do amanhecer. E à nossa frente, um balão esperando por nós dois.

Victor segurou minha mão, nossos olhos cruzaram-se...

— *Ainda não temos a Capadócia, mas já temos Boituva* – ele sussurrou para mim.

— *Boituva é perfeito!* – falei em um sussurro emocionado antes de me jogar sobre ele em um abraço. E um beijo, outro beijo, e mais um, e outro. Um sorriso apaixonado, olhos brilhando.

— *Você se lembra dos meus sonhos ao redor do mundo?*

— *E como eu me esqueceria? Vou realizar todos eles com você! Desde assistir à aurora boreal, até navegar naqueles barquinhos nos canais de Veneza. Humm... Como se chamam mesmo?*

— *Gôndolas* – falei, aos risos.

— *Gôndolas!* – Ele me deu um beijo na testa. – *Iremos viver todos aqueles sonhos, minha princesa. Mas hoje, nesse balão, vamos ver o sol nascer!*

E foi com essas palavras – essa promessa – que, finalmente, subimos no balão, e, então, ele começou a subir. Alto e mais alto, cada vez mais alto e além... Raios dourados como o ouro líquido rasgaram o horizonte e um laranja suave que se transformava em degrade de rosa e lilás espalhou-se pelo céu.

Tão, tão, mas tão lindo! De tirar o fôlego.

De alguma forma eu soube: a eternidade morava nesses raios.

Em meu coração tocou uma canção. Era uma música suave. E dentro de mim eu ouvia o som de piano e violinos. Os olhos marejados e a garganta embargada, um frio suave surgiu em meu estômago e meu coração pulsou um pouco mais forte, como se todo o meu corpo soasse as batidas.

Eu vi os olhos de Victor e senti que morreria dentro deles. Não queria chorar ali, mas não consegui me conter... E quando a primeira lágrima rolou foi enxugada por seus dedos. E, então, fui tomada outra vez por seus lábios. Seu beijo esquentou meu coração, abraçou-me por inteira. E a música que só eu ouvia, começou a crescer em meu interior.

Ploc.

A garrafa de champanhe estourou e um par de taças foram cheias de espumante.

— *Um brinde a uma vida repleta de primeiras vezes, e todas elas com você.*

Ali, no céu, entre as nuvens, contemplamos o amanhecer de uma forma nunca vista antes. Flutuando entre os raios da manhã, já não éramos espectadores de um *show* à parte, estávamos no epicentro de onde jorrava toda a magia.

Se esse amanhecer fosse um corpo, nós estávamos no coração. E em nós pulsava cada uma de suas batidas. Éramos parte! Tudo em uma sincronia perfeita.

Já não sentíamos o vento, éramos ele! Éramos o calor que acariciava a pele com os primeiros raios de sol.

Éramos noite.

Éramos luz da aurora.

Éramos dia.

Ao sairmos do balão, Victor dirigiu cerca de uma hora até chegar ao último destino daquela viagem tão maravilhosa e inesperada: São Roque.

O dia fluiu doce e leve pela rota do vinho, percorremos vinícolas e vinhedos. E ao anoitecer, outra surpresa inacreditável já nos aguardava: a colheita de uvas sob a luz da lua.

E foi apaixonante. Colhemos uvas sob a lua de prata, na noite mais azul e mais profunda de todas as noites, tão densa e tão fria! Mas, por dentro, estávamos quentes.

Sempre quentes.

E o jantar que veio a seguir, repleto de carnes e antepastos, harmonizado com os principais rótulos de vinhos oferecidos pela casa, foi realmente especial.

Nossa última noite em uma viagem cheia de primeiras vezes!

Cheia de dias e noites inesquecíveis.

Cheia de muitas estradas unidas às mais belas paisagens.

Cheia de suspiros, lençóis bagunçados e almas enlaçadas.

Cheia de nós!

Uma viagem cheia de nós, em cada lugarzinho que percorremos pelo interior de São Paulo.

52.

Já haviam se passado três dias desde que voltara para casa.

No fundo do nosso quintal, enrolada em uma manta, a madrugada fria cheirava asfalto molhado com grama e terra. E claro, mortadela frita.

Observava enquanto as estrelas sumiam entre as nuvens no céu.

De todas as formas possíveis e imagináveis, o céu da capital é um contraste meio triste com o céu do interior e do litoral, mas, ainda assim, tem sua própria beleza – um tanto quanto peculiar, na verdade, porém único. Belo e único. Afinal, o céu nunca deixa de ser uma obra de arte. Um quadro pintado. Mesmo que seja de uma noite cinzenta com um pouco de sereno.

Mamãe seguia deliciando-se ao meu lado com seu sanduíche de mortadela frita, queijo derretido e maionese caseira. Seus desejos não eram tão estranhos, exceto pelo fato que surgiam especialmente no meio da madrugada. Inclusive, essa noite acordei com o cheiro forte, enjoativo e delicioso de mortadela frita, e ao ir até a cozinha, encontrei Clay fazendo justamente a bendita maionese enquanto bocejava, pois, se não fosse maionese caseira para mamãe não servia. Essa lembrança fez-me rir.

E cá estamos nós três, sentados no quintal, às 2h30h, sentindo o vento gelado bater no rosto e olhando as poucas estrelas que brilham no céu, enquanto uma linda gestante mata sua fome.

Finalmente… Finalmente os encontrei em uma madrugada, entre as tantas que foram feitas unicamente para assaltar a cozinha.

— *Mamãe* – disse eu. – *Estive pensando…*

— *Humm…* – Ela balbuciou com a boca ainda cheia e um pingo de maionese no lado esquerdo de sua boca. Logo em seguida, Clay passou o polegar para limpar e, então, levou à boca para limpar o dedo. Esse gesto tão íntimo deixou-me um tanto quanto desconfortável, e o pior, foi o jeito que os olhos dela arregalaram-se e brilharam de um jeito tanto quanto… Ah, não. Para.

— *Gente… Eu sei que é madrugada, mas vocês não estão sozinhos, ok?* – Eu comentei, cobrindo meu rosto com a manta e dando risada.

— *E eu estou aqui pensando quando foi que você ficou tão entendida dessas mensagens subliminares entre casais…* – comentou ela tão sutilmente como só ela conseguia ser, sem nem tirar os olhos de Clay, que já sorria com os olhos.

Eu? Eu engasguei.

Tossi. Tossi.

— *Acho que foi quando você começou a dormir fora de casa.*

— *Você sabe… Uma mulher tem seus segredos* – falei.

— *Mas não com sua mãe.*

— *Até mesmo com a sua mãe* – retruquei, engolindo o riso.

— *Nena, eu não aguento mais de curiosidade, embora eu me pergunte se quero mesmo saber dos detalhes.* – Ela começou a rir.

— *Mamãe, confia em mim. A senhora definitivamente não quer esses tipos de detalhes.*

Os olhos arregalados dela fizeram-me rir mais ainda.

— *Diga para mim, Clay, quando foi que criamos esse monstrinho pervertido?*

Não aguentei e explodi na risada.

— *Mãe!*

— *Eu sei, eu sei…* – ela falou com a voz manhosa e dramática e muito, muito fininha. – *Mas eu ainda quero alguns detalhes.*

Isso me fez lembrar com quem Ariela aprendeu aquele olhar do gatinho do Sherek, o gato de botas. Sim, pensando bem, talvez até o próprio gato de botas tenha aprendido com ela: minha mãe.

— *Se eu disser que foi especial e incrível, muito incrível, seria o suficiente?*

— *Mas o quanto especial e o quanto incrível, filha?*

— *MUITO especial e MUITO incrível!*

Comecei a rir e voltei a olhar para o céu, mas mamãe não, ela continuou olhando para mim e senti exatamente o momento em que a atmosfera mudou de divertida para um pouco melancólica.

— *Filha, estamos tão felizes por você!* – ela disse, com os olhos lacrimejando e segurando uma mão do Clay. E ele, bom, ele refletia o mesmo olhar que ela. Novamente me senti muito abençoada por tê-los, por serem meus pais.

— *Encontrar o amor da sua vida é algo muito especial, um evento verdadeiramente raro* – disse Clay, com a voz calma e serena de sempre. Naquele tom que eu achava perfeito escutar. – *E, às vezes, o amor se apresenta de um jeito leve e convidativo, você só precisa mergulhar, só precisa viver. Outras vezes, ele se apresenta cheio de barreiras e dificuldades, e então você precisa lutar.*

— *Para vocês foi assim? Difícil?* – perguntei.

— *Filha* – disse Clay envolvendo mamãe em um abraço –, *sua mãe acabou comigo. Eu entregava meu coração para ela em uma bandeja e ela? Ela o partia ao meio com garfo e faca.*

Eu explodi em risadas com a comparação mais esdrúxula que já ouvi.

— *Uau, mãe! Como a senhora era cruel!*

— *Ué, eu estava apaixonada horas. Perdidamente apaixonada. E por isso mesmo eu precisava afastá-lo a todo custo.*

— *Mas isso não faz sentido, faz? Afastá-lo porque você o amava?*

— *Ah, fazia sim. Na minha mente de vinte e tantos anos fazia total sentido* – mamãe respondeu aos risos, mas olhou para os olhos de Clay, aninhada em seu tenro abraço, com olhos que brilhavam mais do que as poucas estrelas que estavam no céu.

— *Você realmente foi muito cruel comigo, senhora Elisa...* – ele falou sem tirar os olhos dela, e estranhamente eles ficaram um pouco mais obscurecidos, a voz baixa e um pouco rouca. – *Tão cruel que acho que precisará passar o resto da vida sendo castigada!*

Meu Deus! Definitivamente estava ficando pior do que antes.

— *Bom...* – falou Clay, aproximando-se cada vez mais de mamãe. – *O que importa é que, no fim, ou melhor, em nosso começo* – ele deu um beijo suave nos lábios dela – *você não resistiu ao meu charme, nem ao meu amor.*

— *Como você é convencido!* – respondeu ela com a voz como se tivesse derretendo a cada segundo, sem jamais desviar o olhar de seus olhos. E os olhos, eles não só brilhavam como também saltitavam e dançavam.

E sim, era realmente algo lindo de se ver.

— *E como eu não seria? Afinal, sou casado com a mulher mais incrível que existe.* – ele respondeu, dando-lhe outro casto beijo, enquanto eu a via novamente dissolver-se em seu abraço, com um sorriso bobo e orgulhoso de quem ama receber o presente que são essas palavras. – *E eu passaria tudo de novo por você. Para ter você e nossos quatro filhos* – ele falou, acariciando a barriga pouco elevada que mamãe estava. – *Eu aceitaria de bom grado todas aquelas dores novamente, todo o tormento que foi te querer a cada dia e a cada noite e não te ter... De bom grado eu aceitaria novamente, pois as dores que o amor causa só o amor cura... Só você cura, minha Elisa! Só você... Sempre você.*

Uau!

— *Então...* – Cocei a minha cabeça. – *Eu acho que é melhor eu ir dormir, né gente?*

— *Eu acho que sim!* – respondeu mamãe sem nem ao menos me olhar.

Sem pensar duas vezes, dei um pulo da cadeira sorrindo e pensando algo como "devem ser os hormônios da gravidez". Sim, os hormônios... Mas, sejamos sinceros, eu sabia que não. O que estranhamente encheu-me de alegria.

— *É... Acho que vou levar isso aqui comigo* – peguei o último sanduíche intocado que estava no prato e saí correndo.

Uns bons dez segundos à frente, escuto o grito de mamãe ao longe.

— *Helenaaaaaaa! Devolve minha comida!*

53.

Certamente, mamãe deve ter desistido de me alcançar ou Clay a fez desistir, o que me fez dar risada novamente. Não se rouba comida de uma grávida, mas aquele já seria o terceiro, então me senti menos culpada.

Assim que deitei a cabeça no travesseiro, pensei em Victor e em tudo acerca dele. O jeito que seus olhos escureciam quando me olhava e em como eles carregavam todas as constelações dentro desse olhar. O perfume que exalava dele e dominava o ambiente–sempre me perturbando os sentidos e me envolvendo profundamente. O sorriso que me roubava a paz e retirava todo o oxigênio ao meu redor. E aqueles lábios, aquele beijo… Aquele toque… Aquele corpo… E as palavras que ele me dizia…

Um arrepio percorreu o meu corpo e a saudade apertou mais ainda, deixando uma sensação de frio na boca do meu estômago e em meu coração.

Foram apenas uma semana e alguns dias e eu já não sabia mais dormir sozinha.

Olhei o celular. Corri pela galeria e vi nossas fotos.

Nós dois no balão, sorrindo, com os rostos colados e de braços estendidos, segurando as taças com espumante. O foco em nossas mãos e em nossas alianças, o sol nascendo ao fundo.

Nós dois abraçados, em um tenro beijo, na piscina de águas naturais em Brotas. Águas tão cristalinas, um *flash* de luz solar iluminando nossos corpos molhados, e verde, muito verde ao nosso redor.

Um vídeo filmado na estrada, som alto, nós dois cantando e sorrindo. E outro vídeo no teleférico, um beijo, a lua tão grande, muitas estrelas, e tantos, tantos vaga-lumes.

E, então, eu vi uma foto um pouco mais especial, um pouco mais íntima: os lábios de Victor sorrindo contra a minha pele, meu pescoço. Lembrei-me de quando a foto foi tirada: foi na viagem, em uma madrugada, logo após termos... Ah, que saudade!

Selecionei essa foto e enviei para ele, junto de uma mensagem.

> *Sentindo sua falta...*
> *Na verdade, estou sendo modesta.*
> *Sentir sua falta é pouco. Estou quase morrendo por um toque seu.*
> *A falta que você me faz é como fogo queimando minha pele. Como água em meus pulmões.*
> *Chega a doer.*
> *Eu te amo!*
> *Sempre sua, H.*

Revirei de um lado para o outro na cama. Resolvi ver mais algumas fotos.

Nós dois em um dos restaurantes em Campos do Jordão.

Victor elevando-me em um campo de flores em Holambra, o vento bagunçando meu cabelo, o sol brilhando ao fundo.

O campo de uvas na noite gelada. Nós dois abraçados, lado a lado, olhando-nos.

Continuei passando fotos e fotos, algumas com poses ensaiadas, outras tiradas ao acaso. Tantas memórias, doces lembranças. Tanto amor. Paisagens deslumbrantes.

Tantos céus únicos e diferentes, lindos. Laranja e dourado, lilás e rosa, azul, muito azul, tons distintos de azul. Nuvens. Estrelas.

Escuro, muito escuro.

Resolvi checar meus e-mails. Há quantos dias não os olhava? Desde antes da viagem talvez... E então, para a minha surpresa, lá estava o resultado do exame, a sexagem fetal, revelando para mim o sexo do bebê. Meu coração disparou. Meus olhos inundaram-se em lágrimas e risos– "eu sabia". Eu saí da cama e pulei de alegria. Saltitei muitas vezes, como se eu tivesse 7 anos outra vez. E quando finalmente enxuguei meus olhos e a emoção mais cativante de todas acalmou-se, sentei-me na minha cama e comecei a pesquisar nomes e, principalmente, o significado deles. Precisava ser especial, precisava ser perfeito, precisava transmitir uma mensagem... Uma mensagem que se refletiria por toda a vida!

Nomes e nomes e mais nomes.

Comecei a pensar em como contar. Tinha que ser em uma ocasião especial, com um significado para nós. Uma festa? Ou, quem sabe, um jantar lindo e singelo na nossa mesa branca de cadeiras azuis. Não sabia... Eram tantas possibilidades! Todas adoráveis. Porém ainda seria um segredo.

Continuei percorrendo a lista de nomes, até que meus olhos pesaram e eu adormeci.

Ploc.

Ploc.

Ploc.

Ploc.

Acordei e olhei o celular – 4h05.

Ploc.

Ploc.

O barulho vinha da minha janela. Pequenas pedras sendo lançadas... Nela?

Levantei e fui até ela. Era Victor. Lindo e sorridente, vestido de preto e com uma rosa na mão, com o sorriso mais iluminado que já vi. Fui correndo ao encontro dele. E quando abri a porta, ele já estava lá na frente, esperando-me.

— *O que você...* – Comecei a falar, mas Victor agarrou-me em um beijo tão profundo e tão intenso que roubou meu ar e a força das minhas pernas. Elas ficaram bambas e eu fiquei desnorteada, sem fôlego. E quando ele afastou seus lábios dos meus, eu só queria tê-los novamente.

— *O que você está fazendo aqui, a esta hora?* – falei, jogando meus braços em seu pescoço.

— *Eu vim responder à mensagem da minha princesa* – ele respondeu, dando um beijo em meu pescoço.

Borboletas saltitantes brotaram em meu estômago.

— *Você é louco, sabia? São 4h...*
— *Eu sou mesmo. Louco por você, princesa.*

Ele colocou a rosa em minha orelha e me beijou novamente, um beijo ainda mais apaixonado e ainda mais lento, quase como se nossas almas se fundissem naquele beijo, e em seguida despediu-se, deixando-me totalmente absorta, flutuando nas nuvens, com meu coração correndo uma corrida de cem cavalos, sorrindo à toa, com todas as estrelas e todos os vaga-lumes brilhando em meus olhos.

Assim que me deitei na minha cama, não resisti e mandei outra mensagem.

> *Eu ainda não acredito que você veio aqui... Por mais que ainda sinto o gosto do seu beijo em meus lábios.*
> *Juro que ainda não acredito.*

> *Eu iria até o fim do mundo para te beijar.*
> *Não se esqueça disso.*
> *Seu, V.*

Assim que li sua resposta, eu queria pular na cama e dar gritos e gritos de alegria. Sentia-me como se tivesse 5 anos outra vez.

Uma alegria genuína e intensa iniciou-se em meu coração, dando um frio prazeroso em meu estômago, percorrendo todo o meu corpo e dissolvendo-se no dedinho do pé.

Respirei fundo e pensei em uma resposta que fosse um pouco mais madura do que eu me sentia nesse momento.

> *Adorei saber disso...*
> *Mas não será necessário. Garanto que sempre manterei meus lábios bem junto aos seus... E minhas mãos enlaçadas nas suas.*
> *Você sabe... Sempre sua. Sempre mesmo.*
> *Eu te amo, Victor!*
> *H.*

> *Eu te amo, princesa!*
> *De um jeito que nunca pensei ser possível amar alguém.*
> *Eu te olho e penso o que eu não faria por você. E a resposta é nada. Não existe nada que eu não fizesse por você, para te ver sorrindo, para estar ao seu lado.*
> *Você é o centro do meu universo. Desde o dia em que te vi tudo passou a girar em torno de você.*
> *E desde o dia em que te toquei pela primeira vez, ali foi a minha perdição e a minha rendição. Meu mundo e minha vida estão aos seus pés...*
> *Eu não só te amo, Helena, mas estou profundamente apaixonado e enfeitiçado por você.*
> *Agora dorme com os anjos e sonhe comigo.*
> *Mais tarde eu passo aí e te pego.*
> *Boa noite, princesa.*
> *V.*

Eu li e reli tantas vezes essa mensagem, até que as palavras grudaram em mim.

Eu sonhei com elas.

Sonhei com ele.

Sonhei com nós.

E foi um sonho doce, muito doce.

54.

♪ "O que você acha, ah...
O que você sente agora
O que você sabe, ah...
É real." ♪

Assim que entrei no ateliê, vi mamãe dançando ao som de "Got to be real" enquanto pincelava um pouco de tinta em uma de suas telas. Foi uma visão fofa e engraçada. Roupa suja de tinta, muitos rebolados, mexidas de cabeça, jogadas de cabelo e um pincel que estava há horas pintando, há horas improvisando um microfone. E, claro, uma barriga cada vez mais elevada balançando para todo lado.

♪ "Ooh, seu amor é pra valer agora.
Você sabe que seu amor é meu.
Meu amor é seu.
Nosso amor veio para ficar." ♪

Assim que me viu, entre um giro e outro, mamãe começou a sorrir e me chamou para dançar. Vê-la assim fez meu coração aquecer-se em um amor muito puro. Sou parte dela e ela é parte de mim.

Uma fração de segundos e estávamos dançando lado a lado e intercalando as vozes nesse *hit* dos anos 70.

♪ "O que você acha, ah...
(Eu acho que te amo, baby)
O que você sente agora
(Eu sinto que preciso de você, amor).
O que você sabe, ah...
É real.
É real." ♪

Cantamos juntas em alto e bom som.
Ah! Eu adoro esse espírito jovem da mamãe.

— *Filha, você trouxe o que eu te pedi né?* – ela perguntou ansiosa.

— *Banana com leite condensado e aveia?* – respondi com uma pergunta, retirando a vasilha da minha bolsa contendo todos os ingredientes. – *Está aqui.*

— *Esse bebê adora comer, não é mesmo...* – falei, rindo.

— *Nem me fale. Já estou ficando desesperada. Acho que nem com os gêmeos eu comi tanto assim.*

— *Desesperada para comer mais, né? Só se for...* – Gargalhei alto ao notar que metade da mistura que ela tinha feito já havia sumido do prato.

— *Me deixa!* – Mamãe fuzilou-me com o olhar e logo em seguida continuou a devorar sua banana picada com muito leite condensado e aveia. Pelo jeito que ela comia, parecia ótimo. Até que seus desejos não eram nada estranhos de fato, inclusive, eram muito deliciosos para o meu gosto.

Cheguei um pouco mais perto da tela em que ela estava trabalhando. Era algo bem diferente do que ela vinha pintando em seus últimos quadros. Não era uma paisagem, éramos traços de uma pessoa – uma garotinha – por um momento pensei ser Ariela, mas então olhei melhor e vi que os olhos não eram verde-esmeralda, eles eram de mel... Os olhos eram meus.

Era eu na tela.

Instantaneamente, meus olhos encheram de lágrimas, emocionada, coração completamente comovido.

— *Mamãe, por quê?* – eu perguntei para ela, quase chorando. – *Essa pintura... Está ficando tão linda! Porque assim?*

Ela me olhou tão branda e suave, com os olhos mais amáveis deste mundo, refletindo o olhar que só uma mãe é capaz de dar a um filho. E nesses olhos, meu coração e minha alma foram abraçados.

— *Ora, filha... Porque você sempre será a minha menina* – ela respondeu, chorando também. – *Eu amo a mulher que você se tornou, mas eu tenho sentido tanta saudade...* – Ela falou, enxugando uma lágrima, já com a voz cortada. – *Saudade de você assim... De quando sentava em meu colo e, ao te abraçar, eu te cobria inteira.* – Ela sorriu um sorriso um tanto saudoso. – *Minha pequena, luz da minha vida!*

— *Mãe...* – eu disse olhando em seus olhos, tão iguais aos meus. – *Eu juro que não minto quando digo que hoje a senhora não me abraça só o corpo, a senhora me abraça a alma! Eu te amo tanto, tanto... Eu nunca conseguirei agradecer a Deus o suficiente por ter me feito sua filha! Nunca... A senhora é tão linda, tão doce, tão compreensiva e tão sábia... Um dia, nós fomos uma família de duas, mas olha só tudo o que a senhora construiu para nós!* – As lágrimas jorravam dos meus olhos e minha voz já quase não saía, cortada pelo choro emocionado. – *Olha só, mãe! Agora somos uma família tão grande...*

— *Mas filha, não fui eu, foi Deus e, então, foi você... Foi você nascendo e trazendo luz à minha vida! E você só precisou existir filha. Bastou que você abrisse os olhos e me olhasse pela primeira vez que meu mundo sorriu e abriu para uma nova estação. Sempre foi você... Você, Helena, é a maior benção que Deus já me deu. Ser sua mãe foi o melhor que aconteceu comigo.* – Mamãe acariciou meu rosto. – *E olha o que nós conquistamos, filha! Uma família tão grande e tão linda, que sou incapaz de viver sem. Mas o amor, o amor já era assim quando ainda éramos só nós duas. Eu e você! Na verdade, esse amor que já tínhamos cresceu e se multiplicou em forma de Clay, Gael, Ariela, e até em Victor.* – Ela sorriu enxugando uma nova lágrima. – *E agora...* – mamãe acariciou a barriga – *neste bebê que está crescendo em mim.*

Eu ajoelhei e beijei-lhe o ventre. E, então, abracei-a, abraçando também aquele neném, abracei aquele presente, aquela nova e pequena parte de todos nós. Como eu também amava aquele grãozinho de arroz tão miúdo, mas com um coração que já pulsava tão forte.

— *E quem diria...* – ela sorriu um riso doce e molhado – *Esse amor alcançou até mesmo seu pai, depois de tantos e tantos anos.* – Ainda de joelhos, eu levantei a cabeça e a olhei nos olhos, buscando a mais perfeita compreensão dessas palavras. Ela sabia, sempre soube, antes mesmo que eu soubesse, eu também precisava dele do meu pai.

— *Não se esqueça, filha, minha menina... A nossa história é única e especial porque o amor cresceu e se multiplicou... E ele começou em nós, nós duas.*

Eu pude sentir suas lágrimas pingarem em mim. E eu a abracei mais forte. Abracei a ela e ao bebê. E chorei. Chorei amor, chorei alívio, chorei orgulho, chorei nossa história, chorei completude... Chorei emoção e chorei felicidade. Nós conseguimos!

Eu e mamãe, nós conseguimos. Quanta coisa linda surgiu de um começo tão doloroso... Sim, nós conseguimos!

— *Eu te amo, mãe! Eu te amo profundamente...*

— *Eu te amo, filha! Luz... Luz da minha vida!*

55.

O almoço com Heitor e Hannah foi extremamente agradável.

Ao fim do dia estava em casa esperando Victor e em meu coração ardeu a vontade de ir à igreja. Já fazia longas e extensas semanas desde a última vez em que lá estivera. E para Victor, passara-se mais tempo ainda…

Senti saudade de ouvir o pastor Sam discursar. Saudade de tudo que existia naquele ambiente: as pessoas, os risos antigos tão conhecidos por mim, as senhorinhas cheias de gentileza e as crianças pequenas que corriam pelos corredores.

Senti saudade dos apertos de mão na porta e dos muitos *"Seja bem-vinda"*, *"Que bom que você veio"* e *"Como você cresceu"*. Saudade de ouvir as canções de adoração tão solenes e belas cantadas por um coral de vozes que a cada nota penetrava o mais profundo da alma. Saudades de visitar aquela familiazinha em que se transformam todos os membros de uma igreja.

Saudades de participar por um momento de algo que é maior do que eu mesma! Maior do que os meus sonhos, meus planos, minhas dores e alegrias… Muito maior! E, ao mesmo tempo, rege tudo, rege todas as coisas. Está presente naquelas que são tão pequenas e simples, como uma joaninha pousando no broto de uma flor completamente despercebida, ou aquele micro-organismo vivo no fundo do oceano onde sequer alguém um dia ousou chegar. Em cada célula tão pequena que se torna invisível aos nossos olhos humanos e a cada miligrama de poeira estelar navegando pelo universo.

E também está lá, em todos os grandes momentos da história da humanidade. E passeia, inclusive, pelos grandes acontecimentos que ocorrem dentro do coração de cada um. *Invisível*, mas real. Sempre real. De uma natureza que faz novas todas as coisas e traz à existência o que jamais existiu e, sobretudo, é bom e é justo. É acessível.

Eu me vesti e, então, fomos. Fomos a família toda.

Ariela estava com um lindo vestido amarelo e Gael com uma camisa de um azul profundo. Mamãe irradiava muito brilho enquanto caminhava de mãos dadas com Clay. Um dia, há muitos anos, ela chegou ali, naquela mesma igreja, quebrada e sentindo-se sozinha, quase carregada por seus pais. Nesse dia, estávamos todos juntos, e o "nós" já havia aumentado. Já havia se expandido e criado tantas raízes.

Belas raízes.

Victor estava irresistível, seu cheiro embalando-me, o calor de seu abraço aquecendo meu coração. O afeto em seus olhos, o amor que emanava de seu olhar... Ah...

Assim que entrei, vi meu pai sentado ao lado de Hannah. Ele olhou para mim, sorriu e piscou. Eu retribui o sorriso e acenei com a mão.

Para um dia da semana, a igreja até que estava lotada. Chegamos atrasados, mas a tempo de ouvir o pastor Sam falar:

— *A própria história nos revela por meio de tantos feitos ao longo dos tempos. Alguns mundialmente conhecidos e relembrados pelos anos, e tantos outros que, igualmente grandiosos, foram realizados por tantos anônimos que, mesmo desconhecidos e embora não tendo seus nomes gravados em livros de História, pelos lugares que passaram e nas vidas que tocaram, eles deixaram sua marca! Marcas conhecidas pela força do amor... "Tudo sofre, tudo crê, tudo espera, tudo suporta. O amor não falha"* – Enquanto ele citava 1 Coríntios 13, sua voz ecoava por todo o templo, tão branda, tão calma, mas também tão forte e tão profunda, que a sentíamos penetrar o mais fundo de nossas almas. – *Podemos falar do pastor Martin Luther King, que amou e abraçou uma causa tão profundamente, a tal ponto que teve sua vida ceifada por ela. Todas aquelas palavras proferidas em seu último discurso, em abril de 1968, são ouvidas até os dias de hoje: "Talvez eu não consiga chegar com vocês até lá, mas quero que saibam que o nosso povo vai atingi-la"* – Um sorriso emocionado surgiu no rosto do pastor ao mesmo tempo em que seus olhos brilhavam com lágrimas. – *Me pego pensando, que dia glorioso foi aquele em janeiro de 2009, quando foi empossado como o 44º presidente americano dos EUA, um homem negro! Sim, naquele dia, as palavras de King ecoaram não só pelos céus de Memphis, fazendo vibrar o solo que acolheu seu sangue derramado, elas ecoaram ainda muito mais forte e se fizeram ser ouvidas pelos céus de todo o mundo!*

Eu sentia aquela chama ardendo em meu coração. Meus olhos também queimavam. – *Podemos falar dos muitos bombeiros que no fatídico 11 de setembro, entregaram suas próprias vidas para tentar resgatar quantos pudessem do terror daquelas torres em chamas e, mesmo morrendo, levaram com eles o último sopro de esperança para aqueles que estavam desesperados! Também podemos falar a respeito da professora Heley de Abreu Batista, que fez de si mesma um escudo de proteção humana, teve 90% do seu corpo queimado, mas com sua morte salvou pelo menos 25 crianças em Minas Gerais.*

Ele fez uma pausa, elevou seus olhos ao céu e continuou:

— *O próprio Jesus, que mesmo sendo Deus, Senhor e Criador de todas as coisas, a mais pura essência de tudo quanto é bom e justo, evidenciou ainda mais a profundidade e a força do seu amor por nós com seu último suspiro na Cruz...*

As verdades dessas palavras inundavam-me e sufocavam-me. Elas faziam tanto sentido aos meus ouvidos que arrancavam uma enxurrada de lágrimas dos meus olhos.

— *Sim, meus queridos, meus amigos, meus irmãos!* – Ele seguia falando. — *Esta é a realidade inegável: o amor é evidenciado no sofrimento. Se você ama, esteja disposto a sofrer. Se você ama* – ele enfatizou, dizendo ainda mais alto, sua voz crescendo como ondas cada vez mais altas e profundas – *esteja pronto a sofrer! A mãe que luta ferozmente para libertar seu filho das drogas. O pai que definha ao ver sua criança pequena na cama de um hospital com um laudo médico irreversível. O marido que busca trazer o sustento para o seu lar, suportando duras humilhações para isso. O amigo que consola, que se põe no lugar do outro, que sente junto, que chora junto, que se recusa a soltar a mão e a sair do lado. A mãe que dorme com fome para dar a última grama de comida para seu filho. O irmão que sustenta o outro em suas crises. Aquele ou aquela que escolheu o difícil caminho do perdão porque compreendeu em seu coração que perdoar é melhor do que perder, do que deixar ir, mas sabe que perdoar também causa a dor de ter que lutar contra seu orgulho próprio... Se você já passou pela dor do luto, da perda. Se você já enterrou sonhos e esperanças. Se você já deu a outra face... Se você, que me ouve, já foi uma dessas pessoas, você sabe, meu amigo e meu irmão, você sabe tão bem quanto eu que o amor é evidenciado no sofrimento.*

Então ele pegou sua Bíblia, levantou-a de modo que pudéssemos enxergá-la e continua a discursar:

— *Eis que está escrito: "Porque Deus tanto amou o mundo que deu seu filho unigênito, para que todo aquele que nEle crer não pereça, mas tenha a vida eterna". João 3:16.*

Está escrito: "Pois vocês conhecem a graça de nosso Senhor Jesus Cristo que, sendo rico, se fez pobre por amor de vocês, para que por meio de sua pobreza vocês se tornassem ricos". 2 Coríntios 8:9.

Está escrito: "Mas Deus demonstra seu amor por nós: Cristo morreu em nosso favor quando ainda éramos pecadores". Romanos 5:8.

Está escrito: "Nisto conhecemos o amor: Jesus Cristo deu a sua vida por nós, e devemos dar a nossa vida por nossos irmãos". 1 João 3:16.

Está escrito: "Portanto sejam imitadores de Deus, como filhos amados, e vivam em amor, como também Cristo nos amou e se entregou por nós como oferta e sacrifício de aroma agradável a Deus". Efésios 5:1-2.

Mas também está escrito: "Pois estou convencido de que nem a morte, nem a vida, nem anjos, nem demônios, nem o presente, nem o futuro, nem quaisquer poderes, nem altura, nem profundidade, nem qualquer outra coisa na criação será capaz de nos separar do amor de Deus que está em Cristo Jesus, nosso Senhor". Romanos 8:38-39.

E em Coríntios 13:13 está escrito: "Agora, portanto, permanecem estas três coisas: a fé, a esperança e o amor. A maior delas, porém, é o amor".

As lágrimas caíam em seu rosto, inundando aquela face num instante de silêncio. O olhar tão contrito e brilhante refletia a alma e o coração daquele homem, daquele pastor.

Eu realmente gostaria de conseguir descrever a profundidade daqueles olhos e os segredos que ele escondia. Existia uma luz acesa dentro deles... Como se ele conhecesse intimamente a dor e o sofrimento, como se fossem seus companheiros, como se ele soubesse em sua própria pele o quanto um coração é capaz de sofrer e sangrar, ser moído de tantas maneiras e, ainda assim, bater. Pois existe algo que se sobrepõe à dor, e esse algo é o amor... Então aqueles olhos que tocaram a minha alma de forma tão profunda eram os olhos de alguém que amava. Olhos que representavam o amor.

Rodeados por tantas rugas… Negros, escuros e tão, tão brilhantes!

Aquele olhar… Eu acho que nunca me esquecerei daquele olhar!

E sabe… Eu nunca vi os olhos de Jesus, mas acho que naquele dia, esse pastor emprestou seus próprios olhos para que Jesus brilhasse através deles.

— *Você…* – ele disse com a voz embargada, com profunda humildade e mansidão, mas também com força, apontando o dedo em direção à igreja e com grande ênfase:

— *Você é alvo do amor desse Deus.*

E foram estas palavras que deram fim ao seu discurso: *"Você é alvo do amor desse Deus"*.

56.

Assim que saímos da igreja decidimos ir tomar sorvete na praça. Até mesmo Heitor e Hannah foram conosco.

A noite estava bonita, a lua imensa e a praça decorada, muitas barraquinhas de comidas e muitos varais de luzes pendurados junto às arvores.

As crianças corriam de um lado para o outro e logo estavam implorando para que mamãe os deixasse ir pular no castelo inflável que estava bem ao lado do carrinho de pipoca doce.

— *Filha, você vai estragar seu vestido* – mamãe disse a Ariela.

— *Mas é só um vestido, mãe...* – ela retrucou com a voz manhosa de choro.

— *Quer saber? Você tem razão! É só um vestido...* – Mamãe sorriu para ela. – *Pode ir, filha. Mas, por favor, tenha cuidado, pois esse é um lindo vestido.*

— *Você é a melhor mãe do mundo todo!* – a pequena respondeu saltitante antes de sair correndo de mãos dadas com Gael.

Por um momento parei e olhei. Vi Victor ao lado de uma árvore conversando com meus dois pais, Clay e Heitor. E mais à frente um pouquinho, Hannah conversava com mamãe. O sotaque americano de Hannah era lindo e elegante, e o sorriso de mamãe gentil e doce. Gael e Ariela brincavam e pulavam, gargalhando no pula-pula do castelo inflável.

Fiquei parada, só olhando. E enquanto eu os olhava, uma nova canção começou a crescer dentro de mim. Não era só um piano ou um violino, era toda uma orquestra.

Ali, em uma noite tão comum, o meu maior sonho estava realizado.

Um sonho que eu nem ao menos havia ousado sonhar, pois jamais havia passado na minha mente ser possível. Como ele aconteceu? Eu não sei dizer exatamente… Talvez tenha sido o dia em que meus olhos esbarraram em Victor pela primeira vez e, mergulhada naqueles olhos negros, eu encontrei um lar para o meu coração. Ou, talvez, tenha sido no dia em que vi meu pai pela primeira vez, Heitor, e bastou que olhasse um pouco mais perto para enxergar muitos dos meus traços no rosto dele. Quem sabe, quando segurei Ella e Gael pela primeira vez em meus braços, ou, então, antes ainda, quando meu mundo recebeu um pouco mais de cor e esperança com a chegada de Clay, quando eu ainda era tão pequena, no momento em que eu sequer percebi que ele era o pai que meu coração já havia elegido para si. Talvez antes ainda, de um tempo que eu não tenho gravado em minha memória, mas tenho guardado em meu coração… De quando abri meus olhos pela primeira vez e vi mamãe, ou do dia em que dei os primeiros passos em direção a ela, ou nas noites em que tão pequena chorei e fui acolhida em seus braços… Talvez no dia em que minha primeira palavra foi um chamado por ela… Ou de todas as vezes em que eu a ouvia cantar canções antigas enquanto lavava roupa. Para mim, a voz mais doce, que sempre me aqueceu a alma… Talvez…

Talvez…

Eu não sei.

Não sei como começou, não sei exatamente como tudo se encaixou, mas de alguma forma, todos os passos – todos eles – levaram-nos até esse momento, até essa noite quente de lua cheia e céu estrelado, em que eu os via e sentia completude! Esse amor que me eleva e me transborda e, de alguma forma, diz para mim: *É isso*. Tudo pelo qual você esteve buscando está bem ali, com essas pessoas. Está no perdão e na compreensão que foram necessários apenas para… que pudessem ser família!

Ser amor.

Serem os encaixes que minha alma precisava.

E eles precisaram vencer tanto! Precisaram vencer tantos medos, traumas e anseios… Precisaram de tanta coragem, porque amar requer coragem, perdoar requer coragem. E eles o fizeram.

E, no fim, veja só, o amor tornou tudo tão simples.

Simples como sentar todos juntos em um banquinho da praça para tomar sorvete. Simples como dar risada por tudo e por nada, como segurar a mão e não soltar jamais.

O amor é simples, a verdadeira felicidade, aquela que muda uma vida para sempre... Ela também está no simples! Então, ali, parada, olhando para cada um deles, acho que finalmente entendi: a felicidade não se dá por inteira de uma só vez, ela certamente não está nos picos, ela dilui-se e dá um pouco de si todos os dias. Ela está na constância de quem consegue abraçar suas pequenas partes diariamente e, assim, enxergá-la por completo. Todos os dias nós podemos ser felizes. Todos os dias nós podemos ser gratos. Seja dançando na chuva, seja assistindo ao pôr do sol, seja brincando com uma criança... Sim, todos os dias nós podemos ser gratos!

E foi ali, olhando para eles que eu entendi: existem coisas grandiosas acontecendo em curtos períodos de tempo.

Sabe, um grande cirurgião não se torna grande do dia para a noite. O que o torna grande é o conjunto de várias cirurgias realizadas. E ele também não é capaz de fazer todas elas ao mesmo tempo. É preciso que seja uma cirurgia por vez, um paciente por vez, um desafio por vez... Um dia de cada vez.

É preciso foco no presente! Foco no que está acontecendo naquele momento! Ele sabe que se entrar para fazer uma cirurgia preocupado com a cirurgia que virá após ela, uma vida será comprometida, e algo que seria simples pode transformar-se em uma tragédia. Então mais do que qualquer um, ele entende: uma cirurgia de cada vez!

E, um dia, sem ao menos esperar, quando ele olhar para trás, perceberá que foi de uma em uma que ele se tornou grande.

Uma vida feliz é exatamente assim! *O conjunto de pequenas felicidades diárias.*

Enquanto eu seguia em meus pensamentos, Victor aproxima-se, abraçou-me e deu um beijo em meus lábios.

— *Você está tão linda esta noite...*

Eu lancei meus braços em torno de seu pescoço e dei-lhe um sorriso apaixonado. Ele começou a me balançar e, então, quando percebi, já estávamos dançando no silêncio, bem no meio da praça. Perdi-me em seus olhos por um pequeno infinito de tempo.

— *Eu te amo tanto, sabia?* – Eu falei a ele. – *O seu amor mudou para sempre a minha vida! Graças a você, eu provei do mais puro, profundo, verdadeiro e intenso amor… Eu costumava ser apenas uma espectadora, que via o amor em filmes e livros, ouvia-o em músicas e o via em mamãe e Clay… Mas você, você me fez vivê-lo!* – Eu sorri um sorriso doce e meus olhos já se iluminavam. – *E ao mesmo tempo em que você me traz vida, você também me rouba o ar. E o seu cheiro… Ele é a primeira coisa que eu sinto antes de sequer te ver chegar, e se você soubesse como ele me inebria, me fascina e me perturba… Tira minha paz, meu chão… E seu beijo, seu beijo me tira deste mundo e me leva para um lugar onde só existimos nós dois. E quando você me toca, Victor, você não imagina o que faz comigo. Meu corpo e minha mente explodem em suas mãos. Tudo se torna você. E quando você me abraça, você me refaz de novo.*

Eu olhei profundamente em seus olhos e me vi neles. Vi meu amor refletido neles. Um amor tão profundo e tão imenso que me dói. Será sempre assim?

Ah! Eu morri tantas vezes no calor de seus lábios, cavalgando em seu corpo. E seu olhar… Ah! Que olhar…

— *Oh, minha princesa…*

— *Não! Eu preciso te falar! Eu preciso te dizer que eu te amo! EU TE AMO! Eu te amo para além de mim mesma. E eu sempre, sempre serei tão grata por minha vida ter cruzado com a sua… E eu…* – minha voz já estava embargada – *Eu quero passar todos os meus dias ao seu lado. Você entende como é precioso para mim? Entende como é único? Sempre foi você, Victor. Sempre. Nunca houve ninguém antes de você, pois eu sempre estive a sua espera… Você é o meu pôr do sol e a minha noite cheia de estrelas. Você. Só você… Sempre você.*

— *Helena. Eu…* – Ele me olhou com os olhos negros e turvos, intensos e profundos, olhos que refletiam desejo e amor. Todo um universo brilhando naquele olhar. – *Eu te amo.*

E ele me beijou, um beijo tão desesperado, como se precisasse me mostrar o quanto me amava através desse toque.

E esse beijo me preencheu.

Seguimos dançando no meio da praça e por alguns momentos era como se todas as outras pessoas tivessem sumido e o mundo tivesse se transformado em apenas Victor e Helena, Victor e eu. Nós dois, dançando e girando e sorrindo. Nadando e flutuando em olhos apaixonados.

Foi quando eu percebi que do silêncio surgiu uma canção. "Never enough" começou a crescer gradativamente dentro de mim, entre nós.

♪ "Estou tentando segurar a respiração.
Deixe isso ficar assim.
Não posso deixar este momento acabar
Você colocou um sonho em mim.
Está ficando mais alto agora.
Você pode ouvi-lo ecoando?
Pegue a minha mão.
Você irá compartilhar isso comigo?
Porque, querido, sem você...
Todo o brilho de mil holofotes,
Todas as estrelas que nós roubamos do céu noturno,
Nunca serão o suficiente.
Nunca serão o suficiente.
Torres de ouro ainda serão pequenas demais.
Essas mãos poderiam segurar o mundo, mas elas
Nunca serão o suficiente.
Nunca serão o suficiente
Para mim
Nunca, nunca..." ♪

Enquanto dançávamos, enquanto eu olhava em seus olhos, eu entendi que se eu pudesse viver mil vidas, essas mil vidas ainda não seriam suficientes para entregar a ele todo o meu amor.

E vivendo essa única vida que me foi destinada, se eu encontrasse nela todos os tesouros mais almejados pela mente humana e não encontrasse Victor, então não seriam o suficiente... Não para mim. Não para nós.

E enquanto essa música explodia em piano e violinos, atingindo a sua nota mais alta, eu entendi que meu fim e meu começo sempre foram nesses braços, nessas canções que dançamos no silêncio. Na eternidade desse olhar.

Em Victor.

— *Eu te amo para sempre... Para sempre!* – eu disse a ele outra vez, e outra, e outra, sabendo que o para sempre nunca será o suficiente...

Quando virei, vi quatro pares de olhos brilhantes e marejados nos olhando: mamãe e Clay, papai e Hannah.

Os olhares sorriam em um misto de amor e respeito, amor e admiração, amor e cuidado... Amor e felicidade. Felicidade por mim? Sim, por mim.

Meu coração encontrou calmaria nesse mar de emoções. Nesse mar de amor.

Nessas pessoas, minha família.

Caminhamos de mãos dadas até eles.

Conversamos um pouco mais e qualquer coisa nos levava a rir. Então levantei-me para comprar uma garrafa de água e Heitor foi comigo. Ele passou o braço em meus ombros e eu acheguei-me no couro de sua jaqueta.

— *Pai...* – eu disse – *Você fica tão lindo com essa jaqueta, sabia?*

— *Porque você acha que eu uso tanto ela?* – ele respondeu com um sorriso tão jovial que só ele poderia me dar. Continuei sorrindo.

— *Pai...* – eu falei novamente, agora parando para poder olhar em seus olhos. – *Obrigado por ter vindo. Obrigado por ter chegado... na minha vida.*

Eu vi os olhos dele lacrimejarem. Então ele me abraçou o mais forte que pôde e me disse com o rosto ainda aconchegado em meu cabelo:

— *Me perdoe por não ter vindo mais cedo.*

Uma lágrima caiu de meus olhos e molhou a camisa dele. Eu o apertei um pouco mais. E, então, eu percebi que essa era uma ferida que não doía mais em mim.

— *Tudo que me importa é que você veio...* – eu falei, afastando um pouco o rosto para poder olhar nos olhos dele. – *Eu te amo, pai!*

— *Eu também te amo, filha!*

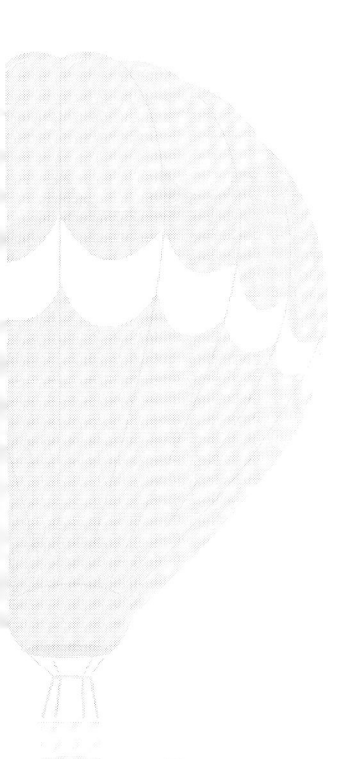

57.

Essa noite, eu realmente gostaria que ela não tivesse acabado.

Não sei exatamente de quem foi a ideia, mas quando dei por mim estávamos comprando um pouco de tudo que tinha nas barracas. Cachorro-quente, pastel, espetinho de carne, tapioca... É claro que eu não consegui comer tudo, mas ao menos provei. E de verdade? Estava uma delícia!

Mas o melhor eu resolvi deixar para o final. Em uma barraca tinha *fondue* de chocolate. E era exatamente assim que essa noite deveria terminar: doce, afogada em chocolate ao leite derretido com muito morango.

As crianças continuavam brincando e correndo por todos os lados. Pulando e se esticando. O suor escorria pelas suas testas, e eu só pensava em como era bom ser criança! Então eu tirei meus sapatos de salto e corri atrás deles. Permiti-me ser criança outra vez. Fiz cosquinhas e pulei até quase vomitar naquele pula-pula gigante. E quando minhas pernas já estavam bambas e trêmulas, o fôlego já havia fugido de mim e eu sentia como se o castelo pula-pula fosse me devorar, Clay estava do lado de fora, com as mãos estendidas, esperando-me.

— *A duplinha realmente te deu uma canseira esta noite não é, filha?* – ele falou enquanto me puxava para fora.

— *Como...* – eu disse buscando fôlego. – *Como eles ainda têm energia para continuar?*

— *Sabe que eu me questiono isso todos os dias?*

Nós dois rimos e caminhamos.

O silêncio ao lado de Clay, meu pai, sempre foi confortável. Caminhamos embaixo de alguns varais de luzes e fomos até uma fonte que estava um pouco mais afastada.

Clay retirou uma moeda do bolso.

— *Uma moeda por um segredo* – ele disse.

Eu sorri. Já fazia muito tempo desde a última vez em que eu havia escutado essa frase, que ele me dizia com frequência quando eu era mais nova. As lembranças como enxurradas aqueceram e inundaram meu coração.

Olhei-o nos olhos – um olhar tão cativante… –, então sorri e abracei-o.

Clay sabia, ele sempre sabia. Sabia o quanto eu o amava, sabia dos espaços que eu precisava sem pedir e sabia quando eu precisava de um abraço mesmo quando eu supunha que não queria. Ele me conhecia tão bem que muitas vezes eu pensava que não era necessário falar ou explicar, pois de alguma forma ele sabia. Ele sempre sabia.

Mas, ainda assim, eu sempre falei.

— *Pai…* – eu disse pegando a moeda de suas mãos. – *Eu te amo, sabia? Eu te amo desde que tinha 4 anos. E eu acho que já orava por você antes disso. Mesmo que eu ainda não soubesse orar…* – Sorri. Meus olhos começaram a lacrimejar outra vez, assim como foi em quase toda a noite. Mas essa era realmente uma noite especial. Um presente.

— *E…* – eu falei tentando não chorar. – *Eu só quero te agradecer, porque por todos esses anos, o seu amor sempre foi um solo seguro para o meu coração repousar. Você me amou, cuidou de mim e sempre, sempre, a todo tempo, me transmitiu confiança. Não importava o que se passasse ou quão ruim as coisas aparentassem ser em alguns momentos, eu sempre soube que poderia descansar no seu amor. Que você não iria embora, não me deixaria… E só por você ter ficado, por ter permanecido, você tem ideia do quanto mudou a minha vida? Do quanto impactou em tudo que sou? Graças a você, eu sempre tive um pai! Porque você escolheu ser assim para mim…* – Já era impossível não chorar, as lágrimas escorriam em meu rosto, e no dele também. – *Eu nunca irei me esquecer de que mesmo não precisando, você escolheu me amar. E o seu amor mudou para sempre o destino da minha vida.*

Eu lancei-me aos braços dele, e por um momento era a garotinha de 4 anos que abraçava seu pai pela primeira vez. E, então, era a menininha de 7 anos que ralou o joelho e, chorando, abraçou-o para se consolar. E também era a debutante em seu vestido de 15 anos. Nesse abraço foram os abraços de toda nossa vida em um só.

— *E o jeito que eu sempre te vi amar mamãe foi o que me fez acreditar no amor...*

— *Filha, eu te amo! Eu te amo. Eu sempre te amei, desde o primeiro momento, e eu sempre te amarei! Você... Você é a luz das nossas vidas. Você foi gerada em meu coração, Nena!* – Ele beijou minha testa, acariciou meu rosto e enxugou as lágrimas de meus olhos. – *Você é um presente de Deus para mim, filha! Sempre foi... Você é tão preciosa. Você é minha filha! Minha filha!*

— *Eu sei. Eu te amo, pai. Eu te amo!*

— *Você se lembra de quando dançamos aquela valsa em seus 15 anos?*

— *Lembro...*

— *Eu me senti o cara mais incrível de todos!* – Ele sorriu tão levemente, mas seus olhos também lacrimejavam. – *Você faria seu pai muito feliz se dançasse com ele novamente.*

Então nos afastamos, curvamo-nos um de frente para o outro e eu estendi meu vestido. E quando nos reaproximamos, nós dançamos e dançamos. Eu subi em seus pés como se tivesse 4 anos outra vez. E ele sorriu com os olhos banhados pela lembrança. Dançamos e dançamos até que gotas começaram a pingar do céu em nossas cabeças. Uma garoa fina para refrescar a noite quente.

Mas dançamos um pouco mais... até que a garoa engrossou. Quando percebemos, as pessoas estavam encolhendo-se embaixo das árvores ou correndo para seus carros.

Ao longe, Heitor subia em sua moto com Hannah. Ele piscou para mim e me mandou um beijo. Mamãe ia para o carro com as crianças enquanto Victor segurava um guarda-chuva sobre ela. Segurei a mão de Clay e saímos correndo na chuva em direção ao carro.

— *Você fica absurdamente linda assim, toda molhada...* – Victor falou-me ao ouvido.

Comecei a rir. Dei-lhe um beijo.

— *Vem...* – Ele estendeu a mão. – *Vou te levar para casa.*

Já estávamos caminhando em direção ao carro quando ouvi mamãe dizer que tinha esquecido a bolsa e ia voltar para buscá-la. Então ofereci-me para ir com ela.

A bolsa estava no chão, encostada no banco da praça. Eu abaixei-me para pegá-la e quando levantei… Foi tudo muito rápido.

Um homem correndo na praça, uma arma estendida. Algumas pessoas paralisadas.

Acho que um assalto ou uma fuga. Eu não entendi direito o que estava acontecendo. Uma fração de segundos e mamãe estava de costas e estava… Estava na mira dele.

Meu Deus, não! A arma.

Meus olhos alarmaram-se.

Ele assustou-se e… Um zumbido.

O som estridente do tiro.

Eu empurrei-a e joguei-me na frente dela.

58.

Ouvi um grito brutal e aterrorizante romper da garganta de mamãe. O jeito que ela caiu de joelhos no chão. As pupilas dilatadas, horror e desespero em seus olhos. Suas mãos e roupas encharcadas de vermelho. Sangue escorrendo de mim. Seus braços tentavam levar-me para o seu colo, segurar-me, embalar-me, proteger-me. Suas lágrimas pareciam densas enxurradas em forma de tempestade, tornado e nevoeiro.

Eu senti sua mão, seus dedos, seu toque, seu coração.

Minha vista escureceu, meus olhos embaçaram.

De repente, pontos de luz formavam-se sobre mim. Pontos de luz que se mexiam como partículas de poeira pairando sobre o ar, ou vaga-lumes voando.

Escuridão, pressão caindo e então... Cafés da manhã de sábados ao redor da mesa branca de cadeiras azuis. Cheiro de bolo.

Sorrisos.

Victor abraçando-me entre lençóis brancos, o calor da sua pele na minha, o cheiro do seu perfume. Nós dois dançando no silêncio com a areia da praia fazendo cócegas em nossos pés.

Os olhos da mamãe brilhantes, cor de mel, inundando-me. Seu colo embalando-me desde tão pequena. Seu sorriso, sua voz: *"Luz da minha vida"*.

Clay empurrando-me na bicicleta rosa sem rodinhas. Sua mão segurando a minha no primeiro dia de aula. Seus abraços acalmando-me enquanto eu o empurrava na adolescência. Sua voz dizendo: *"Eu te amo, eu te amo"*.

Heitor e eu sentados em frente ao lago sentindo o frio da brisa gelada. Sentados na calçada tomando sorvete. *"Eu consegui chegar a tempo, filha. Eu estou aqui"*. Pai…

Ariela e Gael correndo por todo o quarto. Bebês idênticos de bochechas rosadas e olhos verdes. Colchões no chão do quarto e luzes de pisca-pisca sobre um céu de lençol…

Mamãe pintando um pôr do sol. Cheiro de tinta.

Nós duas sentadas no sofá com Aninha comendo brigadeiro. Gosto doce em minha boca.

Victor beijando meus lábios e todas as borboletas sendo libertadas do meu estômago para voarem, voarem e voarem.

Clay ensinando-me a dirigir e, então, deitado comigo no quintal, na grama, olhando o céu.

Heitor e eu andando de moto. Jaquetas iguais. Vento no rosto. Liberdade.

Meus dedos entrelaçados nos de Victor, seus olhos negros convidando-me a mergulhar na escuridão da noite mais iluminada que já vi.

"Eu te amo, Nena", a voz de Ariela ressoando. *"Eu te amo, Nena"*, a voz de Gael também…

Mamãe enchendo-me de beijos. Mamãe estendendo-me a mão, convidando-me a ir com ela… Mamãe sorrindo, seu cabelo voando com o vento, brilhando dourado como o sol. O cheiro de lar que vem dela. O aconchego de casa.

Mamãe.

Mamãe…

Mamãe… Eu te amo com a minha vida!

Eu tentava falar, mas sentia sangue jorrar da minha boca.

Levantei a minha mão e toquei em sua barriga. Gritei com toda força, mas saiu apenas um sussurro. O bebê… Nossa garotinha.

— *Eva… Eva!*

O mundo acontecendo ao meu redor foi congelando, paralisando, perdendo o sentido e… lentamente sumindo. O futuro desfazendo-se, correndo e explodindo em flocos de neve. Muitos pontinhos gelados caindo dentro de mim e derretendo… Até sumirem de vez.

As vozes foram afastando-se, ficando cada vez mais distantes, e menores, e mais baixas.

Um zumbido estridente surgiu na eternidade de um segundo e, então… Silêncio.

Silêncio.

Silêncio

Silêncio.

Minha mão caiu.

Meus olhos fecharam-se.

Um último suspiro. Minha vida inteira dentro desse suspiro.

Escuridão. Luzes embaçadas flutuando – partículas de poeiras pairando sobre o ar ou, quem sabe, vaga-lumes.

Músicas tocando de dentro de mim.

O silêncio tinha um som, um som vindo da alma. Era o som que passei a minha vida dançando.

E bem ali, naquele exato instante que congelava *poeira em neve*… eu ouvi. Eu ouvi as estrelas me chamarem.

59.

Sleepingat last – Saturn

♪ "Você me ensinou a coragem das estrelas

Antes de partir

Como a luz continua interminavelmente

Mesmo após a morte

Com falta de ar

Você explicou o infinito

Quão raro e belo é apenas existirmos

Eu não pude deixar de perguntar para que você dissesse tudo de novo

Tentei escrever, mas nunca poderia encontrar uma caneta

Eu daria qualquer coisa

Para ouvir você dizer mais uma vez

Que o universo foi feito só para ser visto pelos meus olhos." ♪

Três anos depois

A pequena Eva corria, saltitava e gargalhava em pura alegria de sentir seus pequenos pés molhando na água. Os cachos de seu cabelo dourado subiam e desciam de acordo com os movimentos feitos pela garotinha serelepe.

Seus olhos, grandes, redondos e brilhantes... Idênticos aos de sua irmã, e também idênticos aos meus: olhos cor de mel.

— *Mami!* – Ela acenou para mim enquanto Gael e Ariela corriam com ela.

Clay abraçou-me. Em seu abraço sustentando-me e sustentando-se em mim também.

Victor caminhou em nossa direção, os pés descalços na areia.

— *Elisa...* – Ele me cumprimentou com um abraço. E em seguida a Clay.

— *Como você tem estado, meu filho?*

— *Com saudades...* – Ele sorriu, um triste sorriso. – *Estou sempre com saudades. Aqui foi onde eu a trouxe no nosso primeiro encontro. Foi em uma noite como esta. Eu... Eu ainda não tinha conseguido voltar aqui desde então.*

Eu segurei em suas mãos. Compreendi.

Estávamos unidos pela mesma dor.

— *Vó Vic me contou que você assumiu os negócios da família* – comentei, tentando conter o nó crescente em minha garganta.

— *É... Eu fiz por ela, sabe? Pela Helena. E eu... Eu finalmente perdoei meus pais e, então, assumi o lugar que minha vó preparou para mim.*

— *Estamos orgulhosos de você, Victor. Estamos verdadeiramente felizes por você, filho.* – Clay falou sinceramente.

— *E como foi a sua viagem?* – eu perguntei.

Victor deteve-se, parado, olhando o céu, as estrelas, o mar... Até onde este se perdia na escuridão.

— *Eu estive em todos aqueles lugares, Elisa. Todos aqueles em que Helena me disse que iria... Em todos aqueles países... Eu estive em todos eles, procurando por ela, tentando encontrá-la em algum lugar, tentando achar seu sorriso em algum rosto perdido na multidão...* – Um sorriso curto surgiu em sua face. – *E, então, eu percebi que, na verdade, eu não a encontraria neles,* não a encontraria em lugar nenhum, porque ela ainda está comigo. De alguma forma que eu não sei te explicar, o amor dela está sempre comigo. Vivo, em mim.

Ele chorou. Silenciosamente.

Só as lágrimas escorriam em seu rosto, mas nenhum barulho se ouvia.

— Esses anos têm sido como um estado de febre constante, que nunca tem cura. – Uma pausa. Suspiro. – Às vezes parece que tudo foi um delírio ou um sonho. Tão rápido… Foi tudo tão rápido. Mas eu ainda sinto seu fogo em minha pele. E eu… Eu sinto sua chama ardendo viva em meu coração. – Um sorriso triste brilhava em Victor, e quando o vento balançou seu cabelo rebelde, eu pude ver um pouco mais do homem que minha filha tão profundamente amou.

— E sabe… Foi em uma das noites mais frias da Noruega, tão fria como minha própria alma ficou depois que ela partiu… Foi em uma noite assim que eu vi a aurora boreal e… Eu te juro, Elisa… – ele falou com a voz baixa e desesperada – Eu juro que vi a minha Helena dançando naqueles raios. A minha princesa…

As lágrimas continuavam escorrendo silenciosamente pelo seu rosto.

Quantas lágrimas *nós* temos chorado.

Nesse dia fazia três anos.

Então nos reunimos aqui. Por ela.

"Eva…".

Ainda escutava a palavra que acompanhou seu último suspiro sendo sussurrada pela sua voz. De alguma forma, ela sabia. *Sim, ela sabia…* Sabia que eu também morreria naquele exato momento. Sabia que minha alma feneceria junto à dela e que inevitavelmente eu cairia outra vez em minha escuridão. Mas, então, ela clamou: *"Eva"*.

Eva…

Eva… "Aquela que dá a vida".

Eva, porque era isso que ela queria devolver-nos diante da sua morte: vida.

Essa pequena palavra sussurrada duas vezes foi seu pedido, seu clamor, sua súplica. *"Mamãe, viva! Por favor, viva! Porque a vida é tão linda…"*.

Ah, filha…

Meus olhos estavam lacrimejando quando a brisa suave da noite acalentou meu rosto. E junto ao vento, um pouco de paz e calmaria. Eu quase pude sentir novamente suas mãos acariciando-me. E foi aí que um sorriso quase que involuntário escapou de meus lábios. Suas palavras inundaram minha mente: *"Mãe, o meu coração sempre estará ligado ao seu coração, sempre! Um céu de distância não mudaria isso. E juntos eles ainda bateriam no mesmo ritmo, e sob as estrelas eles ainda dançariam a mesma música. Eles sempre viverão no mesmo compasso".*

Respirei fundo.

— *No dia em que minha filha nasceu eu a chamei de Helena, pois ela foi a luz que brilhou em minha vida e desnudou as minhas trevas.* – Olhei o céu negro repleto de estrelas brilhantes. – *E ainda agora, eu sei que ela continua brilhando, brilhando e me iluminando, cada vez mais e mais forte... Só que de uma forma diferente... E em outro lugar.*

Senti a esperança misturada com dor sufocante e um profundo amor pulsando em meu peito. Respirei fundo novamente e voltei a olhar para o céu escuro além das ondas, e vi uma estrela que parecia ser maior do que todas as outras, brilhando forte ao lado da lua.

"Lá", eu pensei.

Lá, de alguma forma, eu sei que ela está dançando no silêncio.

EPÍLOGO

São Paulo, BR – Verão de 2004

Seus olhos verdes pareciam uma floresta pegando fogo. Esmeraldas liquidificando-se, derretendo e emergindo. Oceano em chamas.

— *Até quando você pretende fugir de mim, Elisa?* – Clayton me disse com uma calma calculada. Ele foi chegando mais e mais perto, cercando-me e prendendo-me contra a parede. Deixando-me encurralada.

Explodi por dentro com aquela aproximação ousada. Ousada demais.

Eu queria dizer algo com a minha língua felina só para arranhá-lo, machucá-lo… Mantê-lo bem longe. Um aviso.

Mas as malditas palavras fugiram, evaporaram. E um tremor correndo em minhas veias…

— *Você sabe o que eu faria para tê-la comigo?* – Ele continuou, ainda mais perto. Seu hálito quente tocava minha pele.

— *Seja minha, Elisa!* – ele disse tão baixo em meu ouvido, tão baixo… E escorreu seus lábios ali. Uma nova erupção ressurgia em mim.

Droga! Minha guarda baixou. Esses olhos… Tenho certeza de que é culpa desses olhos. Eu quero reagir, mas estou petrificada. Enfeitiçada. Submersa.

— *Sabe… Você me dominou no exato momento em que pousei os olhos em você. Naquele instante, me tornei seu prisioneiro…* – Seu nariz e seus lábios afundavam-se em meu cabelo. – *Me liberte, Elisa, de toda essa agonia. Seja minha…* – ele insistia em dizer, e meu coração acolhia cada palavra, meu corpo reagia a cada toque e a cada aproximação. Minha respiração estava pesada, o suspiro rasgava minha garganta. Mas minha mente…

Ah, minha mente!

Seu rosto virou um pouco mais lentamente e foi aproximando-se do meu. Ele olhou-me com um aviso no olhar, uma súplica, um pedido. Eu queria rejeitá-lo, todos os sinais de alerta piscavam vermelhos dentro de mim, mas eu continuava ali, paralisada naquele olhar, acolhida naquelas palavras... E, então, ele veio, veio como um furacão furioso, desejoso e ansioso, sua boca tomou a minha e eu me desfiz naquele beijo. E, então, ele ficou calmo, profundo, e cada vez que sua língua tocava a minha, elas falavam de amor... Meu coração ardia e meus lábios respondiam na mesma intensidade, de desejo e de sentimento.

Não! Eu não podia... Não!

Minha mente socorreu-me, jogou em minha memória todos os meses em que me perdi na minha própria escuridão de dor e abandono, nos momentos em que me senti morrendo por dentro, quando até minha alma desistiu de mim e quase se tornou cinzas e poeira na desesperança e no medo.

Então vi-me acalentando minha pequena Helena durante as madrugadas em que eu a pegava chorando em meus braços, tão pequena, *"luz da minha vida"*, e vi-me refazendo o juramento que em silêncio eu havia feito a ela nessas noites: "Nunca mais seremos abandonadas de novo, filha. Nunca mais!".

Um estalo violento dentro de mim tirou-me daquele doce transe. Eu queria ficar, meu coração implorava por isso. Eu queria permitir-me, eu queria ser o fogo que queimava naquele olhar, eu queria poder confiar, eu queria poder viver aquilo, mas... Eu não podia! Sem permitir-me ceder, eu empurrei Clay para longe de mim e bati em seu rosto. Olhei bem dentro de seus olhos, apontei meu dedo ainda trêmulo para ele e disse:

— *Nunca mais me toque novamente.*

E corri dali, com medo, com um frio que só o seu calor curaria, com as lágrimas pingando em meus olhos. Como havia permitido isso? Uma névoa cercava minha mente e cegava-me, sufocava-me, e tudo me dizia para fugir antes que fosse tarde demais.

Eu estava correndo, correndo para longe, correndo para salvar meu coração, no instante em que eu o ouvi gritar ao longe: *"Você ainda não sabe, mas um dia você será minha esposa, Elisa"*.

CARTA AO LEITOR

Querido leitor,

Quando esta história nasceu em meu coração, há quase cinco anos, eu sabia apenas de duas coisas: como seria o seu final, e qual a mensagem que eu gostaria de transmitir com esta carta. Sim, eu já queria escrevê-la para você antes mesmo de ter escrito este livro.

Eu gostaria de poder te contar que nada mudou tanto minha vida como me tornar mãe, e que uma das principais coisas que aconteceram com o nascimento do meu primeiro filho, meu Enzinho... Sim, ele chama-se Enzo. Eu sabia que os Enzos dominariam o mundo um dia e meu filho não podia ficar fora desse evento (rsrsrs). Mas retomando... Uma das principais coisas que aconteceram foi a minha percepção de como o tempo é valioso e o quanto ele passa rápido.

Em um ano, eu olhava para mim e não via diferenças realmente significativas. Mas ele? Mês a mês era uma pessoinha completamente diferente. Como pode a aparência mudar tanto assim? E o desenvolvimento? Eu pisquei e ele já engatinhava e, então, já andava e falava. E caramba! Como eu precisava aproveitar cada minuto, cada segundo, pois eu sabia que eles não voltariam. Meu menino não pararia de crescer e o bebê que eu abraçava hoje já seria um pouco maior amanhã... E o tempo, ele não pausaria para que eu o curtisse novamente.

Sabe, foi ali que eu realmente compreendi o valor e a preciosidade que é cada dia.

Sobre o livro, confesso que eu mesma resisti a esse desfecho inúmeras vezes ao longo dos anos em que o escrevia, pois eu amo os finais "felizes para sempre" e todas essas coisinhas clichês. Acho que deu para perceber, né? (rsrsrs).

Mas, enfim, a história aconteceu!

Ela ganhou vida por si só, e muito do meu coração e da minha percepção de vida foi despejado nestas tantas linhas. E quanto mais eu escrevia, mais eu entendia o quão necessário era permitir que ela fluísse e permanecesse com a sua essência intacta. Sobretudo, com seu final intacto.

Foram quase cinco anos escrevendo, pois eu escrevi sem pressa. Escrevi no meu tempo. Escrevi quando senti que deveria escrever, dando as pausas que senti serem necessárias, e vivendo da melhor maneira que eu poderia – ora sorrindo, ora chorando, ora completamente empolgada, ora cheia de medo, mas vivendo! Sempre vivendo. Nesse período eu tornei-me mãe pela segunda vez, o que me manteve longe deste livro por muitos e muitos meses – você sabe, eu precisava viver intensamente esse momento em que eu vi meu mundo inteiro colorir-se em tons de amarelo com a chegada da minha Liz. Amarelo porque é a cor preferida dela no auge de seus dois aninhos.

E foi com ela que a minha percepção do tempo ficou ainda mais aguçada.

Tempo.

É tudo sobre o tempo.

Pois, enquanto eu te escrevo estas palavras, existem pessoas desesperadas neste exato momento, querendo apenas um pouco mais de tempo. Existem almas rasgadas e dilaceradas, prontas a abrirem mão de tudo que têm por um pouquinho só de tempo. Pela chance de poderem fazer diferente ou só de abraçarem um pouco mais, admirar um pouco mais, beijar um pouco mais...

Sabe, querido leitor, este livro, que nasceu a partir do fim, tem um único propósito, que é o de te dizer: POR FAVOR, APROVEITE BEM A SUA VIDA! APROVEITE BEM O SEU TEMPO! NÃO DEIXE SER TARDE DEMAIS!

O tempo que nos foi concedido é limitado. Tem prazo de validade e nós nunca, nunca sabemos quando ele vai terminar. Seja com 20 ou 90 anos, um dia, ele terá seu fim. E a vida, ela é tão linda... Tem muitas dores, é verdade, mas tem amor! E tem risos, e tem muitos pores do sol, e tem estrelas, e tem frio na barriga e calor na pele. Tem flores e perfumes, e tem fé. Tem presença e tem esperança! Sonhos! Muitos sonhos!

Acho que o que eu estou tentando te dizer é: Esteja Presente no seu Presente.

Você não precisa esperar um grande acontecimento para construir memórias dignas de serem lembradas! Você não precisa esperar entrar na faculdade, viajar o mundo ou conseguir um ótimo emprego. Você pode ser feliz hoje! Você pode fazer a sua vida valer a pena agora!

Eu comecei a escrever esta história em julho de 2018, o mês do meu aniversário. Lembro-me de que, naquela época, eu havia visto uma foto que era mais ou menos assim: um acidente de trânsito, uma moto jogada no chão, um corpo coberto com a mão para fora; ao lado, um celular com a tela trincada e acesa, e na tela o nome "amor" registrando uma ligação... Eu chorei ao ver aquela foto, lembrar-me dela ainda dói em meu coração.

Nos anos que seguiram, eu presenciei alguns fatos que me tocaram profundamente o coração e recentralizaram a rota da minha própria vida.

Lembra-se que este livro tem tudo a ver com aproveitar bem o tempo? Os dias, os momentos e as pessoas que amamos? Pois bem, desde o seu "nascimento", que foi a partir de seu fim, tem sido assim. Sempre foi esse seu objetivo.

Mas alguns poucos anos depois, essa mensagem ganhou ainda mais força dentro de mim com a chegada da pandemia. Todos nós presenciamos o mundo inteiro entrar em um luto coletivo. As perdas eram das mais chocantes e tristes. Todos sofremos, alguns mais, outro menos, mas não teve ninguém que saiu ileso.

Especialmente, marcou-me a triste história de uma família: um casal que partiu e deixou quatro filhos, quatro crianças pequenas, e a mais novinha entre eles era pouco maior do que a minha Liz naquele momento. Até hoje, vez ou outra, apresento aquelas crianças em minhas orações.

É com lágrima nos olhos que me recordo de outra mãe, que antes de ser entubada deixou um bilhetinho para a enfermeira pedindo que não a deixasse morrer, pois ela tinha um filhinho pequeno para cuidar. E ela morreu.

Ainda me dói pensar em todos aqueles que partiram sem poder dizer adeus, sem poder expressar suas últimas palavras... Isso ainda me causa um nó na garganta. Realmente dói no mais profundo do meu coração.

A triste verdade é que nós nunca sabemos quando a morte chegará para nós ou para aqueles que amamos, então, por isso mesmo, é urgente amar, é urgente perdoar. Nós precisamos perdoar! Por nós, para libertar nosso coração de viver amargando todas as coisas que poderiam ser tão doces e tão belas. Para ressignificar o passado e trazer novas cores e novas nuances ao futuro.

Precisamos perdoar e precisamos amar, porque quando alguém amado partir, nós seremos os mais privilegiados se passarmos o restante de nossos dias sofrendo de saudade ao invés de remorso.

Então, querido leitor, se me permite, deixarei aqui alguns conselhos.

Sua família é o bem mais precioso que você pode ter!

E você já sabe que família está atrelada a um sentimento muito mais profundo do que aqueles que os laços sanguíneos podem nos proporcionar. Então o que eu quero te dizer é, use melhor o seu tempo com eles. Na verdade, não economize tempo com eles! Com a sua família! Com as pessoas a quem você ama e que te amam de verdade.

Tenham rituais juntos!

Seja um café da manhã ao redor da mesa aos sábados, com direito a um bolo recém-saído do forno, seja comer um pastel na feira aos domingos, seja indo toda segunda ao cinema ou uma vez por mês, ou, montar quebra-cabeças. Não importa como eles sejam, mas tenham seus próprios rituais!

Criem memórias para serem lembradas, pois quando alguém partir, aquele que ficar ainda terá esses rituais para se apegar e reaquecer o coração. E as crianças, que se tornam adultos, sempre terão essas lembranças para se agarrarem carinhosamente, e terão esses rituais para repetirem com a sua própria família um dia. E vocês permanecerão vivos através deles.

Desenvolvam memórias que valham a pena serem lembradas!

Não economize palavras! Diga o quanto você ama, o quanto você se importa, o quanto você sente saudade. Diga tudo o que você tem para dizer até que não exista mais nada a ser dito... E quando isso acontecer, repita tudo novamente, quantas e quantas vezes forem possíveis, pois não existe nada mais triste do que ver alguém partir e levar consigo todas as palavras que nunca foram ditas e todos os sentimentos que nunca foram expostos. Ou, partir e deixar aqueles que ficam com tudo isso entalado na garganta e no peito.

Respeite o tempo do outro, o processo do outro...

Sabe, todos nós reagimos de formas diferentes a uma mesma situação. Somos impactados diferentemente também. E por isso mesmo, respeitar o tempo do outro é tão importante, assim como respeitar o processo de sua própria alma.

Eu sempre gosto de exemplificar os processos da seguinte maneira: uma manga desenvolve-se completamente diferente de uma uva. O tempo de maturação de ambas são bem distintos e os cuidados no plantio também. Assim como existe uma infinidade de frutas, verduras e legumes, e o tempo e o desenvolvimento de cada um deles são bem diferentes entre si, assim também somos nós. Cada pessoa está em seu próprio processo, em seu próprio tempo... Então, se às vezes é difícil para você compreender, lembre-se que você pode ser uma uva e o outro pode ser uma manga.

E se esperar o tempo e o processo daquele que você ama te causa dor, você pode recorrer ao perdão. Você sempre pode perdoar! Eu sei que às vezes parece muito complicado, e talvez até seja mesmo, mas lembre-se que se você deixar o amor falar mais alto, ele sempre simplifica.

O amor pode tornar as coisas mais difíceis e complicadas, simples.

E o perdão pode te ajudar com isso.

Não seja tão precipitado em tirar conclusões! Todo ser humano é um oceano de infinidades e geralmente nós só temos acesso à superfície...

Sempre que possível, seja gentil! Às vezes, as pessoas que estão sendo um pouco hostis e até desagradáveis podem estar passando coisas realmente difíceis e complicadas, e estão apenas cansadas e feridas... Nunca sabemos a real intensidade das tempestades turbulentas que o outro pode estar atravessando dentro de si. Então, se possível, seja gentil!

A sua gentileza e o seu sorriso podem ser o brilho de esperança na vida de alguém.

Sabe, não levem a vida tão a sério!

E daí se deu errado?

Transforme dias cinzentos em ensolarados, e se você não conseguir, quando começar a chover você ainda pode sair e dançar na chuva, bem no meio da rua. E você pode rir alto, até que sua barriga doa, enquanto você se vê completamente encharcado.

Escute músicas, encontre-se nelas. Leia livros!

POR FAVOR, FAÇA MUITAS COISAS PELA PRIMEIRA VEZ!

Viaje! Se você não puder ir à Capadócia, vá a Boituva!

Aventure-se a provar comidas exóticas, de outras culturas.

Cozinhe ouvindo sua canção preferida e, de preferência, dance enquanto faz isso.

Faça refeições em volta da mesa e use suas melhores louças em dias comuns.

Seja grato!

Não passe pela vida com tanta pressa... Ande mais devagar!

Pare no meio da rua e assista o sol se pôr.

Observe uma criança brincar e tente olhar o mundo pelos olhos dela.

Desenvolva a sua fé! Ore!

Entre em um relacionamento com Deus. Acredite, Ele é bom!

Se você cair no chão, experimente rir de si mesmo.

Faça caretas, pule na cama! Dê cambalhotas!

Encontre alguém para amar e, quando encontrar, seja comprometido!

E, por fim, meu querido leitor, hoje eu consigo compreender que sim, este é um livro feliz, com um final feliz, pois ele é unicamente sobre a Helena! A grande protagonista desta história é ela, assim como o grande protagonista da sua vida é você!

Ela viveu! Ela amou, ela sorriu, ela chorou. Ela fez de coisas pequenas e simples, grandes e valiosas. E você, querido leitor, também pode!

Você também pode!

Seja feliz!

Com amor,
Nay.

AGRADECIMENTOS

Marido, você ainda se recorda da primeira vez que comecei a escrever um livro? Eu deveria ter uns 15 anos, ou 16 talvez... Sabe, eu escrevia todos os dias em um caderno, confesso que além de se tratar de um romance, eu nem me recordo mais que história era, e muito menos onde esse caderno foi parar... Mas, o que eu nunca esqueci, é que todos os dias você me ligava e me escutava ler.

Eu jamais poderia mensurar a importância que você tem para mim, não só no desenvolvimento desta obra, mas principalmente na minha própria vida. Na verdade, se eu posso escrever sobre amor de um jeito tão leve e bonito, é porque conheci esse amor nos seus braços! Eu amo essa nossa vida simples e comum, tanto quanto amo a pequena família que construímos: eu, você e nossos dois filhos. E no fim, é como eu sempre te digo: *"Se essa flor desabrochou, é porque recebeu seu cultivo"*. Eu te amo marido, eu te amo profundamente!

Mãezinha, acho que não existe uma pessoa que leu este livro tanto quanto a senhora ao longo dos anos em que eu o escrevia. Eu estava tão insegura e com tanto medo, mas todas as vezes que eu ouvia seus áudios, é difícil descrever o quanto me emocionava, e mais do que isso, o quanto eu realmente precisava deles, *de cada um deles*. Literalmente a senhora foi o combustível de ânimo e confiança que eu precisava para continuar. Então, mãezinha, saiba disso: este sonho, é nosso! Esta conquista, é nossa! E para sempre a senhora será a parceira da minha alma. A cada livro que eu escrever, a cada história que meu coração resolver contar, terá a senhora em cada pedacinho do processo, ouvindo minhas ideias, mergulhando em meus universos, entoando com a mais bela voz todos os aspectos da minha vida. Eu te amo além de mim mesma.

À Editora Appris e a toda equipe envolvida no processo desta obra. Sabe... a cada processo do cronograma, a cada etapa que foi sendo avançada, mais e mais enchia-me da certeza de que fiz a escolha certa ao escolhe-los! *E eu fiz mesmo!* E não posso deixar de ressaltar aqui: que atendimento, gente! Vocês são maravilhosos de muitas maneiras e eu agradeço por transformarem meu sonho em realidade.

Às minhas irmãs – que são as minhas melhores amigas do mundo. Aos meus pais, meus irmãos, aos meus amigos e a toda a minha família. Eu realmente gostaria de citar cada um de vocês aqui, mas para isso, seria necessário que escrevesse um outro livro, não é mesmo?! Rsrs.

Então, fiquem com o meu amor e com o meu carinho, vocês sabem quem são e sabem o quanto significam para mim, afinal, eu nunca canso de lhes falar. Vocês verdadeiramente colorem a minha vida com as mais belas cores existentes, então a vocês: obrigada, obrigada e obrigada.

E, finalmente, aos meus leitores. Sabe... escrever um livro só faz sentido se encontrar corações que possam ser tocados e, quem sabe, transformados por ele... Eu escrevi por mim, para mim, para dar vida às histórias que borbulham em minha mente, em meu coração, mas, também escrevi por vocês e para vocês! Obrigada por permitir que minhas palavras de alguma forma te alcance. Espero que vocês sintam-se abraçados por elas.

Com muito amor,
Nay.

Obs.: *E para aqueles meus amigos e familiares que não são nada fãs de leitura, saibam que vocês são terminantemente "obrigados" a ler este aqui, afinal, amigos também são para essas coisas, rsrs.*